LES CHANTS

DE

MALDOROR

PAR

LE COMTE DE LAUTRÉAMONT

(CHANTS I, II, III, IV, V, VI)

PARIS ET BRUXELLES
EN VENTE CHEZ TOUS LES LIBRAIRES

—

1874

8° Ye 824

Nos. p. Yeddso

LES CHANTS

DE

MALDOROR

PAR

LE COMTE DE LAUTRÉAMONT

(CHANTS I, II, III, IV, V, VI)

PARIS ET BRUXELLES
EN VENTE CHEZ TOUS LES LIBRAIRES

—

1874

LES CHANTS

DE

MALDOROR

Bruxelles. — Typ. de E. WITTMANN.

LES CHANTS DE MALDOROR

CHANT PREMIER

Plût au ciel que le lecteur, enhardi et devenu momentanément féroce comme ce qu'il lit, trouve, sans se désorienter, son chemin abrupt et sauvage, à travers les marécages désolés de ces pages sombres et pleines de poison ; car, à moins qu'il n'apporte dans sa lecture une logique rigoureuse et une tension d'esprit égale au moins à sa défiance, les émanations mortelles de ce livre imbiberont son âme comme l'eau le sucre. Il n'est pas bon que tout le monde lise les pages qui vont suivre ; quelques-uns seuls savoureront ce fruit amer sans danger. Par conséquent, âme timide, avant de pénétrer plus loin dans de pareilles landes inexplorées, dirige tes talons en arrière et non en avant. Écoute bien ce que je te dis : dirige tes talons en arrière et non en avant, comme les yeux d'un fils qui se détourne respectueusement de la contemplation auguste de la face maternelle ; ou, plutôt, comme un angle à perte de vue de grues frileuses méditant beaucoup, qui, pendant l'hiver, vole puissamment à travers le silence, toutes voiles tendues, vers un point déterminé de l'horizon, d'où tout à coup part un vent étrange et fort, précurseur de la tempête. La grue la plus vieille et qui forme à elle seule l'avant-garde, voyant cela, branle la tête comme une personne raisonnable, conséquemment son bec aussi qu'elle fait claquer, et n'est pas contente (moi, non plus, je ne le serais pas à sa place), tandis que son vieux cou, dégarni de plumes et contemporain de trois générations de grues, se remue en ondulations irritées qui présagent l'orage qui s'approche de plus en plus. Après avoir de sang-froid regardé plusieurs fois de tous les côtés avec des yeux qui renferment l'expérience, prudemment, la première (car, c'est elle qui a le privilége de montrer les plumes de sa queue aux autres grues inférieures en intelligence), avec son cri vigilant de mélancolique sentinelle, pour repousser l'ennemi commun, elle vire avec flexibilité la pointe de la figure géométrique (c'est peut-être un triangle, mais on ne voit pas le troisième côté que forment dans l'espace ces curieux oiseaux de passage), soit à bâbord, soit à tribord, comme un habile capitaine ; et, manœuvrant avec des ailes qui ne paraissent pas plus grandes que celles d'un moineau, parce qu'elle n'est pas bête, elle prend ainsi un autre chemin philosophique et plus sûr.

———

Lecteur, c'est peut-être la haine que tu veux que j'invoque dans le commencement de cet ouvrage! Qui te dit que tu n'en renifleras pas, baigné dans d'innombrables voluptés, tant que tu voudras, avec tes narines orgueilleuses, larges et maigres, en te renversant de ventre, pareil à un requin, dans l'air beau et noir, comme si tu comprenais l'importance de cet acte et l'importance non moindre de ton appétit légitime, lentement et majestueusement, les rouges émanations? Je t'assure, elles réjouiront les deux trous informes de ton museau hideux, ô monstre, si toutefois tu t'appliques auparavant à respirer trois mille fois de suite la conscience maudite de l'Éternel! Tes narines, qui seront démesurément dilatées de contentement ineffable, d'extase immobile, ne demanderont pas quelque chose de meilleur à l'espace, devenu embaumé comme de parfums et d'encens; car, elles seront rassasiées d'un bonheur complet, comme les anges qui habitent dans la magnificence et la paix des agréables cieux.

———

J'établirai dans quelques lignes comment Maldoror fut bon pendant ses premières années, où il vécut heureux; c'est fait. Il s'aperçut ensuite qu'il était né méchant : fatalité extraordinaire! Il cacha son caractère tant qu'il put, pendant un grand nombre d'années; mais, à la fin, à cause de cette concentration qui ne lui était pas naturelle, chaque jour le sang lui montait à la tête; jusqu'à ce que, ne pouvant plus supporter une pareille vie, il se jeta résolûment dans la carrière du mal... atmosphère douce! Qui l'aurait dit! lorsqu'il embrassait un petit enfant, au visage rose, il aurait voulu lui enlever ses joues avec un rasoir, et il l'aurait fait très-souvent, si Justice, avec son long cortége de châtiments, ne l'en eût chaque fois empêché. Il n'était pas menteur, il avouait la vérité et disait qu'il était cruel. Humains, avez-vous entendu? il ose le redire avec cette plume qui tremble! Ainsi donc, il est une puissance plus forte que la volonté... Malédiction! La pierre voudrait se soustraire aux lois de la pesanteur? Impossible. Impossible, si le mal voulait s'allier avec le bien. C'est ce que je disais plus haut.

Il y en a qui écrivent pour rechercher les applaudissements humains, au moyen de nobles qualités du cœur que l'imagination invente ou qu'ils peuvent avoir. Moi, je fais servir mon génie à peindre les délices de la cruauté! Délices non passagères, artificielles; mais, qui ont commencé avec l'homme, finiront avec lui. Le génie ne peut-il pas s'allier avec la cruauté dans les résolutions secrètes de la Providence? ou, parce qu'on est cruel, ne peut-on pas avoir du génie? On en verra la preuve dans mes paroles; il ne tient qu'à vous de m'écouter, si vous le voulez bien... Pardon, il me semblait que mes cheveux s'étaient dressés sur ma tête; mais, ce n'est rien, car, avec ma main, je suis parvenu facilement à les remettre dans leur première position. Celui qui chante ne prétend pas que ses cavatines soient une chose inconnue; au contraire, il se loue de ce que les pensées hautaines et méchantes de son héros soient dans tous les hommes.

———

J'ai vu, pendant toute ma vie, sans en excepter un seul, les hommes, aux épaules étroites, faire des actes stupides et nombreux, abrutir leurs semblables, et pervertir les âmes par tous les moyens. Ils appellent les motifs de leurs actions : la gloire. En voyant ces spectacles, j'ai voulu rire comme les autres; mais, cela, étrange imitation, était impossible. J'ai pris un canif dont la lame avait un tranchant acéré, et me suis fendu les chairs aux endroits où se réunissent les lèvres. Un instant je crus mon but atteint. Je regardai dans un miroir cette bouche meurtrie par ma propre volonté! C'était une erreur! Le sang qui coulait avec abondance des deux blessures empêchait d'ailleurs de distinguer si c'était là vraiment le rire des autres. Mais, après quelques instants de comparaison, je vis bien que mon rire ne ressemblait pas à celui des humains, c'est-à-dire que je ne riais pas. J'ai vu les hommes, à la tête laide et aux yeux terribles enfoncés dans l'orbite obscur, surpasser la dureté du roc, la rigidité de l'acier fondu, la cruauté du requin, l'insolence de la jeunesse, la fureur insensée des criminels, les trahisons de l'hypocrite, les comédiens les plus extraordinaires, la puissance de caractère des prêtres, et les êtres les plus cachés au dehors, les plus froids des mondes et du ciel; lasser les moralistes à découvrir leur cœur, et faire retomber sur eux la colère implacable d'en haut. Je les ai vus tous à la fois, tantôt, le poing le plus robuste dirigé vers le ciel, comme celui d'un enfant déjà pervers contre sa mère, probablement excités par quelque esprit de l'enfer, les yeux chargés d'un remords cuisant en même temps que haineux, dans un silence glacial, n'oser émettre les méditations vastes et ingrates que recélait leur sein, tant elles étaient pleines d'injustice et d'horreur, et attrister de compassion le Dieu de miséricorde; tantôt, à chaque moment du jour, depuis le commencement de l'enfance jusqu'à la fin de la vieillesse, en répandant des anathèmes incroyables, qui n'avaient pas le sens commun, contre tout ce qui respire, contre eux-mêmes et contre la Providence, prostituer les femmes et les enfants, et déshonorer ainsi les parties du corps consacrées à la pudeur. Alors, les mers soulèvent leurs eaux, engloutissent dans leurs abîmes les planches; les ouragans, les tremblements de terre renversent les maisons; la peste, les maladies diverses déciment les familles priantes. Mais, les hommes ne s'en aperçoivent pas. Je les ai vus aussi rougissant, pâlissant de honte pour leur conduite sur cette terre; rarement. Tempêtes, sœurs des ouragans; firmament bleuâtre, dont je n'admets pas la beauté; mer hypocrite, image de mon cœur; terre, au sein mystérieux; habitants des sphères; univers entier; Dieu, qui l'as créé avec magnificence, c'est toi que j'invoque : montre-moi un homme qui soit bon!... Mais, que ta grâce décuple mes forces naturelles; car, au spectacle de ce monstre, je puis mourir d'étonnement : on meurt à moins.

On doit laisser pousser ses ongles pendant quinze jours. Oh! comme il est doux d'arracher brutalement de son lit un enfant qui n'a rien encore sur la lèvre supérieure, et, avec les yeux très-ouverts, de faire semblant de passer suavement la main sur son front, en inclinant en arrière ses beaux cheveux! Puis, tout à coup, au moment où il s'y attend le moins, d'enfoncer les ongles longs dans sa poitrine molle, de façon qu'il ne meure pas; car, s'il mourait, on n'aurait pas plus tard l'aspect de ses misères. Ensuite, on boit le sang en léchant les blessures; et, pendant ce temps, qui devrait durer autant que l'éternité dure, l'enfant pleure. Rien n'est si bon que son sang, extrait comme je viens de le dire, et tout chaud encore, si ce ne sont ses larmes, amères comme le sel. Homme, n'as-tu jamais goûté de ton sang, quand par hasard tu t'es coupé le doigt? Comme il est bon, n'est-ce pas; car, il n'a aucun goût. En outre, ne te souviens-tu pas d'avoir un jour, dans tes réflexions lugubres, porté la main, creusée au fond, sur ta figure maladive mouillée par ce qui tombait des yeux; laquelle main ensuite se dirigeait fatalement vers la bouche, qui puisait à longs traits, dans cette coupe, tremblante comme les dents de l'élève qui regarde obliquement celui qui est né pour l'oppresser, les larmes? Comme elles sont bonnes, n'est-ce pas; car, elles ont le goût du vinaigre. On dirait les larmes de celle qui aime le plus; mais, les larmes de l'enfant sont meilleures au palais. Lui, ne trahit pas, ne connaissant pas encore le mal : celle qui aime le plus trahit tôt ou tard... je le devine par analogie, quoique j'ignore ce que c'est que l'amitié, que l'amour (il est probable que je ne les accepterai jamais ; du moins, de la part de la race humaine). Donc, puisque ton sang et tes larmes ne te dégoûtent pas, nourris-toi, nourris-toi avec confiance des larmes et du sang de l'adolescent. Bande-lui les yeux, pendant que tu déchireras ses chairs palpitantes ; et, après avoir entendu de longues heures ses cris sublimes, semblables aux râles perçants que poussent dans une bataille les gosiers des blessés agonisants, alors, t'ayant écarté comme une avalanche, tu te précipiteras de la chambre voisine, et tu feras semblant d'arriver à son secours. Tu lui délieras les mains, aux nerfs et aux veines gonflées, tu rendras la vue à ses yeux égarés, en te remettant à lécher ses larmes et son sang. Comme alors le repentir est vrai ! L'étincelle divine qui est en nous, et paraît si rarement, se montre ; trop tard ! Comme le cœur déborde de pouvoir consoler l'innocent à qui l'on a fait du mal : « Adolescent, qui venez de souffrir des douleurs cruelles, qui donc a pu commettre sur vous un crime que je ne sais de quel nom qualifier ! Malheureux que vous êtes ! Comme vous devez souffrir ! Et si votre mère savait cela, elle ne serait pas plus près de la mort, si abhorrée par les coupables, que je ne le suis maintenant. Hélas ! qu'est-ce donc que le bien et le mal ! Est-ce une même chose par laquelle nous témoignons avec rage notre impuissance, et la passion d'atteindre à l'infini par les moyens même les plus

insensés ? Ou bien, sont-ce deux choses différentes ?
Oui... que ce soit plutôt une même chose... car, sinon,
que deviendrai-je au jour du jugement ! Adolescent,
pardonne-moi ; c'est celui qui est devant ta figure
noble et sacrée, qui a brisé tes os et déchiré les
chairs qui pendent à différents endroits de ton corps.
Est-ce un délire de ma raison malade, est-ce un instinct secret qui ne dépend pas de mes raisonnements,
pareil à celui de l'aigle déchirant sa proie, qui m'a
poussé à commettre ce crime ; et pourtant, autant
que ma victime, je souffrais ! Adolescent, pardonne-
moi. Une fois sortis de cette vie passagère, je veux
que nous soyons entrelacés pendant l'éternité ; ne
former qu'un seul être, ma bouche collée à ta bouche. Même, de cette manière, ma punition ne sera
pas complète. Alors, tu me déchireras, sans jamais
t'arrêter, avec les dents et les ongles à la fois. Je pa-
rerai mon corps de guirlandes embaumées, pour cet
holocauste expiatoire ; et nous souffrirons tous les
deux, moi, d'être déchiré, toi, de me déchirer... ma
bouche collée à ta bouche. O adolescent, aux cheveux blonds, aux yeux si doux, feras-tu maintenant
ce que je te conseille ? Malgré toi, je veux que tu le
fasses, et tu rendras heureuse ma conscience. »
Après avoir parlé ainsi, en même temps tu auras fait
le mal à un être humain, et tu seras aimé du même
être : c'est le bonheur le plus grand que l'on puisse
concevoir. Plus tard, tu pourras le mettre à l'hôpi-

tal ; car, le perclus ne pourra pas gagner sa vie. On t'appellera bon, et les couronnes de laurier et les médailles d'or cacheront tes pieds nus, épars sur la grande tombe, à la figure vieille. O toi, dont je ne veux pas écrire le nom sur cette page qui consacre la sainteté du crime, je sais que ton pardon fut immense comme l'univers. Mais, moi, j'existe encore !

J'ai fait un pacte avec la prostitution afin de semer le désordre dans les familles. Je me rappelle la nuit qui précéda cette dangereuse liaison. Je vis devant moi un tombeau. J'entendis un ver luisant, grand comme une maison, qui me dit : « Je vais t'éclairer. Lis l'inscription. Ce n'est pas de moi que vient cet ordre suprême. » Une vaste lumière couleur de sang, à l'aspect de laquelle mes mâchoires claquèrent et mes bras tombèrent inertes, se répandit dans les airs jusqu'à l'horizon. Je m'appuyai contre une muraille en ruine, car j'allais tomber, et je lus : « Ci-gît un adolescent qui mourut poitrinaire : vous savez pourquoi. Ne priez pas pour lui. » Beaucoup d'hommes n'auraient peut-être pas eu autant de courage que moi. Pendant ce temps, une belle femme nue vint se coucher à mes pieds. Moi, à elle, avec une figure triste : « Tu peux te relever. » Je lui tendis la main avec laquelle le fratricide

égorge sa sœur. Le ver luisant, à moi : « Toi, prends
une pierre et tue-la. — Pourquoi ? lui dis-je. » Lui,
à moi : « Prends garde à toi ; le plus faible, parce
que je suis le plus fort. Celle-ci s'appelle *Prostitution*. » Les larmes dans les yeux, la rage dans le
cœur, je sentis naître en moi une force inconnue. Je
pris une grosse pierre ; après bien des efforts, je la
soulevai avec peine jusqu'à la hauteur de ma poitrine ; je la mis sur l'épaule avec les bras. Je gravis
une montagne jusqu'au sommet : de là, j'écrasai le
ver luisant. Sa tête s'enfonça sous le sol d'une grandeur d'homme ; la pierre rebondit jusqu'à la hauteur
de six églises. Elle alla retomber dans un lac, dont
les eaux s'abaissèrent un instant, tournoyantes, en
creusant un immense cône renversé. Le calme repa-
rut à la surface ; la lumière de sang ne brilla plus.
« Hélas ! hélas ! s'écria la belle femme nue ; qu'as-tu
fait ? » Moi, à elle : « Je te préfère à lui ; parce que
j'ai pitié des malheureux. Ce n'est pas ta faute, si la
justice éternelle t'a créée. » Elle, à moi : « Un jour,
les hommes me rendront justice ; je ne t'en dis pas
davantage. Laisse-moi partir, pour aller cacher au
fond de la mer ma tristesse infinie. Il n'y a que toi
et les monstres hideux qui grouillent dans ces noirs
abîmes, qui ne me méprisent pas. Tu es bon. Adieu,
toi qui m'as aimée ! » Moi, à elle : « Adieu ! Encore
une fois : adieu ! Je t'aimerai toujours !... Dès aujourd'hui, j'abandonne la vertu. » C'est pourquoi,

ô peuples, quand vous entendrez le vent d'hiver gé-
mir sur la mer et près de ses bords, ou au dessus des
grandes villes, qui, depuis longtemps, ont pris le
deuil pour moi, ou à travers les froides régions polaires, dites : « Ce n'est pas l'esprit de Dieu qui
passe : ce n'est que le soupir aigu de la prostitution,
uni avec les gémissements graves du Montévidéen. »
Enfants, c'est moi qui vous le dis. Alors, pleins de
miséricorde, agenouillez-vous ; et que les hommes,
plus nombreux que les poux, fassent de longues
prières.

Au clair de la lune, près de la mer, dans les endroits isolés de la campagne, l'on voit, plongé dans
d'amères réflexions, toutes les choses revêtir des
formes jaunes, indécises, fantastiques. L'ombre des
arbres, tantôt vite, tantôt lentement, court, vient,
revient, par diverses formes, en s'aplatissant, en se
collant contre la terre. Dans le temps, lorsque j'étais
emporté sur les ailes de la jeunesse, cela me faisait
rêver, me paraissait étrange ; maintenant, j'y suis
habitué. Le vent gémit à travers les feuilles ses notes
langoureuses, et le hibou chante sa grave complainte,
qui fait dresser les cheveux à ceux qui l'entendent.
Alors, les chiens, rendus furieux, brisent leurs chaînes, s'échappent des fermes lointaines ; ils courent

dans la campagne, çà et là, en proie à la folie. Tout
à coup, ils s'arrêtent, regardent de tous les côtés
avec une inquiétude farouche, l'œil en feu ; et, de
même que les éléphants, avant de mourir, jettent
dans le désert un dernier regard au ciel, élevant dé-
sespérément leur trompe, laissant leurs oreilles
inertes, de même les chiens laissent leurs oreilles
inertes, élèvent la tête, gonflent le cou terrible, et se
mettent à aboyer, tour à tour, soit comme un enfant
qui crie de faim, soit comme un chat blessé au ventre au-dessus d'un toit, soit comme une femme qui
va enfanter, soit comme un moribond atteint de la
peste à l'hôpital, soit comme une jeune fille qui
chante un air sublime, contre les étoiles au nord,
contre les étoiles à l'est, contre les étoiles au sud,
contre les étoiles à l'ouest ; contre la lune ; contre les
montagnes, semblables au loin à des roches géantes,
gisantes dans l'obscurité ; contre l'air froid qu'ils as-
pirent à pleins poumons, qui rend l'intérieur de leur
narine, rouge, brûlant ; contre le silence de la nuit ;
contre les chouettes, dont le vol oblique leur rase le
museau, emportant un rat ou une grenouille dans le
bec, nourriture vivante, douce pour les petits ; contre les lièvres, qui disparaissent en un clin d'œil ;
contre le voleur, qui s'enfuit au galop de son cheval
après avoir commis un crime ; contre les serpents,
remuant les bruyères, qui leur font trembler la peau,
grincer les dents ; contre leurs propres aboiements,

qui leur font peur à eux-mêmes ; contre les crapauds, qu'ils broient d'un coup sec de mâchoire (pourquoi se sont-ils éloignés du marais ?) ; contre les arbres, dont les feuilles, mollement bercées, sont autant de mystères qu'ils ne comprennent pas, qu'ils veulent découvrir avec leurs yeux fixes, intelligents ; contre les araignées, suspendues entre leurs longues pattes, qui grimpent sur les arbres pour se sauver ; contre les corbeaux, qui n'ont pas trouvé de quoi manger pendant la journée, et qui s'en reviennent au gîte l'aile fatiguée ; contre les rochers du rivage ; contre les feux, qui paraissent aux mâts des navires invisibles ; contre le bruit sourd des vagues ; contre les grands poissons, qui, nageant, montrent leur dos noir, puis s'enfoncent dans l'abîme ; et contre l'homme qui les rend esclaves. Après quoi, ils se mettent de nouveau à courir la campagne, en sautant, de leurs pattes sanglantes, par dessus les fossés, les chemins, les champs, les herbes et les pierres escarpées. On les dirait atteints de la rage, cherchant un vaste étang pour apaiser leur soif. Leurs hurlements prolongés épouvantent la nature. Malheur au voyageur attardé ! Les amis des cimetières se jetteront sur lui, le déchireront, le mangeront, avec leur bouche d'où tombe du sang ; car, ils n'ont pas les dents gâtées. Les animaux sauvages, n'osant pas s'approcher pour prendre part au repas de chair, s'enfuient à perte de vue, tremblants. Après quelques heures, les chiens, harassés de cou-

rir çà et là, presque morts, la langue en dehors de
la bouche, se précipitent les uns sur les autres, sans
savoir ce qu'ils font, et se déchirent en mille lambeaux, avec une rapidité incroyable. Ils n'agissent
pas ainsi par cruauté. Un jour, avec des yeux vitreux, ma mère me dit : « Lorsque tu seras dans ton
lit, que tu entendras les aboiements des chiens dans
la campagne, cache-toi dans ta couverture, ne tourne
pas en dérision ce qu'ils font : ils ont soif insatiable
de l'infini, comme toi, comme moi, comme le reste
des humains, à la figure pâle et longue. Même, je te
permets de te mettre devant la fenêtre pour contempler ce spectacle, qui est assez sublime. » Depuis ce
temps, je respecte le vœu de la morte. Moi, comme
les chiens, j'éprouve le besoin de l'infini... Je ne puis,
je ne puis contenter ce besoin ! Je suis fils de l'homme
et de la femme, d'après ce qu'on m'a dit. Ça
m'étonne... je croyais être davantage ! Au reste, que
m'importe d'où je viens ? Moi, si cela avait pu dé-
pendre de ma volonté, j'aurais voulu être plutôt le
fils de la femelle du requin, dont la faim est amie
des tempêtes, et du tigre, à la cruauté reconnue : je
ne serais pas si méchant. Vous, qui me regardez,
éloignez-vous de moi, car mon haleine exhale un
souffle empoisonné. Nul n'a encore vu les rides vertes
de mon front ; ni les os en saillie de ma figure maigre, pareils aux arêtes de quelque grand poisson,
ou aux rochers couvrant les rivages de la mer, ou

aux abruptes montagnes alpestres, que je parcourus
souvent, quand j'avais sur ma tête des cheveux d'une
autre couleur. Et, quand je rôde autour des habitations des hommes, pendant les nuits orageuses, les
yeux ardents, les cheveux flagellés par le vent des
tempêtes, isolé comme une pierre au milieu du chemin, je couvre ma face flétrie, avec un morceau de
velours, noir comme la suie qui remplit l'intérieur
des cheminées : il ne faut pas que les yeux soient témoins de la laideur que l'Être suprême, avec un sourire de haine puissante, a mise sur moi. Chaque
matin, quand le soleil se lève pour les autres, en répandant la joie et la chaleur salutaires dans toute la
nature, tandis qu'aucun de mes traits ne bouge, en
regardant fixement l'espace plein de ténèbres, accroupi vers le fond de ma caverne aimée, dans un
désespoir qui m'enivre comme le vin, je meurtris de
mes puissantes mains ma poitrine en lambeaux.
Pourtant, je sens que je ne suis pas atteint de la rage!
Pourtant, je sens que je ne suis pas le seul qui souffre! Pourtant, je sens que je respire! Comme un
condamné qui essaie ses muscles, en réfléchissant
sur leur sort, et qui va bientôt monter à l'échafaud,
debout, sur mon lit de paille, les yeux fermés, je
tourne lentement mon col de droite à gauche, de
gauche à droite, pendant des heures entières; je ne
tombe pas raide mort. De moment en moment, lorsque mon col ne peut plus continuer de tourner dans

un même sens, qu'il s'arrête, pour se remettre à tourner dans un sens opposé, je regarde subitement l'horizon, à travers les rares interstices laissés par les broussailles épaisses qui recouvrent l'entrée : je ne vois rien! Rien... si ce ne sont les campagnes qui dansent en tourbillons avec les arbres et avec les longues files d'oiseaux qui traversent les airs. Cela me trouble le sang et le cerveau... Qui donc, sur la tête, me donne des coups de barre de fer, comme un marteau frappant l'enclume?

———————

Je me propose, sans être ému, de déclamer à grande voix la strophe sérieuse et froide que vous allez entendre. Vous, faites attention à ce qu'elle contient, et gardez-vous de l'impression pénible qu'elle ne manquera pas de laisser, comme une flétrissure, dans vos imaginations troublées. Ne croyez pas que je sois sur le point de mourir, car je ne suis pas encore un squelette, et la vieillesse n'est pas collée à mon front. Écartons en conséquence toute idée de comparaison avec le cygne, au moment où son existence s'envole, et ne voyez devant vous qu'un monstre, dont je suis heureux que vous ne puissiez pas apercevoir la figure; mais, moins horrible est-elle que son âme. Cependant, je ne suis pas un criminel... Assez sur ce sujet. Il n'y a pas longtemps que j'ai revu la mer et foulé le pont des vaisseaux, et mes souvenirs sont vivaces comme si je l'avais quittée la veille. Soyez néanmoins, si vous le pouvez, aussi calmes que moi, dans cette lecture que je me repens déjà de vous offrir, et ne rougissez pas à la pensée de ce qu'est le cœur humain. O poulpe, au regard de soie! toi, dont l'âme est inséparable de la mienne; toi, le plus beau des habitants du globe terrestre, et qui commandes à un sérail de quatre cents ventouses; toi, en qui siégent noblement, comme dans leur résidence naturelle, par un commun accord, d'un lien indestructible, la douce vertu communicative et les grâces divines, pourquoi n'es-tu pas avec moi, ton ventre de mercure contre ma poitrine d'aluminium, assis tous les deux sur quelque rocher du rivage, pour contempler ce spectacle que j'adore !

Vieil océan, aux vagues de cristal, tu ressembles proportionnellement à ces marques azurées que l'on voit sur le dos meurtri des mousses; tu es un immense bleu, appliqué sur le corps de la terre : j'aime cette comparaison. Ainsi, à ton premier aspect, un souffle prolongé de tristesse, qu'on croirait être le murmure de ta brise suave, passe, en laissant des ineffaçables traces, sur l'âme profondément ébranlée, et tu rappelles au souvenir de tes amants, sans qu'on s'en rende toujours compte, les rudes commencements de l'homme, où il fait connaissance avec la douleur, qui ne le quitte plus. Je te salue, vieil océan!

Vieil océan, ta forme harmonieusement sphérique, qui réjouit la face grave de la géométrie, ne me rappelle que trop les petits yeux de l'homme, pareils à ceux du sanglier pour la petitesse, et à ceux des oiseaux de nuit pour la perfection circulaire du contour. Cependant, l'homme s'est cru beau dans tous les siècles. Moi, je suppose plutôt que l'homme ne croit à sa beauté que par amour-propre; mais, qu'il n'est pas beau réellement et qu'il s'en doute; car, pourquoi regarde-t-il la figure de son semblable avec tant de mépris? Je te salue, vieil océan!

Vieil océan, tu es le symbole de l'identité: toujours égal à toi-même. Tu ne varies pas d'une manière essentielle, et, si tes vagues sont quelque part en furie, plus loin, dans quelque autre zone, elles sont dans le calme le plus complet. Tu n'es pas comme l'homme, qui s'arrête dans la rue, pour voir deux boule-dogues s'empoigner au cou, mais, qui ne s'arrête pas, quand un enterrement passe; qui est ce matin accessible et ce soir de mauvaise humeur; qui rit aujourd'hui et pleure demain. Je te salue, vieil océan!

Vieil océan, il n'y aurait rien d'impossible à ce que tu caches dans ton sein de futures utilités pour l'homme. Tu lui as déjà donné la baleine. Tu ne laisses pas facilement deviner aux yeux avides des sciences naturelles les mille secrets de ton intime organisation : tu es modeste. L'homme se vante sans cesse, et pour des minuties. Je te salue, vieil océan!

Vieil océan, les différentes espèces de poissons que tu nourris n'ont pas juré fraternité entre elles. Chaque espèce vit de son côté. Les tempéraments et les conformations qui varient dans chacune d'elles, expliquent, d'une manière satisfaisante, ce qui ne paraît d'abord qu'une anomalie. Il en est ainsi de l'homme, qui n'a pas les mêmes motifs d'excuse. Un morceau de terre est-il occupé par trente millions d'êtres humains, ceux-ci se croient obligés de ne pas se mêler de l'existence de leurs voisins, fixés comme des racines sur le morceau de terre qui suit. En descendant du grand au petit, chaque homme vit comme un sauvage dans sa tanière, et en sort rarement pour visiter son semblable, accroupi pareillement dans une autre tanière. La grande famille universelle des humains est une utopie digne de la logique la plus médiocre. En outre, du spectacle de tes mamelles fécondes, se dégage la notion d'ingratitude; car, on pense aussitôt à ces parents nombreux, assez ingrats envers le Créateur, pour abandonner le fruit de leur misérable union. Je te salue, vieil océan!

Vieil océan, ta grandeur matérielle ne peut se comparer qu'à la mesure qu'on se fait de ce qu'il a

fallu de puissance active pour engendrer la totalité
de ta masse. On ne peut pas t'embrasser d'un coup
d'œil. Pour te contempler, il faut que la vue tourne
son télescope, par un mouvement continu, vers les
quatre points de l'horizon, de même qu'un mathé-
maticien, afin de résoudre une équation algébrique,
est obligé d'examiner séparément les divers cas
possibles, avant de trancher la difficulté. L'homme
mange des substances nourrissantes, et fait d'autres
efforts, dignes d'un meilleur sort, pour paraître
gras. Qu'elle se gonfle tant qu'elle voudra, cette
adorable grenouille. Sois tranquille, elle ne t'égalera
pas en grosseur; je le suppose, du moins. Je te
salue, vieil océan!

Vieil océan, tes eaux sont amères. C'est exactement le même goût que le fiel que distille la critique sur les beaux-arts, sur les sciences, sur tout.
Si quelqu'un a du génie, on le fait passer pour un
idiot; si quelque autre est beau de corps, c'est un
bossu affreux. Certes, il faut que l'homme sente
avec force son imperfection, dont les trois quarts
d'ailleurs ne sont dus qu'à lui-même, pour la criti-
quer ainsi! Je te salue, vieil océan!

Vieil océan, les hommes, malgré l'excellence de
leurs méthodes, ne sont pas encore parvenus, aidés
par les moyens d'investigation de la science, à
mesurer la profondeur vertigineuse de tes abîmes;
tu en as que les sondes les plus longues, les plus

pesantes, ont reconnu inaccessibles. Aux poissons...
ça leur est permis : pas aux hommes. Souvent, je
me suis demandé quelle chose était le plus facile à
reconnaître : la profondeur de l'océan ou la profondeur du cœur humain ! Souvent, la main portée au
front, debout sur les vaisseaux, tandis que la lune
se balançait entre les mâts d'une façon irrégulière,
je me suis surpris, faisant abstraction de tout ce
qui n'était pas le but que je poursuivais, m'efforçant de résoudre ce difficile problème ! Oui, quel
est le plus profond, le plus impénétrable des deux :
l'océan ou le cœur humain? Si trente ans d'expérience de la vie peuvent jusqu'à un certain point
pencher la balance vers l'une ou l'autre de ces
solutions, il me sera permis de dire que, malgré la
profondeur de l'océan, il ne peut pas se mettre en
ligne, quant à la comparaison sur cette propriété,
avec la profondeur du cœur humain. J'ai été en
relation avec des hommes qui ont été vertueux. Ils
mouraient à soixante ans, et chacun ne manquait
pas de s'écrier : « Ils ont fait le bien sur cette terre,
c'est-à-dire qu'ils ont pratiqué la charité : voilà
tout, ce n'est pas malin, chacun peut en faire
autant. » Qui comprendra pourquoi deux amants
qui s'idolâtraient la veille, pour un mot mal inter-
prété, s'écartent, l'un vers l'orient, l'autre vers
l'occident, avec les aiguillons de la haine, de la vengeance, de l'amour et du remords, et ne se revoient

plus, chacun drapé dans sa fierté solitaire. C'est un miracle qui se renouvelle chaque jour et qui n'en est pas moins miraculeux. Qui comprendra pourquoi l'on savoure non seulement les disgrâces générales de ses semblables, mais encore les particulières de ses amis les plus chers, tandis que l'on en est affligé en même temps? Un exemple incontestable pour clore la série : l'homme dit hypocritement oui et pense non. C'est pour cela que les marcassins de l'humanité ont tant de confiance les uns dans les autres et ne sont pas égoïstes. Il reste à la psychologie beaucoup de progrès à faire. Je te salue, vieil océan!

Vieil océan, tu es si puissant, que les hommes l'ont appris à leurs propres dépens. Ils ont beau employer toutes les ressources de leur génie... incapables de te dominer. Ils ont trouvé leur maître. Je dis qu'ils ont trouvé quelque chose de plus fort qu'eux. Ce quelque chose a un nom. Ce nom est : l'océan! La peur que tu leur inspires est telle, qu'ils te respectent. Malgré cela, tu fais valser leurs plus lourdes machines avec grâce, élégance et facilité. Tu leur fais faire des sauts gymnastiques jusqu'au ciel, et des plongeons admirables jusqu'au fond de tes domaines : un saltimbanque en serait jaloux. Bienheureux sont-ils, quand tu ne les enveloppes pas définitivement dans tes plis bouillonnants, pour aller voir, sans chemin de fer, dans tes entrailles

aquatiques, comment se portent les poissons, et surtout comment ils se portent eux-mêmes. L'homme
dit : « Je suis plus intelligent que l'océan. » C'est
possible ; c'est même assez vrai ; mais l'océan lui est
plus redoutable que lui à l'océan : c'est ce qu'il n'est
pas nécessaire de prouver. Ce patriarche observateur, contemporain des premières époques.de notre
globe suspendu, sourit de pitié, quand il assiste aux
combats navals des nations. Voilà une centaine de
léviathans qui sont sortis des mains de l'humanité.
Les ordres emphatiques des supérieurs, les cris des
blessés, les coups de canon, c'est du bruit fait exprès
pour anéantir quelques secondes. Il paraît que le
drame est fini, et que l'océan a tout mis dans son
ventre. La gueule est formidable. Elle doit être
grande vers le bas, dans la direction de l'inconnu !
Pour couronner enfin la stupide comédie, qui n'est
pas même intéressante, on voit, au milieu des airs,
quelque cigogne, attardée par la fatigue, qui se met
à crier, sans arrêter l'envergure de son vol :
« Tiens!... je la trouve mauvaise ! Il y avait en bas
des points noirs ; j'ai fermé les yeux : ils ont disparu. » Je te salue, vieil océan !

Vieil océan, ô grand célibataire, quand tu parcours la solitude solennelle de tes royaumes flegma-
tiques, tu t'enorgueillis à juste titre de ta magnificence native, et des éloges vrais que je m'empresse
de te donner. Balancé voluptueusement par les

molles effluves de ta lenteur majestueuse, qui est le plus grandiose parmi les attributs dont le souverain pouvoir t'a gratifié, tu déroules, au milieu d'un sombre mystère, sur toute ta surface sublime, tes vagues incomparables, avec le sentiment calme de ta puissance éternelle. Elles se suivent parallèlement, séparées par de courts intervalles. A peine l'une diminue, qu'une autre va à sa rencontre en grandissant, accompagnées du bruit mélancolique de l'écume qui se fond, pour nous avertir que tout est écume. (Ainsi, les êtres humains, ces vagues vivantes, meurent l'un après l'autre, d'une manière monotone; mais, sans laisser de bruit écumeux). L'oiseau de passage se repose sur elles avec confiance, et se laisse abandonner à leurs mouvements, pleins d'une grâce fière, jusqu'à ce que les os de ses ailes aient recouvré leur vigueur accoutumée pour continuer le pèlerinage aérien. Je voudrais que la majesté humaine ne fût que l'incarnation du reflet de la tienne. Je demande beaucoup, et ce souhait sincère est glorieux pour toi. Ta grandeur morale, image de l'infini, est immense comme la réflexion du philosophe, comme l'amour de la femme, comme la beauté divine de l'oiseau, comme les méditations du poète. Tu es plus beau que la nuit. Réponds-moi, océan, veux-tu être mon frère? Remue-toi avec impétuosité... plus... plus encore, si tu veux que je te compare à la vengeance de Dieu; allonge tes griffes livides, en te frayant un chemin sur ton propre sein... c'est bien. Déroule tes vagues épouvantables, océan hideux, compris par moi seul, et devant lequel je tombe, prosterné à tes genoux. La majesté de l'homme est empruntée; il ne m'imposera point : toi, oui. Oh! quand tu t'avances, la crête haute et terrible, entouré de tes replis tortueux comme d'une cour, magnétiseur et farouche, roulant tes ondes les unes sur les autres, avec la conscience de ce que tu es, pendant que tu pousses, des profondeurs de ta poitrine, comme accablé d'un remords intense que je ne puis pas découvrir, ce sourd mugissement perpétuel que les hommes redoutent tant, même quand ils te contemplent, en sûreté, tremblants sur le rivage, alors, je vois qu'il ne m'appartient pas, le droit insigne de me dire ton égal. C'est pourquoi, en présence de ta supériorité, je te donnerais tout mon amour (et nul ne sait la quantité d'amour que contiennent mes aspirations vers le beau), si tu ne me faisais douloureusement penser à mes semblables, qui forment avec toi le plus ironique contraste, l'antithèse la plus bouffonne que l'on ait jamais vue dans la création : je ne puis pas t'aimer, je te déteste. Pourquoi reviens-je à toi, pour la millième fois, vers tes bras amis, qui s'entr'ouvrent, pour caresser mon front brûlant, qui voit disparaître la fièvre à leur contact! Je ne connais pas ta destinée cachée; tout ce qui te concerne m'intéresse. Dis-moi donc si tu es

la demeure du prince des ténèbres. Dis-le moi...
dis-le moi, océan (à moi seul, pour ne pas attrister
ceux qui n'ont encore connu que les illusions), et si
le souffle de Satan crée les tempêtes qui soulèvent tes
eaux salées jusqu'aux nuages. Il faut que tu me le dises,
parce que je me réjouirais de savoir l'enfer si près
de l'homme. Je veux que celle-ci soit la dernière
strophe de mon invocation. Par conséquent, une
seule fois encore, je veux te saluer et te faire mes
adieux ! Vieil océan, aux vagues de cristal... Mes
yeux se mouillent de larmes abondantes, et je n'ai
pas la force de poursuivre ; car, je sens que le moment
venu de revenir parmi les hommes, à l'aspect brutal ;
mais... courage ! Faisons un grand effort, et accom-
plissons, avec le sentiment du devoir, notre destinée
sur cette terre. Je te salue, vieil océan !

On ne me verra pas, à mon heure dernière (j'écris
ceci sur mon lit de mort), entouré de prêtres. Je
veux mourir, bercé par la vague de la mer tempê-
tueuse, ou debout sur la montagne... les yeux en
haut, non : je sais que mon anéantissement sera
complet. D'ailleurs, je n'aurais pas de grâce à espérer. Qui ouvre la porte de ma chambre funéraire ?
J'avais dit que personne n'entrât. Qui que vous
soyez, éloignez-vous ; mais, si vous croyez apercevoir

quelque marque de douleur ou de crainte sur mon
visage d'hyène (j'use de cette comparaison, quoique
l'hyène soit plus belle que moi, et plus agréable à
voir), soyez détrompé : qu'il s'approche. Nous
sommes dans une nuit d'hiver, alors que les éléments s'entre-choquent de toutes parts, que l'homme
a peur, et que l'adolescent médite quelque crime sur
un de ses amis, s'il est ce que je fus dans ma
jeunesse. Que le vent, dont les sifflements plaintifs
attristent l'humanité, depuis que le vent, l'humanité
existent, quelques moments avant l'agonie dernière,
me porte sur les os de ses ailes, à travers le monde,
impatient de ma mort. Je jouirai encore, en secret,
des exemples nombreux de la méchanceté humaine
(un frère, sans être vu, aime à voir les actes de ses
frères). L'aigle, le corbeau, l'immortel pélican, le
canard sauvage, la grue voyageuse, éveillés, grelot-
tant de froid, me verront passer à la lueur des
éclairs, spectre horrible et content. Ils ne sauront ce
que cela signifie. Sur la terre, la vipère, l'œil gros du
crapaud, le tigre, l'éléphant; dans la mer, la baleine,
le requin, le marteau, l'informe raie, la dent du
phoque polaire, se demanderont quelle est cette dé-
rogation à la loi de la nature. L'homme, tremblant,
collera son front contre la terre, au milieu de ses
gémissements. « Oui, je vous surpasse tous par ma
cruauté innée, cruauté qu'il n'a pas dépendu de moi
d'effacer. Est-ce pour ce motif que vous vous mon-

trez devant moi dans cette prosternation? ou bien,
est-ce parce que vous me voyez parcourir, phénomène
nouveau, comme une comète effrayante, l'espace
ensanglanté? (Il me tombe une pluie de sang de mon
vaste corps, pareil à un nuage noirâtre que pousse
l'ouragan devant soi.) Ne craignez rien, enfants, je
ne veux pas vous maudire. Le mal que vous m'avez
fait est trop grand, trop grand le mal que je vous ai
fait, pour qu'il soit volontaire. Vous autres, vous
avez marché dans votre voie, moi, dans la mienne,
pareilles toutes les deux, toutes les deux perverses.
Nécessairement, nous avons dû nous rencontrer,
dans cette similitude de caractère ; le choc qui en est
résulté nous a été réciproquement fatal. » Alors, les
hommes relèveront peu à peu la tête, en reprenant
courage, pour voir celui qui parle ainsi, allongeant
le cou comme l'escargot. Tout à coup, leur visage
brûlant, décomposé, montrant les plus terribles passions, grimacera de telle manière que les loups
auront peur. Ils se dresseront à la fois comme un
ressort immense. Quelles imprécations! quels déchi-
rements de voix! Ils m'ont reconnu. Voilà que les
animaux de la terre se réunissent aux hommes, font
entendre leurs bizarres clameurs. Plus de haine
réciproque ; les deux haines sont tournées contre
l'ennemi commun, moi; on se rapproche par un
assentiment universel. Vents , qui me soutenez ,
élevez-moi plus haut; je crains la perfidie. Oui,

disparaissons peu à peu de leurs yeux, témoin, une fois de plus, des conséquences des passions, complétement satisfait... Je te remercie, ô rhinolophe, de m'avoir réveillé avec le mouvement de tes ailes, toi, dont le nez est surmonté d'une crête en forme de fer à cheval : je m'aperçois, en effet, que ce n'était malheureusement qu'une maladie passagère, et je me sens avec dégoût renaître à la vie. Les uns disent que tu arrivais vers moi pour me sucer le peu de sang qui se trouve dans mon corps : pourquoi cette hypothèse n'est-elle pas la réalité !

———

Une famille entoure une lampe posée sur la table :

— Mon fils, donne-moi les ciseaux qui sont placés sur cette chaise.

— Ils n'y sont pas, mère.

— Va les chercher alors dans l'autre chambre. Te rappelles-tu cette époque, mon doux maître, où nous faisions des vœux, pour avoir un enfant, dans lequel nous renaîtrions une seconde fois, et qui serait le soutien de notre vieillesse ?

— Je me la rappelle, et Dieu nous a exaucés. Nous n'avons pas à nous plaindre de notre lot sur cette terre. Chaque jour nous bénissons la Providence de ses bienfaits. Notre Édouard possède toutes les grâces de sa mère.

— Et les mâles qualités de son père.

— Voici les ciseaux, mère ; je les ai enfin trouvés.

Il reprend son travail... Mais, quelqu'un s'est présenté à la porte d'entrée, et contemple, pendant quelques instants, le tableau qui s'offre à ses yeux :

— Que signifie ce spectacle ! Il y a beaucoup de gens qui sont moins heureux que ceux-là. Quel est le raisonnement qu'ils se font pour aimer l'existence ? Éloigne-toi, Maldoror, de ce foyer paisible ; ta place n'est pas ici.

Il s'est retiré !

— Je ne sais comment cela se fait ; mais, je sens les facultés humaines qui se livrent des combats dans mon cœur. Mon âme est inquiète, et sans savoir pourquoi ; l'atmosphère est lourde.

— Femme, je ressens les mêmes impressions que toi ; je tremble qu'il ne nous arrive quelque malheur. Ayons confiance en Dieu ; en lui est le suprême espoir.

— Mère, je respire à peine ; j'ai mal à la tête.

— Toi aussi, mon fils ! Je vais te mouiller le front et les tempes avec du vinaigre.

— Non, bonne mère...

Voyez, il appuie son corps sur le revers de la chaise, fatigué.

— Quelque chose se retourne en moi, que je ne saurais expliquer. Maintenant, le moindre objet me contrarie.

— Comme tu es pâle! La fin de cette veillée ne se passera pas sans que quelque événement funeste nous plonge tous les trois dans le lac du désespoir!

J'entends dans le lointain des cris prolongés de la douleur la plus poignante.

— Mon fils!

— Ah! mère!... j'ai peur!

— Dis-moi vite si tu souffres.

— Mère, je ne souffre pas... Je ne dis pas la vérité.

Le père ne revient pas de son étonnement:

— Voilà des cris que l'on entend quelquefois, dans le silence des nuits sans étoiles. Quoique nous entendions ces cris, néanmoins, celui qui les pousse n'est pas près d'ici; car, on peut entendre ces gémissements à trois lieues de distance, transportés par le vent d'une cité à une autre. On m'avait souvent parlé de ce phénomène; mais, je n'avais jamais eu l'occasion de juger par moi-même de sa véracité, Femme, tu me parlais de malheur; si malheur plus réel exista dans la longue spirale du temps, c'est le malheur de celui qui trouble maintenant le sommeil de ses semblables...

J'entends dans le lointain des cris prolongés de la douleur la plus poignante.

— Plût au ciel que sa naissance ne soit pas une calamité pour son pays, qui l'a repoussé de son sein. Il va de contrée en contrée, abhorré partout.

Les uns disent qu'il est accablé d'une espèce de folie originelle, depuis son enfance. D'autres croient savoir qu'il est d'une cruauté extrême et instinctive, dont il a honte lui-même, et que ses parents en sont morts de douleur. Il y en a qui prétendent qu'on l'a flétri d'un surnom dans sa jeunesse; qu'il en est resté inconsolable le reste de son existence, parce que sa dignité blessée voyait là une preuve flagrante de la méchanceté des hommes, qui se montre aux premières années, pour augmenter ensuite. Ce surnom était *le vampire !...*

J'entends dans le lointain des cris prolongés de la douleur la plus poignante.

— Ils ajoutent que, les jours, les nuits, sans trêve ni repos, des cauchemars horribles lui font le saigner le sang par la bouche et les oreilles; et que des spectres s'asseoient au chevet de son lit, et lui jettent à la face, poussés malgré eux par une force inconnue, tantôt d'une voix douce, tantôt d'une voix pareille aux rugissements des combats, avec une persistance implacable, ce surnom toujours vivace, toujours hideux, et qui ne périra qu'avec l'univers. Quelques-uns même ont affirmé que l'amour l'a réduit dans cet état; ou que ces cris témoignent du repentir de quelque crime enseveli dans la nuit de son passé mystérieux. Mais le plus grand nombre pense qu'un incommensurable orgueil le torture, comme jadis Satan, et qu'il voudrait égaler Dieu...

J'entends dans le lointain des cris prolongés de la douleur la plus poignante.

— Mon fils, ce sont là des confidences exceptionnelles; je plains ton âge de les avoir entendues, et j'espère que tu n'imiteras jamais cet homme.

Parle, ô mon Édouard; réponds que tu n'imiteras jamais cet homme.

— O mère, bien-aimée, à qui je dois le jour, je te promets, si la sainte promesse d'un enfant a quelque valeur, de ne jamais imiter cet homme.

— C'est parfait, mon fils; il faut obéir à sa mère, en quoi que ce soit.

On n'entend plus les gémissements.

— Femme, as-tu fini ton travail?

— Il me manque quelques points à cette chemise, quoique nous ayons prolongé la veillée bien tard.

— Moi, aussi, je n'ai pas fini un chapitre commencé. Profitons des dernières lueurs de la lampe; car, il n'y a presque plus d'huile, et achevons chacun notre travail...

L'enfant s'est écrié :

— Si Dieu nous laisse vivre!

— Ange radieux, viens à moi; tu te promèneras dans la prairie, du matin jusqu'au soir; tu ne travailleras point. Mon palais magnifique est construit avec des murailles d'argent, des colonnes d'or et des portes de diamants. Tu te coucheras quand tu voudras, au son d'une musique céleste, sans faire ta prière. Quand, au matin, le soleil montrera ses rayons resplendïssants et que l'alouette joyeuse emportera, avec elle, son cri, à perte de vue, dans les airs, tu pourras rester encore au lit, jusqu'à ce que cela te fatigue. Tu marcheras sur les tapis les plus précieux; tu seras constamment enveloppé dans une atmosphère composée des essences parfumées des fleurs les plus odorantes.

— Il est temps de reposer le corps et l'esprit. Lève-toi, mère de famille, sur tes chevilles musculeuses. Il est juste que tes doigts raidis abandonnent l'aiguille du travail exagéré. Les extrêmes n'ont rien de bon.

— Oh! que ton existence sera suave! Je te donnerai une bague enchantée; quand tu en retourneras le rubis, tu seras invisible, comme les princes, dans les contes de fées.

— Remets tes armes quoditiennes dans l'armoire protectrice, pendant que, de mon côté, j'arrange mes affaires.

— Quand tu le replaceras dans sa position ordinaire, tu reparaîtras tel que la nature t'a formé, ô jeune magicien. Cela, parce que je t'aime et que j'aspire à faire ton bonheur.

— Va-t'en, qui que tu sois; ne me prends pas par les épaules.

— Mon fils, ne t'endors point, bercé par les rêves de l'enfance : la prière en commun n'est pas com-

mencée et tes habits ne sont pas encore soigneusement placés sur une chaise... A genoux! Éternel
créateur de l'univers, tu montres ta bonté inépuisable
jusque dans les plus petites choses.

— Tu n'aimes donc pas les ruisseaux limpides, où
glissent des milliers de petits poissons, rouges, bleus
et argentés? Tu les prendras avec un filet si beau,
qu'il les attirera de lui-même, jusqu'à ce qu'il soit
rempli. De la surface, tu verras des cailloux luisants,
plus polis que le marbre.

— Mère, vois ces griffes ; je me méfie de lui ; mais
ma conscience est calme, car je n'ai rien à me reprocher.

— Tu nous vois, prosternés à tes pieds, accablés
du sentiment de ta grandeur. Si quelque pensée or-
gueilleuse s'insinue dans notre imagination, nous la
rejetons aussitôt avec la salive du dédain et nous
t'en faisons le sacrifice irrémissible.

— Tu t'y baigneras avec de petites filles, qui t'en-
laceront de leurs bras. Une fois sortis du bain, elles
te tresseront des couronnes de roses et d'œillets.
Elles auront des ailes transparentes de papillon et
des cheveux d'une longueur ondulée, qui flottent
autour de la gentillesse de leur front.

— Quand même ton palais serait plus beau que le
cristal, je ne sortirais pas de cette maison pour te
suivre. Je crois que tu n'es qu'un imposteur, puisque
tu me parles si doucement, de crainte de te faire

4

entendre. Abandonner ses parents est une mauvaise action. Ce n'est pas moi qui serais fils ingrat. Quant à tes petites filles, elles ne sont pas si belles que les yeux de ma mère.

— Toute notre vie s'est épuisée dans les cantiques de ta gloire. Tels nous avons été jusqu'ici, tels nous serons, jusqu'au moment où nous recevrons de toi l'ordre de quitter cette terre.

— Elles t'obéiront à ton moindre signe et ne songeront qu'à te plaire. Si tu désires l'oiseau qui ne se repose jamais, elles te l'apporteront. Si tu désires la voiture de neige, qui transporte au soleil en un clin d'œil, elles te l'apporteront. Que ne t'apporteraient-elles pas ! Elles t'apporteraient même le cerf-volant, grand comme une tour, qu'on a caché dans la lune, et à la queue duquel sont suspendus, par des liens de soie, des oiseaux de toute espèce. Fais attention à toi... écoute mes conseils.

— Fais ce que tu voudras ; je ne veux pas interrompre la prière, pour appeler au secours. Quoique ton corps s'évapore, quand je veux l'écarter, sache que je ne te crains pas.

— Devant toi, rien n'est grand, si ce n'est la flamme exhalée d'un cœur pur.

— Réfléchis à ce que je t'ai dit, si tu ne veux pas t'en repentir.

— Père céleste, conjure, conjure les malheurs qui peuvent fondre sur notre famille.

— Tu ne veux donc pas te retirer, mauvais esprit?

— Conserve cette épouse chérie, qui m'a consolé dans mes découragements...

— Puisque tu me refuses, je te ferai pleurer et grincer des dents comme un pendu.

— Et ce fils aimant, dont les chastes lèvres s'entr'ouvrent à peine aux baisers de l'aurore de vie.

— Mère, il m'étrangle... Père, secourez-moi... Je ne puis plus respirer... Votre bénédiction!

Un cri d'ironie immense s'est élevé dans les airs. Voyez comme les aigles, étourdis, tombent du haut des nuages, en roulant sur eux-mêmes, littéralement foudroyés par la colonne d'air.

— Son cœur ne bat plus... Et celle-ci est morte, en même temps que le fruit de ses entrailles, fruit que je ne reconnais plus, tant il est défiguré... Mon épouse!... Mon fils!... Je me rappelle un temps lointain où je fus époux et père.

Il s'était dit, devant le tableau qui s'offrit à ses yeux, qu'il ne supporterait pas cette injustice. S'il est efficace, le pouvoir que lui ont accordé les esprits infernaux, ou plutôt qu'il tire de lui-même, cet enfant, avant que la nuit s'écoule, ne devait plus être.

————

Celui qui ne sait pas pleurer (car, il a toujours

refoulé la souffrance en dedans) remarqua qu'il se trouvait en Norwége. Aux îles Fœroé, il assista à la recherche des nids d'oiseaux de mer, dans les crevasses à pic, et s'étonna que la corde de trois cents mètres, qui retient l'explorateur au dessus du précipice, fût choisie d'une telle solidité. Il voyait là, quoi qu'on dise, un exemple frappant de la bonté humaine, et il ne pouvait en croire ses yeux. Si c'était lui qui qui eût dû préparer la corde, il aurait fait des entailles en plusieurs endroits, afin qu'elle se coupât, et précipitât le chasseur dans la mer! Un soir, il se dirigea vers un cimetière, et les adolescents qui trouvent du plaisir à violer les cadavres de belles femmes mortes depuis peu, purent, s'ils le voulurent, entendre la conversation suivante, perdue dans le tableau d'une action qui va se dérouler en même temps.

— N'est-ce pas, fossoyeur, que tu voudras causer avec moi? Un cachalot s'élève peu à peu du fond de la mer, et montre sa tête au-dessus des eaux, pour voir le navire qui passe dans ces parages solitaires. La curiosité naquit avec l'univers.

— Ami, il m'est impossible d'échanger des idées avec toi. Il y a longtemps que les doux rayons de la lune font briller le marbre des tombeaux. C'est l'heure silencieuse où plus d'un être humain rêve qu'il voit apparaître des femmes enchaînées, traînant leurs linceuls, couverts de tâches de sang,

comme un ciel noir, d'étoiles. Celui qui dort pousse
des gémissements, pareils à ceux d'un condamné
à mort, jusqu'à ce qu'il se réveille, et s'aperçoive
que la réalité est trois fois pire que le rêve. Je
dois finir de creuser cette fosse, avec ma bêche infa-
tigable, afin qu'elle soit prête demain matin. Pour
faire un travail sérieux, il ne faut pas faire deux
choses à la fois.

— Il croit que creuser une fosse est un travail sérieux ! Tu crois que creuser une fosse est un travail
sérieux !

— Lorsque le sauvage pélican se résout à donner
sa poitrine à dévorer à ses petits, n'ayant pour
témoin que celui qui sut créer un pareil amour, afin
de faire honte aux hommes, quoique le sacrifice soit
grand, cet acte se comprend. Lorsqu'un jeune
homme voit, dans les bras de son ami, une femme
qu'il idolâtrait, il se met alors à fumer un cigare ; il
ne sort pas de la maison, et se noue d'une amitié
indissoluble avec la douleur ; cet acte se comprend.
Quand un élève interne, dans un lycée, est gou-
verné, pendant des années, qui sont des siècles, du
matin jusqu'au soir et du soir jusqu'au lendemain,
par un paria de la civilisation, qui a constamment
les yeux sur lui, il sent les flots tumultueux d'une
haine vivace, monter, comme une épaisse fumée, à
son cerveau, qui lui paraît près d'éclater. Depuis le
moment où on l'a jeté dans la prison, jusqu'à celui,

qui s'approche, où il en sortira, une fièvre intense lui jaunit la face, rapproche ses sourcils, et lui creuse les yeux. La nuit, il réfléchit, parce qu'il ne veut pas dormir. Le jour, sa pensée s'élance au-dessus des murailles de la demeure de l'abrutisse-ment, jusqu'au moment où il s'échappe, ou qu'on le rejette, comme un pestiféré, de ce cloître éternel ; cet acte se comprend. Creuser une fosse dépasse sou-vent les forces de la nature. Comment veux-tu, étranger, que la pioche remue cette terre, qui d'abord nous nourrit, et puis nous donne un lit com-mode, préservé du vent de l'hiver soufflant avec furie dans ces froides contrées, lorsque celui qui tient la pioche, de ses tremblantes mains, après avoir toute la journée palpé convulsivement les joues des anciens vivants qui rentrent dans son royaume, voit, le soir, devant lui, écrit en lettres de flammes, sur chaque croix de bois, l'énoncé du problème effrayant que l'humanité n'a pas encore résolu : la mortalité ou l'immortalité de l'âme. Le créateur de l'univers, je lui ai toujours conservé mon amour ; mais, si, après la mort, nous ne devons plus exister, pourquoi vois-je, la plupart des nuits, chaque tombe s'ouvrir, et leurs habitants soulever doucement les couvercles de plomb, pour aller respirer l'air frais.

— Arrête-toi dans ton travail. L'émotion t'enlève tes forces ; tu me parais faible comme le roseau ; ce serait une grande folie de continuer. Je suis fort ; je vais prendre ta place. Toi, mets-toi à l'écart; tu me donneras des conseils, si je ne fais pas bien.

— Que ses bras sont musculeux, et qu'il y a du plaisir à le regarder bêcher la terre avec tant de facilité !

— Il ne faut pas qu'un doute inutile tourmente ta pensée : toutes ces tombes, qui sont éparses dans un cimetière, comme les fleurs dans une prairie, comparaison qui manque de vérité, sont dignes d'être mesurées avec le compas serein du philosophe. Les hallucinations dangereuses peuvent venir le jour ; mais, elles viennent surtout la nuit. Par conséquent, ne t'étonne pas des visions fantastiques que tes yeux semblent apercevoir. Pendant le jour, lorsque l'esprit est en repos, interroge ta conscience ; elle te dira, avec sûreté, que le Dieu qui a créé l'homme avec une parcelle de sa propre intelligence possède une bonté sans limites, et recevra, après la mort terrestre, ce chef-d'œuvre dans son sein. Fossoyeur, pourquoi pleures-tu? Pourquoi ces larmes, pareilles à celles d'une femme? Rappelle-toi-le bien ; nous sommes sur ce vaisseau démâté pour souffrir. C'est un mérite, pour l'homme, que Dieu l'ait jugé capable de vaincre ses souffrances les plus graves. Parle, et, puisque, d'après tes vœux les plus chers, l'on ne souffrirait pas, dis en quoi consisterait alors la vertu, idéal que chacun s'efforce d'atteindre, si ta langue est faite comme celle des autres hommes.

—Où suis-je ? N'ai-je pas changé de caractère ? Je sens un souffle puissant de consolation effleurer mon front rasséréné, comme la brise du printemps ranime l'espérance des vieillards. Quel est cet homme dont le langage sublime a dit des choses que le premier venu n'aurait pas prononcées ? Quelle beauté de musique dans la mélodie incomparable de sa voix ! Je préfère l'entendre parler, que chanter d'autres. Cependant, plus je l'observe, plus sa figure n'est pas franche. L'expression générale de ses traits contraste singulièrement avec ces paroles que l'amour de Dieu seul a pu inspirer. Son front, ridé de quelques plis, est marqué d'un stygmate indélébile. Ce stygmate, qui l'a vieilli avant l'âge, est-il honorable ou est il infâme ? Ses rides doivent-elles être regardées avec vénération ? Je l'ignore, et je crains de le savoir. Quoiqu'il dise ce qu'il ne pense pas, je crois néanmoins qu'il a des raisons pour agir comme il l'a fait, excité par les restes en lambeaux d'une charité détruite en lui. Il est absorbé dans des méditations qui me sont inconnues, et il redouble d'activité dans un travail ardu qu'il n'a pas l'habitude d'entreprendre. La sueur mouille sa peau ; il ne s'en aperçoit pas. Il est plus triste que les sentiments qu'inspire la vue d'un enfant au berceau. Oh ! comme il est sombre !... D'où sors-tu ?... Étranger, permets que je te touche, et que mes mains, qui étreignent rarement celles des vivants, s'imposent sur la noblesse de ton corps. Quoi qu'il en arrive, je saurais à quoi m'en tenir. Ces cheveux sont les plus beaux que j'aie touchés dans ma vie. Qui serait assez audacieux pour contester que je ne connais pas la qualité des cheveux?

— Que me veux-tu, quand je creuse une tombe? Le lion ne souhaite pas qu'on l'agace, quand il se repaît. Si tu ne le sais pas, je te l'apprends. Allons, dépêche-toi; accomplis ce que tu désires.

— Ce qui frissonne à mon contact, en me faisant frissonner moi-même, est de la chair, à n'en pas douter. Il est vrai... je ne rêve pas! Qui es-tu donc, toi, qui te penches là pour creuser une tombe, tandis que, comme un paresseux qui mange le pain des autres, je ne fais rien? C'est l'heure de dormir, ou de sacrifier son repos à la science. En tout cas, nul n'est absent de sa maison, et se garde de laisser la porte ouverte, pour ne pas laisser entrer les voleurs. Il s'enferme dans sa chambre, le mieux qu'il peut, tandis que les cendres de la vieille cheminée savent encore réchauffer la salle d'un reste de chaleur. Toi, tu ne fais pas comme les autres; tes habits indiquent un habitant de quelque pays lointain.

— Quoique je ne sois pas fatigué, il est inutile de creuser la fosse davantage. Maintenant, déshabille-moi; puis, tu me mettras dedans.

— La conversation, que nous avons tous les deux, depuis quelques instants, est si étrange, que je ne sais que te répondre... Je crois qu'il veut rire.

— Oui, oui, c'est vrai, je voulais rire ; ne fais plus attention à ce que j'ai dit.

Il s'est affaissé, et le fossoyeur s'est empressé de le soutenir !

— Qu'as-tu ?

— Oui, oui, c'est vrai, j'avais menti... j'étais fatigué quand j'ai abandonné la pioche... c'est la première fois que j'entreprenais ce travail... ne fais plus attention à ce que j'ai dit.

— Mon opinion prend de plus en plus de la consistance : c'est quelqu'un qui a des chagrins épouvantables. Que le ciel m'ôte la pensée de l'interroger. Je préfère rester dans l'incertitude, tant il m'inspire de la pitié. Puis, il ne voudrait pas me répondre, cela est certain : c'est souffrir deux fois que de communiquer son cœur en cet état anormal.

— Laisse-moi sortir de ce cimetière ; je continuerai ma route.

— Tes jambes ne te soutiennent point ; tu t'égarerais, pendant que tu cheminerais. Mon devoir est de t'offrir un lit grossier ; je n'en ai pas d'autre. Aie confiance en moi ; car, l'hospitalité ne demandera point la violation de tes secrets.

— O pou vénérable, toi dont le corps est dépourvu d'élytres, un jour, tu me reprochas avec aigreur de ne pas aimer suffisamment ta sublime intelligence, qui ne se laisse pas lire; peut-être avais-tu raison, puisque je ne sens même pas de la reconnaissance pour celui-ci. Fanal de Maldoror, où guides-tu ses pas?

— Chez moi. Que tu sois un criminel, qui n'a pas eu la précaution de laver sa main droite, avec du savon, après avoir commis son forfait, et facile à reconnaître, par l'inspection de cette main; ou un frère qui a perdu sa sœur; ou quelque monarque dépossédé, fuyant de ses royaumes, mon palais vraiment grandiose, est digne de te recevoir. Il n'a pas été construit avec du diamant et des pierres précieuses, car ce n'est qu'une pauvre chaumière, mal bâtie; mais, cette chaumière célèbre a un passé historique que le présent renouvelle et continue sans cesse. Si elle pouvait parler, elle t'étonnerait, toi, qui me parais ne t'étonner de rien. Que de fois, en même temps qu'elle, j'ai vu défiler, devant moi, les bières funéraires, contenant des os bientôt plus vermoulus que le revers de ma porte, contre laquelle je m'appuyai. Mes innombrables sujets augmentent chaque jour. Je n'ai pas besoin de faire, à des périodes fixes, aucun recensement pour m'en apercevoir. Ici, c'est comme chez les vivants; chacun paie un impôt, proportionnel à la richesse de la demeure qu'il s'est choisie; et, si quelque avare refusait de délivrer sa quote-part, j'ai ordre, en parlant à sa personne, de faire comme les huissiers : il ne manque pas de chacals et de vautours qui désireraient faire un bon repas. J'ai vu se ranger, sous les drapeaux de la mort, celui qui fut beau; celui qui, après sa vie, n'a pas enlaidi; l'homme, la femme, le mendiant, les fils de rois; les illusions de la jeunesse, les squelettes des vieillards; le génie, la folie; la paresse, son contraire; celui qui fut faux, celui qui fut vrai; le masque de l'orgueilleux, la modestie de l'humble; le vice couronné de fleurs et l'innocence trahie.

— Non certes, je ne refuse pas ta couche, qui est digne de moi, jusqu'à ce que l'aurore vienne, qui ne tardera point. Je te remercie de ta bienveillance... Fossoyeur, il est beau de contempler les ruines des cités; mais, il est plus beau de contempler les ruines des humains!

————

Le frère de la sangsue marchait à pas lents dans la forêt. Il s'arrête à plusieurs reprises, en ouvrant la bouche pour parler. Mais, chaque fois sa gorge se resserre, et refoule en arrière l'effort avorté. Enfin, il s'écrie : « Homme, lorsque tu rencontres un chien mort retourné, appuyé contre une écluse qui l'empêche de partir, n'aille pas, comme les autres, prendre avec ta main, les vers qui sortent de son ventre gonflé, les considérer avec étonnement, ouvrir un couteau, puis en dépecer un grand nombre, en te disant

que, toi, aussi, tu ne seras pas plus que ce chien.
Quel mystère cherches-tu? Ni moi, ni les quatre
pattes-nageoires de l'ours marin de l'océan Boréal,
n'avons pu trouver le problème de la vie. Prends
garde, la nuit s'approche, et tu es là depuis le matin.
Que dira ta famille, avec ta petite sœur, de te voir si
tard arriver? Lave tes mains, reprends la route qui
va où tu dors... Quel est cet être, là-bas, à l'horizon,
et qui ose approcher de moi, sans peur, à sauts obliques et tourmentés; et quelle majesté, mêlée d'une
douceur sereine! Son regard, quoique doux, est profond. Ses paupières énormes jouent avec la brise, et
paraissent vivre. Il m'est inconnu. En fixant ses
yeux monstrueux, mon corps tremble; c'est la première fois, depuis que j'ai sucé les sèches mamelles
de ce qu'on appelle une mère. Il y a comme une auréole de lumière éblouissante autour de lui. Quand il
a parlé, tout s'est tu dans la nature, et a éprouvé un
grand frisson. Puisqu'il te plaît de venir à moi,
comme attiré par un aimant, je ne m'y opposerai pas.
Qu'il est beau! Ça me fait de la peine de le dire.
Tu dois être puissant; car, tu as une figure plus
qu'humaine, triste comme l'univers, belle comme le
suicide. Je t'abhorre autant que je le peux; et je préfère voir un serpent, entrelacé autour de mon cou depuis le commencement des siècles, que non pas tes
yeux... Comment!... c'est toi, crapaud!... gros crapaud!... infortuné crapaud!... Pardonne!... par-

5

donne!... Que viens-tu faire sur cette terre où sont
les maudits? Mais, qu'as tu donc fait de tes pustules visqueuses et fétides, pour avoir l'air si doux?
Quand tu descendis d'en haut, par un ordre supérieur, avec la mission de consoler les diverses races
d'êtres existants, tu t'abattis sur la terre, avec la rapidité du milan, les ailes non fatiguées de cette longue, magnifique course; je te vis! Pauvre crapaud!
Comme alors je pensais à l'infini, en même temps
qu'à ma faiblesse. « Un de plus qui est supérieur à
ceux de la terre, me disais-je : cela, par la volonté
divine. Moi, pourquoi pas aussi? A quoi bon l'injustice, dans les décrets suprêmes? Est-il insensé, le
Créateur; cependant le plus fort, dont la colère est
terrible! » Depuis que tu m'es apparu, monarque des
étangs et des marécages! couvert d'une gloire qui
n'appartient qu'à Dieu, tu m'as en partie consolé ;
mais, ma raison chancelante s'abîme devant tant de
grandeur! Qui es-tu donc? Reste... oh! reste encore
sur cette terre! Replie tes blanches ailes, et ne regarde
pas en haut, avec des paupières inquiètes... Si tu
pars, partons ensemble! » Le crapaud s'assit sur les
cuisses de derrière (qui ressemblent tant à celles de
l'homme!) et, pendant que les limaces, les cloportes et
les limaçons s'enfuyaient à la vue de leur ennemi
mortel, prit la parole en ces termes : « Maldoror,
écoute-moi. Remarque ma figure, calme comme un
miroir, et je crois avoir une intelligence égale à la

tienne. Un jour, tu m'appelas le soutien de ta vie. Depuis lors, je n'ai pas démenti la confiance que tu m'avais vouée. Je ne suis qu'un simple habitant des roseaux, c'est vrai ; mais, grâce à ton propre contact, ne prenant que ce qu'il y avait de beau en toi, ma raison s'est agrandie, et je puis te parler. Je suis venu vers toi, afin de te retirer de l'abîme. Ceux qui s'intitulent tes amis te regardent, frappés de consternation, chaque fois qu'ils te rencontrent, pâle et voûté, dans les théâtres, dans les places publiques, dans les églises, ou pressant, de deux cuisses nerveuses, ce cheval qui ne galope que pendant la nuit, tandis qu'il porte son maître-fantôme, enveloppé dans un long manteau noir. Abandonne ces pensées, qui rendent ton cœur vide comme un désert ; elles sont plus brûlantes que le feu. Ton esprit est tellement malade que tu ne t'en aperçois pas, et que tu crois être dans ton naturel, chaque fois qu'il sort de ta bouche des paroles insensées, quoique pleines d'une infernale grandeur. Malheureux ! qu'as-tu dit depuis le jour de ta naissance ? O triste reste d'une intelligence immortelle, que Dieu avait créée avec tant d'amour ! Tu n'as engendré que des malédictions, plus affreuses que la vue de panthères affamées ! Moi, je préférerais avoir les paupières collées, mon corps manquant des jambes et des bras, avoir assassiné un homme, que ne pas être toi ! Parce que je te hais. Pourquoi avoir ce caractère qui m'étonne ?

De quel droit viens-tu sur cette terre, pour tourner en dérision ceux qui l'habitent, épave pourrie, ballottée par le scepticisme? Si tu ne t'y plais pas, il faut retourner dans les sphères d'où tu viens. Un habitant des cités ne doit pas résider dans les villages, pareil à un étranger. Nous savons que, dans les espaces, il existe des sphères plus spacieuses que la nôtre, et dont les esprits ont une intelligence que nous ne pouvons même pas concevoir. Eh bien, va-t'en!... retire-toi de ce sol mobile!... montre enfin ton essence divine, que tu as cachée jusqu'ici; et, le plus tôt possible, dirige ton vol ascendant vers ta sphère, que nous n'envions point, orgueilleux que tu es! car, je ne suis pas parvenu à reconnaître si tu es un homme ou plus qu'un homme! Adieu donc; n'espère plus retrouver le crapaud sur ton passage. Tu as été la cause de ma mort. Moi, je pars pour l'éternité, afin d'implorer ton pardon! »

S'il est quelquefois logique de s'en rapporter à l'apparence des phénomènes, ce premier chant finit ici. Ne soyez pas sévère pour celui qui ne fait encore qu'essayer sa lyre : elle rend un son si étrange! Cependant, si vous voulez être impartial, vous reconnaîtrez déjà une empreinte forte, au milieu des imperfections. Quant à moi, je vais me remettre au travail, pour faire paraître un deuxième chant, dans un laps de temps qui ne soit pas trop retardé. La fin du dix-neuvième siècle verra son poète (cependant, au début, il ne doit pas commencer par un chef-d'œuvre, mais suivre la loi de la nature); il est né sur les rives américaines, à l'embouchure de la Plata, là où deux peuples, jadis rivaux, s'efforcent actuellement de se surpasser par le progrès matériel et moral. Buenos-Ayres, la reine du Sud, et Montevideo, la coquette, se tendent une main amie, à travers les eaux argentines du grand estuaire. Mais, la guerre éternelle a placé son empire destructeur sur les campagnes, et moissonne avec joie des victimes nombreuses. Adieu, vieillard, et pense à moi, si tu m'as lu. Toi, jeune homme, ne te désespère point; car, tu as un ami dans le vampire, malgré ton opinion contraire. En comptant l'acarus sarcopte qui produit la gale, tu auras deux amis !

FIN DU PREMIER CHANT

CHANT DEUXIÈME

Où est-il passé ce premier chant de Maldoror, depuis que sa bouche, pleine des feuilles de la belladone, le laissa échapper, à travers les royaumes de la colère, dans un moment de réflexion ? Où est passé ce chant... On ne le sait pas au juste. Ce ne sont pas les arbres, ni les vents qui l'ont gardé. Et la morale, qui passait en cet endroit, ne présageant pas qu'elle avait, dans ces pages incandescentes, un défenseur énergique, l'a vu se diriger, d'un pas ferme et droit, vers les recoins obscurs et les fibres secrètes des consciences. Ce qui est du moins acquis à la science, c'est que, depuis ce temps, l'homme, à la figure de crapaud, ne se reconnaît plus lui-même, et tombe souvent dans des accès de fureur qui le font ressembler à une bête des bois. Ce n'est pas sa faute. Dans tous les temps, il avait cru, les paupières ployant sous les résédas de la modestie, qu'il n'était composé que de bien et d'une quantité minime de mal. Brus-

quement je lui appris, en découvrant au plein jour
son cœur et ses trames, qu'au contraire il n'est composé que de mal, et d'une quantité minime de bien
que les législateurs ont de la peine à ne pas laisser
évaporer. Je voudrais qu'il ne ressente pas, moi, qui
ne lui apprends rien de nouveau,. une honte éternelle pour mes amères vérités; mais, la réalisation de
ce souhait ne serait pas conforme aux lois de la nature. En effet, j'arrache le masque à sa figure traî-
tresse et pleine de boue, et je fais tomber un à un,
comme des boules d'ivoire sur un bassin d'argent,
les mensonges sublimes avec lesquels il se trompe
lui-même : il est alors compréhensible qu'il n'ordonne pas au calme d'imposer les mains sur son visage, même quand la raison disperse les ténèbres de
l'orgueil. C'est pourquoi, le héros que je mets en
scène s'est attiré une haine irréconciliable, en atta-
quant l'humanité, qui se croyait invulnérable, par
la brèche d'absurdes tirades philanthropiques; elles
sont entassées, comme des grains de sable, dans ses
livres, dont je suis quelquefois sur le point, quand
la raison m'abandonne, d'estimer le comique si cocasse, mais ennuyant. Il l'avait prévu. Il ne suffit pas
de sculpter la statue de la bonté sur le fronton des
parchemins que contiennent les bibliothèques. O être
humain! te voilà, maintenant, nu comme un ver, en
présence de mon glaive de diamant! Abandonne ta
méthode; il n'est plus temps de faire l'orgueilleux :

j'élance vers toi ma prière, dans l'attitude de la prosternation. Il y a quelqu'un qui observe les moindres
mouvements de ta coupable vie ; tu es enveloppé par
les réseaux subtils de sa perspicacité acharnée. Ne
te fie pas à lui, quand il tourne les reins ; car, il te
regarde ; ne te fie pas à lui, quand il ferme les yeux ;
car, il te regarde encore. Il est difficile de supposer
que, touchant les ruses et la méchanceté, ta redoutable résolution soit de surpasser l'enfant de mon
imagination. Ses moindres coups portent. Avec des
précautions, il est possible d'apprendre à celui qui
croit l'ignorer que les loups et les brigands ne se dévorent pas entre eux : ce n'est peut-être pas leur
coutume. Par conséquent, remets sans peur, entre ses
mains, le soin de ton existence : il la conduira d'une
manière qu'il connaît. Ne crois pas à l'intention qu'il
fait reluire au soleil de te corriger ; car, tu l'inté-
resses médiocrement, pour ne pas dire moins ; encore n'approché-je pas, de la vérité totale, la bienveillante mesure de ma vérification. Mais, c'est qu'il
aime à te faire du mal, dans la légitime persuasion
que tu deviennes aussi méchant que lui, et que tu
l'accompagnes dans le gouffre béant de l'enfer,
quand cette heure sonnera. Sa place est depuis longtemps marquée, à l'endroit où l'on remarque une
potence en fer, à laquelle sont suspendus des chaînes
et des carcans. Quand la destinée l'y portera, le funèbre entonnoir n'aura jamais goûté de proie plus

savoureuse, ni lui contemplé de demeure plus convenable. Il me semble que je parle d'une manière
intentionnellement paternelle, et que l'humanité n'a
pas le droit de se plaindre.

———————

Je saisis la plume qui va construire le deuxième
chant... instrument arraché aux ailes de quelque
pygargue roux ! Mais... qu'ont-ils donc mes doigts ?
Les articulations demeurent paralysées , dès que
je commence mon travail. Cependant, j'ai besoin
d'écrire... C'est impossible ! Eh bien, je répète que
j'ai besoin d'écrire ma pensée : j'ai le droit, comme
un autre, de me soumettre à cette loi naturelle...
Mais non, mais non, la plume reste inerte !... Tenez,
voyez, à travers les campagnes, l'éclair qui brille au
loin. L'orage parcourt l'espace. Il pleut... Il pleut
toujours... Comme il pleut !... La foudre a éclaté...
elle s'est abattue sur ma fenêtre entr'ouverte, et m'a
étendu sur le carreau, frappé au front. Pauvre jeune
homme ! ton visage était déjà assez maquillé par les
rides précoces et la difformité de naissance, pour ne
pas avoir besoin, en outre, de cette longue cicatrice
sulfureuse ! (Je viens de supposer que la blessure est
guérie, ce qui n'arrivera pas de sitôt.) Pourquoi cet
orage, et pourquoi la paralysie de mes doigts ? Est-ce
un avertissement d'en haut pour m'empêcher d'écrire,

et de mieux considérer ce à quoi je m'expose, en
distillant la bave de ma bouche carrée? Mais, cet
orage ne m'a pas causé la crainte. Que m'importerait une légion d'orages ! Ces agents de la police céleste accomplissent avec zèle leur pénible devoir, si
j'en juge sommairement par mon front blessé. Je n'ai
pas à remercier le Tout-Puissant de son adresse remarquable; il a envoyé la foudre de manière à
couper précisément mon visage en deux, à partir du
front, endroit où la blessure a été le plus dangereuse :
qu'un autre le félicite ! Mais, les orages attaquent
quelqu'un de plus fort qu'eux. Ainsi donc, horrible
Éternel, à la figure de vipère, il a fallu que, non content d'avoir placé mon âme entre les frontières de la
folie et les pensées de fureur qui tuent d'une manière
lente, tu aies cru, en outre, convenable à ta majesté,
après un mûr examen, de faire sortir de mon front
une coupe de sang !... Mais, enfin, qui te dit quelque
chose? Tu sais que je ne t'aime pas, et qu'au contraire je te hais : pourquoi insistes-tu ? Quand ta
conduite voudra-t-elle cesser de s'envelopper des
apparences de la bizarrerie? Parle-moi franchement,
comme à un ami : est-ce que tu ne te doutes pas,
enfin, que tu montres, dans ta persécution odieuse,
un empressement naïf, dont aucun de tes séraphins
n'oserait faire ressortir le complet ridicule? Quelle
colère te prend ? Sache que, si tu me laissais vivre à
l'abri de tes poursuites, ma reconnaissance t'appar-

tiendrait... Allons, Sultan, avec ta langue, débar-
rasse-moi de ce sang qui salit le parquet. Le ban-
dage est fini : mon front étanché a été lavé avec de
l'eau salée, et j'ai croisé des bandelettes à travers
mon visage. Le résultat n'est pas infini : quatre
chemises, pleines de sang et deux mouchoirs. On ne
croirait pas, au premier abord, que Maldoror contînt tant de sang dans ses artères ; car, sur sa figure,
ne brillent que les reflets du cadavre. Mais, enfin,
c'est comme ça. Peut-être que c'est à peu près tout
le sang que pût contenir son corps, et il est probable
qu'il n'y en reste pas beaucoup. Assez, assez, chien
avide ; laisse le parquet tel qu'il est ; tu as le ventre
rempli. Il ne faut pas continuer de boire ; car, tu ne
tarderais pas à vomir. Tu es convenablement repu,
va te coucher dans le chenil ; estime-toi nager dans
le bonheur ; car, tu ne penseras pas à la faim, pendant
trois jours immenses, grâce aux globules que tu as
descendues dans ton gosier, avec une satisfaction so-
lennellement visible. Toi, Léman, prends un balai ;
je voudrais aussi en prendre un, mais je n'en ai pas la
force. Tu comprends, n'est-ce pas, que je n'en ai pas
la force ? Remets tes pleurs dans leur fourreau ;
sinon, je croirais que tu n'as pas le courage de contempler, avec sang-froid, la grande balafre, occasionnée par un supplice déjà perdu pour moi dans la
nuit des temps passés. Tu iras chercher à la fontaine
deux seaux d'eau. Une fois le parquet lavé, tu met-

tras ces linges dans la chambre voisine. Si la blanchisseuse revient ce soir, comme elle doit le faire, tu
les lui remettras ; mais, comme il a plu beaucoup
depuis une heure, et qu'il continue de pleuvoir, je ne
crois pas qu'elle sorte de chez elle ; alors, elle viendra
demain matin. Si elle te demande d'où vient tout ce
sang, tu n'es pas obligé de lui répondre. Oh ! que je
suis faible ! N'importe ; j'aurai cependant la force de
soulever le porte-plume, et le courage de creuser ma
pensée. Qu'a-t-il rapporté au Créateur de me tracasser, comme si j'étais un enfant, par un orage qui
porte la foudre ? Je n'en persiste pas moins dans
ma résolution d'écrire. Ces bandelettes m'embêtent,
et l'atmosphère de ma chambre respire le sang...

Qu'il n'arrive pas le jour où, Lohengrin et moi,
nous passerons dans la rue, l'un à côté de l'autre,
sans nous regarder, en nous frôlant le coude, comme
deux passants pressés ! Oh ! qu'on me laisse fuir à
jamais loin de cette supposition ! L'Éternel a créé le
monde tel qu'il est : il montrerait beaucoup de sagesse si, pendant le temps strictement nécessaire
pour briser d'un coup de marteau la tête d'une
femme, il oubliait sa majesté sidérale, afin de nous
révéler les mystères au milieu desquels notre existence
étouffe, comme un poisson au fond d'une barque.

6

Mais, il est grand et noble; il l'emporte sur nous par la puissance de ses conceptions; s'il parlementait avec les hommes, toutes les hontes rejailliraient jusqu'à son visage. Mais... misérable que tu es! pourquoi ne rougis-tu pas? Ce n'est pas assez que l'armée des douleurs physiques et morales, qui nous entoure, ait été enfantée : le secret de notre destinée en haillons ne nous est pas divulgué. Je le connais, le Tout-Puissant... et lui, aussi, doit me connaître. Si, par hasard, nous marchons sur le même sentier, sa vue perçante me voit arriver de loin : il prend un chemin de traverse, afin d'éviter le triple dard de platine que la nature me donna comme une langue! Tu me feras plaisir, ô Créateur, de me laisser épancher mes sentiments. Maniant les ironies terribles, d'une main ferme et froide, je t'avertis que mon cœur en contiendra suffisamment, pour m'attaquer à toi, jusqu'à la fin de mon existence. Je frapperai ta carcasse creuse; mais, si fort, que je me charge d'en faire sortir les parcelles restantes d'intelligence que tu n'as pas voulu donner à l'homme, parce que tu aurais été jaloux de le faire égal à toi, et que tu avais effrontément cachées dans tes boyaux, rusé bandit, comme si tu ne savais pas qu'un jour où l'autre je les aurais découvertes de mon œil toujours ouvert, les aurais enlevées, et les aurais partagées avec mes semblables. J'ai fait ainsi que je parle, et, maintenant, ils ne te craignent plus; ils traitent de puissance à puissance avec toi. Donne-moi la mort, pour faire repentir mon audace : je découvre ma poitrine et j'attends avec humilité. Apparaissez donc, envergures dérisoires de châtiments éternels !... déploiements emphatiques d'attributs trop vantés ! Il a manifesté l'incapacité d'arrêter la circulation de mon sang qui le nargue. Cependant, j'ai des preuves qu'il n'hésite pas d'éteindre, à la fleur de l'âge, le souffle d'autres humains, quand ils ont à peine goûté les jouissances de la vie. C'est simplement atroce; mais, seulement, d'après la faiblesse de mon opinion ! J'ai vu le Créateur, aiguillonnant sa cruauté inutile, embraser des incendies où périssaient les vieillards et les enfants ! Ce n'est pas moi qui commence l'attaque; c'est lui qui me force à le faire tourner, ainsi qu'une toupie, avec le fouet aux cordes d'acier. N'est-ce pas lui qui me fournit des accusations contre lui-même? Ne tarira point ma verve épouvantable ! Elle se nourrit des cauchemars insensés qui tourmentent mes insomnies. C'est à cause de Lohengrin que ce qui précède a été écrit; revenons donc à lui. Dans la crainte qu'il ne devînt plus tard comme les autres hommes, j'avais d'abord résolu de le tuer à coups de couteau, lorsqu'il aurait dépassé l'âge d'innocence. Mais, j'ai réfléchi, et j'ai abandonné sagement ma résolution à temps. Il ne se doute pas que sa vie a été en péril pendant un quart d'heure. Tout était prêt, et le couteau avait été acheté. Ce stylet

était mignon, car j'aime la grâce et l'élégance jusque
dans les appareils de la mort; mais il était long et
pointu. Une seule blessure au cou, en perçant avec
soin une des artères carotides, et je crois que ç'aurait suffi. Je suis content de ma conduite; je me serais repenti plus tard. Donc, Lohengrin, fais ce que
tu voudras, agis comme il te plaira, enferme-moi
toute la vie dans une prison obscure, avec des scorpions pour compagnons de ma captivité, ou arrache-
moi un œil jusqu'à ce qu'il tombe à terre, je ne te
ferai jamais le moindre reproche; je suis à toi, je
t'appartiens, je ne vis plus pour moi. La douleur
que tu me causeras ne sera pas comparable au bonheur de savoir, que celui qui me blesse, de ses mains
meurtrières, est trempé dans une essence plus divine
que celle de ses semblables! Oui, c'est encore beau
de donner sa vie pour un être humain, et de conserver ainsi l'espérance que tous les hommes ne sont
pas méchants, puisqu'il y en a eu un, enfin, qui a su
attirer, de force, vers soi, les répugnances défiantes
de ma sympathie amère!...

———

Il est minuit; on ne voit plus un seul omnibus de
la Bastille à la Madeleine. Je me trompe; en voilà
un qui apparaît subitement, comme s'il sortait de
dessous terre. Les quelques passants attardés le re-

gardent attentivement; car, il paraît ne ressembler à
aucun autre. Sont assis, à l'impériale, des hommes
qui ont l'œil immobile, comme celui d'un poisson
mort. Ils sont pressés les uns contre les autres, et
paraissent avoir perdu la vie; au reste, le nombre
réglementaire n'est pas dépassé. Lorsque le cocher
donne un coup de fouet à ses chevaux, on dirait que
c'est le fouet qui fait remuer son bras, et non son
bras le fouet. Que doit être cet assemblage d'êtres
bizarres et muets? Sont-ce des habitants de la lune?
Il y a des moments où on serait tenté de le croire;
mais, ils ressemblent plutôt à des cadavres. L'omnibus, pressé d'arriver à la dernière station, dévore
l'espace, et fait craquer le pavé... Il s'enfuit!... Mais,
une masse informe le poursuit avec acharnement,
sur ses traces, au milieu de la poussière. « Arrêtez,
je vous en supplie; arrêtez... mes jambes sont gonflées d'avoir marché pendant la journée... je n'ai pas
mangé depuis hier... mes parents m'ont abandonné...
je ne sais plus que faire... je suis résolu de retourner
chez moi, et j'y serais vite arrivé, si vous m'accor-
diez une place... je suis un petit enfant de huit ans,
et j'ai confiance en vous... » Il s'enfuit!... Il s'enfuit!... Mais, une masse informe le poursuit avec
acharnement, sur ses traces, au milieu de la poussière. Un de ces hommes, à l'œil froid, donne un
coup de coude à son voisin, et paraît lui exprimer
son mécontentement de ces gémissements, au timbre

argentin, qui parviennent jusqu'à son oreille. L'autre baisse la tête d'une manière imperceptible, en forme d'acquiescement, et se replonge ensuite dans l'immobilité de son égoïsme, comme une tortue dans sa carapace. Tout indique dans les traits des autres voyageurs les mêmes sentiments que ceux des deux premiers. Les cris se font encore entendre pendant deux ou trois minutes, plus perçants de seconde en seconde. L'on voit des fenêtres s'ouvrir sur le boulevard, et une figure effarée, une lumière à la main, après avoir jeté les yeux sur la chaussée, refermer le volet avec impétuosité, pour ne plus reparaître... Il s'enfuit!... Il s'enfuit!... Mais, une masse informe le poursuit avec acharnement, sur ses traces, au milieu de la poussière. Seul, un jeune homme, plongé dans la rêverie, au milieu de ces personnages de pierre, paraît ressentir de la pitié pour le malheur. En faveur de l'enfant, qui croit pouvoir l'atteindre, avec ses petites jambes endolories, il n'ose pas élever la voix; car les autres hommes lui jettent des regards de mépris et d'autorité, et il sait qu'il ne peut rien faire contre tous. Le coude appuyé sur ses genoux et la tête entre ses mains, il se demande, stupéfait, si c'est là vraiment ce qu'on appelle *la charité humaine*. Il reconnaît alors que ce n'est qu'un vain mot, qu'on ne trouve plus même dans le dictionnaire de la poésie, et avoue avec franchise son erreur. Il se dit : « En effet, pourquoi s'intéresser à un petit enfant?

Laissons-le de côté. » Cependant, une larme brûlante
a roulé sur la joue de cet adolescent, qui vient de
blasphémer. Il passe péniblement la main sur son
front, comme pour en écarter un nuage dont l'opacité obscurcit son intelligence. Il se démène, mais en
vain, dans le siècle où il a été jeté ; il sent qu'il n'y
est pas à sa place, et cependant il ne peut en sortir.
Prison terrible ! Fatalité hideuse ! Lombano, je suis
content de toi depuis ce jour ! Je ne cessais pas de
t'observer, pendant que ma figure respirait la même
indifférence que celle des autres voyageurs. L'adolescent se lève, dans un mouvement d'indignation, et
veut se retirer, pour ne pas participer, même invo-
lontairement, à une mauvaise action. Je lui fais un
signe, et il se remet à mon côté... Il s'enfuit ! Il s'enfuit !... Mais, une masse informe le poursuit avec
acharnement, sur ses traces, au milieu de la poussière. Les cris cessent subitement ; car, l'enfant a
touché du pied contre un pavé en saillie, et s'est fait
une blessure à la tête, en tombant. L'omnibus a disparu à l'horizon, et l'on ne voit plus que la rue silencieuse... Il s'enfuit !... Il s'enfuit !... Mais, une masse
informe ne le poursuit plus avec acharnement, sur
ses traces, au milieu de la poussière. Voyez ce chiffonnier qui passe, courbé sur sa lanterne pâlotte ; il
y a en lui plus de cœur que dans tous ses pareils de
l'omnibus. Il vient de ramasser l'enfant ; soyez sûr
qu'il le guérira, et ne l'abandonnera pas, comme ont

fait ses parents. Il s'enfuit!... Il s'enfuit!... Mais, de l'endroit où il se trouve, le regard perçant du chiffonnier le poursuit avec acharnement, sur ses traces, au milieu de la poussière!... Race stupide et idiote! Tu te repentiras de te conduire ainsi. C'est moi qui te le dis. Tu t'en repentiras, va! tu t'en repentiras. Ma poésie ne consistera qu'à attaquer, par tous les moyens, l'homme, cette bête fauve, et le Créateur, qui n'aurait pas dû engendrer une pareille vermine. Les volumes s'entasseront sur les volumes, jusqu'à la fin de ma vie, et, cependant, l'on n'y verra que cette seule idée, toujours présente à ma conscience!

———————

Faisant ma promenade quotidienne, chaque jour je passais dans une rue étroite; chaque jour, une jeune fille svelte de dix ans me suivait, à distance, respectueusement, le long de cette rue, en me regardant avec des paupières sympathiques et curieuses. Elle était grande pour son âge et avait la taille élancée. D'abondants cheveux noirs, séparés en deux sur la tête, tombaient en tresses indépendantes sur des épaules marmoréennes. Un jour, elle me suivait comme de coutume; les bras musculeux d'une femme du peuple la saisit par les cheveux, comme le tourbillon saisit la feuille, appliqua deux gifles brutales sur une joue fière et muette, et ramena dans la maison cette conscience égarée. En vain, je faisais l'insouciant ; elle ne manquait jamais de me poursuivre de sa présence devenue inopportune. Lorsque j'enjambais une autre rue, pour continuer mon chemin, elle s'arrêtait, faisant un violent effort sur elle-même, au terme de cette rue étroite, immobile comme la statue du Silence, et ne cessait de regarder devant elle, jusqu'à ce que je disparusse. Une fois, cette jeune fille me précéda dans la rue, et emboîta le pas devant moi. Si j'allais vite pour la dépasser, elle courait presque pour maintenir la distance égale ; mais, si je ralentissais le pas, pour qu'il y eût un intervalle de chemin, assez grand entre elle et moi, alors, elle le ralentissait aussi, et y mettait la grâce de l'enfance. Arrivée au terme de la rue, elle se retourna lentement, de manière à me barrer le passage. Je n'eus pas le temps de m'esquiver, et je me trouvai devant sa figure. Elle avait les yeux gonflés et rouges. Je voyais facilement qu'elle voulait me parler, et qu'elle ne savait comment s'y prendre. Devenue subitement pâle comme un cadavre, elle me demanda : « Auriez-vous la bonté de me dire quelle heure est-il ? » Je lui dis que je ne portais pas de montre, et je m'éloignai rapidement. Depuis ce jour, enfant à l'imagination inquiète et précoce, tu n'as plus revu, dans la rue étroite, le jeune homme mystérieux qui battait péniblement, de sa sandale lourde, le pavé des carrefours tortueux. L'apparition de cette comète enflammée ne reluira plus, comme un triste sujet de curiosité fanatique, sur la façade de ton observation déçue; et, tu penseras souvent, trop souvent, peut-être toujours, à celui qui ne paraissait pas s'inquiéter des maux, ni des biens de la vie présente, et s'en allait au hasard, avec une figure horriblement morte, les cheveux hérissés, la démarche chancelante, et les bras nageant aveuglément dans les eaux ironiques de l'éther, comme pour y chercher la proie sanglante de l'espoir, ballottée continuellement, à travers les immenses régions de l'espace, par le chasse-neige implacable de la fatalité. Tu ne me verras plus, et je ne te verrai plus!... Qui sait? Peut-être que cette fille n'était pas ce qu'elle se montrait. Sous une enveloppe naïve, elle cachait peut-être une immense ruse, le poids de dix-huit années, et le charme du vice. On a vu des vendeuses d'amour s'expatrier avec gaîté des îles Britanniques, et franchir le détroit. Elles rayonnaient leurs ailes, en tournoyant, en essaims dorés, devant la lumière parisienne; et, quand vous les apperceviez, vous disiez : « Mais elles sont encore enfants; elles n'ont pas plus de dix ou douze ans. » En réalité elles en avaient vingt. Oh! dans cette supposition, maudits soient-ils les détours de cette rue obscure! Horrible! horrible! ce qui s'y passe. Je crois que sa mère la frappa parce qu'elle ne faisait pas son métier avec assez d'adresse. Il est possible que ce ne fût qu'un

enfant, et alors la mère est plus coupable encore.
Moi, je ne veux pas croire à cette supposition, qui
n'est qu'une hypothèse, et je préfère aimer, dans ce
caractère romanesque, une âme qui se dévoile trop
tôt... Ah! vois-tu, jeune fille, je t'engage à ne plus
reparaître devant mes yeux, si jamais je repasse
dans la rue étroite. Il pourrait t'en coûter cher! Déjà
le sang et la haine me montent vers la tête, à flots
bouillants. Moi, être assez généreux pour aimer mes
semblables! Non, non! Je l'ai résolu depuis le jour
de ma naissance! Ils ne m'aiment pas, eux! On verra
les mondes se détruire, et le granit glisser, comme
un cormóran, sur la surface des flots, avant que
je touche la main infâme d'un être humain. Arrière.. arrière, cette main!... Jeune fille, tu n'es pas
un ange, et tu deviendras, en somme, comme les
autres femmes. Non, non, je t'en supplie; ne reparais plus devant mes sourcils froncés et louches.
Dans un moment d'égarement, je pourrais te prendre les bras, les tordre comme un linge lavé dont
on exprime l'eau, ou les casser avec fracas, comme
deux branches sèches, et te les faire ensuite manger,
en employant la force. Je pourrais, en prenant ta
tête entre mes mains, d'un air caressant et doux, enfoncer mes doigts avides dans les lobes de ton cerveau innocent, pour en extraire, le sourire aux
lèvres, une graisse efficace qui lave mes yeux, en-
doloris par l'insomnie éternelle de la vie. Je pour-

rais, cousant tes paupières avec une aiguille, te pri-
ver du spectacle de l'univers, et te mettre dans
l'impossibilité de trouver ton chemin; ce n'est pas
moi qui te servirai de guide. Je pourrais, soulevant
ton corps vierge avec un bras de fer, te saisir par les
jambes, te faire rouler autour de moi, comme une
fronde, concentrer mes forces en décrivant la dernière circonférence, et te lancer contre la muraille.
Chaque goutte de sang rejaillira sur une poitrine
humaine, pour effrayer les hommes, et mettre devant eux l'exemple de ma méchanceté! Ils s'arrache-
ront sans trêve des lambeaux et des lambeaux de
chair; mais, la goutte de sang reste ineffaçable, à la
même place, et brillera comme un diamant. Sois tranquille, je donnerai à une demi-douzaine de domestiques l'ordre de garder les restes vénérés de ton
corps, et de les préserver de la faim des chiens voraces. Sans doute, le corps est resté plaqué sur la
muraille, comme une poire mûre, et n'est pas tombé
à terre; mais, les chiens savent accomplir des bonds
élevés, si l'on n'y prend garde.

———

Cet enfant, qui est assis sur un banc du jardin des
Tuileries, comme il est gentil! Ses yeux hardis dar-
dent quelque objet invisible, au loin, dans l'espace. Il
ne doit pas avoir plus de huit ans, et, cependant, il

ne s'amuse pas, comme il serait convenable. Tout
au moins il devrait rire et se promener avec quelque
camarade, au lieu de rester seul ; mais, ce n'est pas
son caractère.

Cet enfant, qui est assis sur un banc du jardin des
Tuileries, comme il est gentil ! Un homme, mû par
un dessein caché, vient s'asseoir à côté de lui, sur le
même banc, avec des allures équivoques. Qui est-ce ?
Je n'ai pas besoin de vous le dire ; car, vous le reconnaîtrez à sa conversation tortueuse. Écoutons-les,
ne les dérangeons pas :

— A quoi pensais-tu, enfant ?

— Je pensais au ciel.

— Il n'est pas nécessaire que tu penses au ciel ;
c'est déjà assez de penser à la terre. Es-tu fatigué de
vivre, toi qui viens à peine de naître ?

— Non, mais chacun préfère le ciel à la terre.

— Eh bien, pas moi. Car, puisque le ciel a été fait
par Dieu, ainsi que la terre, sois sûr que tu y ren-
contreras les mêmes maux qu'ici-bas. Après ta mort,
tu ne seras pas récompensé d'après tes mérites ; car,
si l'on te commet des injustices sur cette terre (comme
tu l'éprouveras, par expérience, plus tard), il n'y a pas
de raison pour que, dans l'autre vie, on ne t'en com-
mette non plus. Ce que tu as de mieux à faire, c'est
de ne pas penser à Dieu, et de te faire justice toi-même,
puisqu'on te la refuse. Si un de tes camarades t'offen-
sait, est-ce que tu ne serais pas heureux de le tuer ?

— Mais, c'est défendu.

— Ce n'est pas si défendu que tu crois. Il s'agit seulement de ne pas se laisser attraper. La justice qu'apportent les lois ne vaut rien; c'est la jurisprudence de l'offensé qui compte. Si tu détestais un de tes camarades, est-ce que tu ne serais pas malheureux de songer qu'à chaque instant tu aies sa pensée devant tes yeux?

— C'est vrai.

— Voilà donc un de tes camarades qui te rendrait malheureux toute ta vie; car, voyant que ta haine n'est que passive, il ne continuera pas moins de se narguer de toi, et de te causer du mal impunément. Il n'y a donc qu'un moyen de faire cesser la situation; c'est de se débarrasser de son ennemi. Voilà où je voulais en venir, pour te faire comprendre sur quelles bases est fondée la société actuelle. Chacun doit se faire justice lui-même, sinon il n'est qu'un imbécile. Celui qui remporte la victoire sur ses semblables, celui-là est le plus rusé et le plus fort. Est-ce que tu ne voudrais pas un jour dominer tes semblables?

— Oui, oui.

— Sois donc le plus fort et le plus rusé. Tu es encore trop jeune pour être le plus fort; mais, dès aujourd'hui, tu peux employer la ruse, le plus bel instrument des hommes de génie. Lorsque le berger David atteignait au front le géant Goliath d'une pierre lancée par la fronde, est-ce qu'il n'est pas admirable de remarquer que c'est seulement par la ruse que David a vaincu son adversaire, et que si, au contraire, ils s'étaient pris à bras-le-corps, le géant l'aurait écrasé comme une mouche? Il en est de même pour toi. A guerre ouverte, tu ne pourras jamais vaincre les hommes, sur lesquels tu es désireux d'étendre ta volonté; mais, avec la ruse, tu pourras lutter seul contre tous. Tu désires les richesses, les beaux palais et la gloire? ou m'as-tu trompé quand tu m'as affirmé ces nobles prétentions?

— Non, non, je ne vous trompais pas. Mais, je voudrais acquérir ce que je désire par d'autres moyens.

— Alors, tu n'acquerras rien du tout. Les moyens vertueux et bonasses ne mènent à rien. Il faut mettre à l'œuvre des leviers plus énergiques et des trames plus savantes. Avant que tu deviennes célèbre par ta vertu et que tu atteignes le but, cent autres auront le temps de faire des cabrioles par dessus ton dos, et d'arriver au bout de la carrière avant toi, de telle manière qu'il ne s'y trouvera plus de place pour tes idées étroites. Il faut savoir embrasser, avec plus de grandeur, l'horizon du temps présent. N'as-tu jamais entendu parler, par exemple, de la gloire immense qu'apportent les victoires? Et, cependant, les victoires ne se font pas seules. Il faut verser du sang, beaucoup de sang, pour les engendrer et les déposer aux pieds des conquérants. Sans les cadavres et les membres épars que tu aperçois dans la plaine, où s'est opéré sagement le carnage, il n'y aurait pas de guerre, et, sans guerre, il n'y aurait pas de victoire. Tu vois que, lorsqu'on veut devenir célèbre, il faut se plonger avec grâce dans des fleuves de sang, alimentés par de la chair à canon. Le but excuse le moyen. La première chose, pour devenir celèbre, est d'avoir de l'argent. Or, comme tu n'en as pas, il faudra assassiner pour en acquérir ; mais, comme tu n'es pas assez fort pour manier le poignard, fais-toi voleur, en attendant que tes membres aient grossi. Et, pour qu'ils grossissent plus vite, je te conseille de faire de la gymnastique deux fois par jour, une heure le matin, une heure le soir. De cette manière, tu pourras essayer le crime, avec un certain succès, dès l'âge de quinze ans, au lieu d'attendre jusqu'à vingt. L'amour de la gloire excuse tout, et peut-être, plus tard, maître de tes semblables, leur feras-tu presque autant de bien que tu leur as fait du mal au commencement !...

Maldoror s'aperçoit que le sang bouillonne dans la tête de son jeune interlocuteur ; ses narines sont gonflées, et ses lèvres rejettent une légère écume blanche. Il lui tâte le pouls ; les pulsations sont précipitées. La fièvre a gagné ce corps délicat. Il craint les suites de ses paroles ; il s'esquive, le malheureux, contrarié de n'avoir pas pu entretenir cet enfant pendant plus longtemps. Lorsque, dans l'âge mûr, il est si difficile de maîtriser les passions, balancé entre le bien et le mal, qu'est-ce dans un esprit, encore plein d'inexpérience? et quelle somme d'énergie relative ne lui faut-il pas en plus? L'enfant en sera quitte pour garder le lit trois jours. Plût au ciel que le contact maternel amène la paix dans cette fleur sensible, fragile enveloppe d'une belle âme!

———

Là, dans un bosquet entouré de fleurs, dort l'hermaphrodite, profondément assoupi sur le gazon, mouillé de ses pleurs. La lune a dégagé son disque de la masse des nuages, et caresse avec ses pâles rayons cette douce figure d'adolescent. Ses traits expriment l'énergie la plus virile, en même temps que la grâce d'une vierge céleste. Rien ne paraît naturel en lui, pas même les muscles de son corps, qui se fraient un passage à travers les contours harmonieux de formes féminines. Il a le bras recourbé sur le front, l'autre main appuyée contre la poitrine, comme pour comprimer les battements d'un cœur fermé à toutes les confidences, et chargé du pesant fardeau d'un secret éternel. Fatigué de la vie, et honteux de marcher parmi des êtres qui ne lui ressemblent pas, le désespoir a gagné son âme, et il s'en va seul, comme le mendiant de la vallée. Comment se procure-t-il les moyens d'existence? Des

7.

âmes compatissantes veillent de près sur lui, sans
qu'il se doute de cette surveillance, et ne l'abandonnent pas : il est si bon ! il est si résigné ! Volontiers
il parle quelquefois avec ceux qui ont le caractère
sensible, sans leur toucher la main, et se tient à distance, dans la crainte d'un danger imaginaire. Si on
lui demande pourquoi il a pris la solitude pour compagne, ses yeux se lèvent vers le ciel, et retiennent
avec peine une larme de reproche contre la Providence ; mais, il ne répond pas à cette question imprudente, qui répand, dans la neige de ses paupières, la rougeur de la rose matinale. Si l'entretien se
prolonge, il devient inquiet, tourne les yeux vers les
quatre points de l'horizon, comme pour chercher à
fuir la présence d'un ennemi invisible qui s'approche,
fait de la main un adieu brusque, s'éloigne sur les
ailes de sa pudeur en éveil, et disparaît dans la forêt.
On le prend généralement pour un fou. Un jour,
quatre hommes masqués, qui avaient reçu des ordres, se jetèrent sur lui et le garrottèrent solidement,
de manière qu'il ne pût remuer que les jambes. Le
fouet abattit ses rudes lanières sur son dos, et ils lui
dirent qu'il se dirigeât sans délai vers la route qui
mène à Bicêtre. Il se mit à sourire en recevant les
coups, et leur parla avec tant de sentiment, d'intelligence sur beaucoup de sciences humaines qu'il avait
étudiées et qui montraient une grande instruction
dans celui qui n'avait pas encore franchi le seuil de

la jeunesse, et sur les destinées de l'humanité où il dévoila entière la noblesse poétique de son âme, que ses gardiens, épouvantés jusqu'au sang de l'action qu'ils avaient commise, délièrent ses membres brisés, se traînèrent à ses genoux, en demandant un pardon qui fut accordé, et s'éloignèrent, avec les marques d'une vénération qui ne s'accorde pas ordinairement aux hommes. Depuis cet événement, dont on parla beaucoup, son secret fut deviné par chacun, mais on paraît l'ignorer, pour ne pas augmenter ses souffrances; et le gouvernement lui accorde une pension honorable, pour lui faire oublier qu'un instant on voulut l'introduire par force, sans vérification préalable, dans un hospice d'aliénés. Lui, il emploie la moitié de son argent; le reste, il le donne aux pauvres. Quand il voit un homme et une femme qui se promèuent dans quelque allée de platanes, il sent son corps se fendre en deux de bas en haut, et chaque partie nouvelle aller étreindre un des promeneurs; mais, ce n'est qu'une hallucination, et la raison ne tarde pas à reprendre son empire. C'est pourquoi, il ne mêle sa présence, ni parmi les hommes, ni parmi les femmes; car, sa pudeur excessive, qui a pris jour dans cette idée qu'il n'est qu'un monstre, l'empêche d'accorder sa sympathie brûlante à qui que ce soit. Il croirait se profaner, et il croirait profaner les autres. Son orgueil lui répète cet axiome : « Que chacun reste dans sa nature. » Son orgueil, ai-je dit, parce qu'il craint qu'en joignant sa vie à un homme ou à une femme, on ne lui reproche tôt ou tard, comme une faute énorme, la conformation de son organisation. Alors, il se retranche dans son amour-propre, offensé par cette supposition impie qui ne vient que de lui, et il persévère à rester seul, au milieu des tourments, et sans consolation. Là, dans un bosquet entouré de fleurs, dort l'hermaphrodite, profondément assoupi sur le gazon, mouillé de ses pleurs. Les oiseaux, éveillés, contemplent avec ravissement cette figure mélancolique, à travers les branches des arbres, et le rossignol ne veut pas faire entendre ses cavatines de cristal. Le bois est devenu auguste comme une tombe, par la présence nocturne de l'hermaphrodite infortuné. O voyageur égaré, par ton esprit d'aventure qui t'a fait quitter ton père et ta mère, dès l'âge le plus tendre ; par les souffrances que la soif t'a causées, dans le désert ; par ta patrie que tu cherches peut-être, après avoir longtemps erré, proscrit, dans des contrées étrangères ; par ton coursier, ton fidèle ami, qui a supporté, avec toi, l'exil et l'intempérie des climats que te faisait parcourir ton humeur vagabonde ; par la dignité que donnent à l'homme les voyages sur les terres lointaines et les mers inexplorées, au milieu des glaçons polaires, ou sous l'influence d'un soleil torride, ne touche pas avec ta main, comme avec un frémissement de la brise, ces boucles de cheveux, répandues sur le sol, et qui se mêlent à l'herbe verte. Écarte-toi de plusieurs pas, et tu agiras mieux ainsi. Cette chevelure est sacrée; c'est l'hermaphrodite lui-même qui l'a voulu. Il ne veut pas que des lèvres humaines embrassent religieusement ses cheveux, parfumés par le soufle de la montagne, pas plus que son front, qui resplendit, en cet instant, comme les étoiles du firmament. Mais, il vaut mieux croire que c'est une étoile elle-même qui est descendue de son orbite, en traversant l'espace, sur ce front majestueux, qu'elle entoure avec sa clarté de diamant, comme d'une auréole. La nuit, écartant du doigt sa tristesse, se revêt de tous ses charmes pour fêter le sommeil de cette incarnation de la pudeur, de cette image parfaite de l'innocence des anges : le bruissement des insectes est moins perceptible. Les branches penchent sur lui leur élévation touffue, afin de le préserver de la rosée, et la brise, faisant résonner les cordes de sa harpe mélodieuse, envoie ses accords joyeux, à travers le silence universel, vers ces paupières baissées, qui croient assister, immobiles, au concert cadencé des mondes suspendus. Il rêve qu'il est heureux; que sa nature corporelle a changé; ou que, du moins, il s'est envolé sur un nuage pourpre, vers une autre sphère, habitée par des êtres de même nature que lui. Hélas! que son illusion se prolonge jusqu'au réveil de l'aurore! Il rêve que les fleurs dansent autour de lui en rond, comme d'immenses guirlandes folles, et l'imprégnent de leurs parfums suaves, pendant qu'il chante un hymne d'amour, entre les bras d'un être humain d'une beauté magique. Mais, ce n'est qu'une vapeur crépusculaire que ses bras entrelacent; et, quand il se réveillera, ses bras ne l'entrelaceront plus. Ne te réveille pas, hermaphrodite; ne te réveille pas encore, je t'en supplie. Pourquoi ne veux-tu pas me croire? Dors... dors toujours. Que ta poitrine se soulève, en poursuivant l'espoir chimérique du bonheur, je te le permets; mais, n'ouvre pas tes yeux. Ah! n'ouvre pas tes yeux! Je veux te quitter ainsi, pour ne pas être témoin de ton réveil. Peut-être un jour, à l'aide d'un livre volumineux, dans des pages émues, raconterai-je ton histoire, épouvanté de ce qu'elle contient, et des enseignements qui s'en dégagent. Jusqu'ici, je ne l'ai pas pu; car, chaque fois que je l'ai voulu, d'abondantes larmes tombaient sur le papier, et mes doigts tremblaient, sans que ce fût de vieillesse. Mais, je veux avoir à la fin ce courage. Je suis indigné de n'avoir pas plus de nerfs qu'une femme, et de m'évanouir, comme une petite fille, chaque fois que je réfléchis à ta grande misère. Dors... dors toujours; mais, n'ouvre pas tes yeux. Ah! n'ouvre pas tes yeux! Adieu, hermaphrodite! Chaque jour, je ne manquerai pas de prier le ciel pour toi (si c'était pour moi, je ne le prierai point). Que la paix soit dans ton sein!

Quand une femme, à la voix de soprano, émet ses notes vibrantes et mélodieuses, à l'audition de cette harmonie humaine, mes yeux se remplissent d'une flamme latente et lancent des étincelles douloureuses, tandis que dans mes oreilles semble retentir le tocsin de la canonnade. D'où peut venir cette répugnance profonde pour tout ce qui tient à l'homme? Si les accords s'envolent des fibres d'un instrument, j'écoute avec volupté ces notes perlées qui s'échappent en cadence à travers les ondes élastiques de l'atmosphère. La perception ne transmet à mon ouïe qu'une impression d'une douceur à fondre les nerfs et la pensée; un assoupissement ineffable enveloppe de ses pavots magiques, comme d'un voile qui tamise la lumière du jour, la puissance active de mes sens et les forces vivaces de mon imagination. On raconte que je naquis entre les bras de la surdité! Aux premières époques de mon enfance, je n'entendais pas ce qu'on me disait. Quand, avec les plus grandes difficultés, on parvint à m'apprendre à parler, c'était seulement, après avoir lu sur une feuille ce que quelqu'un écrivait, que je pouvais communiquer, à mon tour, le fil de mes raisonnements. Un jour, jour néfaste, je grandissais en beauté et en innocence; et chacun admirait l'intelligence et la bonté du divin adolescent. Beaucoup de consciences rougissaient quand elles contemplaient ces traits limpides où son âme avait placé son trône. On ne s'approchait de lui qu'avec vénération, parce qu'on remarquait dans ses yeux le regard d'un ange. Mais non, je savais de reste que les roses heureuses de l'adolescence ne devaient pas fleurir perpétuellement, tressées en guirlandes capricieuses, sur son front modeste et noble, qu'embrassaient avec frénésie toutes les mères. Il commençait à me sembler que l'univers, avec sa voûte étoilée de globes impassibles et agaçants, n'était peut-être pas ce que j'avais rêvé de plus grandiose. Un jour, donc, fatigué de talonner du pied le sentier abrupte du voyage terrestre, et de m'en aller, en chancelant comme un homme ivre, à travers les catacombes obscures de la vie, je soulevai avec lenteur mes yeux spleenétiques, cernés d'un grand cercle bleuâtre, vers la concavité du firmament, et j'osai pénétrer, moi, si jeune, les mystères du ciel! Ne trouvant pas ce que je cherchais, je soulevai la paupière effarée plus haut, plus haut encore, jusqu'à ce que j'aperçusse un trône, formé d'excréments humains et d'or, sur lequel trônait, avec un orgueil idiot, le corps recouvert d'un linceul fait avec des draps non lavés d'hôpital, celui qui s'intitule lui-même le Créateur! Il tenait à la main le tronc pourri d'un homme mort, et le portait, alternativement, des yeux au nez et du nez à la bouche; une fois à la bouche, on devine ce qu'il en faisait. Ses pieds plongeaient dans une vaste mare de sang en ébullition, à la surface duquel s'élevaient tout à coup, comme des ténias à travers le contenu d'un pot de chambre, deux ou trois têtes prudentes, et qui s'abaissaient aussitôt, avec la rapidité de la flèche : un coup de pied, bien appliqué sur l'os du nez, était la récompense connue de la révolte au règlement, occasionnée par le besoin de respirer un autre milieu ; car, enfin, ces hommes n'étaient pas des poissons ! Amphibies tout au plus, ils nageaient entre deux eaux dans ce liquide immonde !... jusqu'à ce que, n'ayant plus rien dans la main, le Créateur, avec les deux premières griffes du pied, saisît un autre plongeur par le cou, comme dans une tenaille, et le soulevât en l'air, en dehors de la vase rougeâtre, sauce exquise ! Pour celui-là, il faisait comme pour l'autre. Il lui dévorait d'abord la tête, les jambes et les bras, et en dernier lieu le tronc, jusqu'à ce qu'il ne restât plus rien ; car, il croquait les os. Ainsi de suite, durant les autres heures de son éternité. Quelquefois il s'écriait : « Je vous ai créés ; donc j'ai le droit de faire de vous ce que je veux. Vous ne m'avez rien fait, je ne dis pas le contraire. Je vous fais souffrir, et c'est pour mon plaisir. » Et il reprenait son repas cruel, en remuant sa mâchoire inférieure, laquelle remuait sa barbe pleine de cervelle. O lecteur, ce dernier détail ne te fait-il pas venir l'eau à la bouche ? N'en mange pas qui veut d'une pareille cervelle, si bonne, toute fraîche, et qui vient d'être pêchée il n'y a qu'un quart d'heure dans le lac aux *poissons*. Les membres paralysés, et la

gorge muette, je contemplai quelque temps ce spectacle. Trois fois, je faillis tomber à la renverse,
comme un homme qui subit une émotion trop forte;
trois fois, je parvins à me remettre sur les pieds. Pas
une fibre de mon corps ne restait immobile; et je
tremblais, comme tremble la lave intérieure d'un
volcan. À la fin, ma poitrine oppressée, ne pouvant
chasser avec assez de vitesse l'air qui donne la vie,
les lèvres de ma bouche s'entr'ouvrirent, et je poussai
un cri... un cri si déchirant... que je l'entendis ! Les
entraves de mon oreille se délièrent d'une manière
brusque, le tympan craqua sous le choc de cette
masse d'air sonore repoussée loin de moi avec énergie,
et il se passa un phénomène nouveau dans l'organe condamné par la nature. Je venais d'entendre un son ! Un
cinquième sens se révélait en moi ! Mais, quel plaisir
eussé-je pu trouver d'une pareille découverte ? Désormais, le son humain n'arriva à mon oreille qu'avec le
sentiment de la douleur qu'engendre la pitié pour une
grande injustice. Quand quelqu'un me parlait, je me
rappelais ce que j'avais vu, un jour, au-dessus des
sphères visibles, et la traduction de mes sentiments
étouffés en un hurlement impétueux, dont le timbre
était identique à celui de mes semblables ! Je ne
pouvais pas lui répondre ; car, les supplices exercés
sur la faiblesse de l'homme, dans cette mer hideuse
de pourpre, passaient devant mon front en rugis-
sant comme des éléphants écorchés, et rasaient de

leurs ailes de feu mes cheveux calcinés. Plus tard, quand je connus davantage l'humanité, à ce senti- ment de pitié se joignit une fureur intense contre cette tigresse marâtre, dont les enfants endurcis ne savent que maudire et faire le mal. Audace du mensonge! ils disent que le mal n'est chez eux qu'à l'état d'ex- ception!... Maintènant, c'est fini depuis longtemps; depuis longtemps, je n'adresse la parole à personne. O vous, qui que vous soyez, quand vous serez à côté de moi, que les cordes de votre glotte ne laissent échapper aucune intonation; que votre larynx im- mobile n'aille pas s'efforcer de surpasser le rossi- gnol; et vous-même n'essayez nullement de me faire connaître votre âme à l'aide du langage. Gardez un silence religieux, que rien n'interrompe; croisez humblement vos mains sur la poitrine, et dirigez vos paupières sur le bas. Je vous l'ai dit, depuis la vi- sion qui me fit connaître la vérité suprême, assez de cauchemars ont sucé avidement ma gorge, pendant les nuits et les jours, pour avoir encore le courage de renouveler, même par la pensée, les souffrances que j'éprouvai dans cette heure infernale, qui me poursuit sans relâche de son souvenir. Oh! quand vous entendez l'avalanche de neige tomber du haut de la froide montagne; la lionne se plaindre, au dé- sert aride, de la disparition de ses petits; la tempête accomplir sa destinée; le condamné mugir, dans la prison, la veille de la guillotine; et le poulpe féroce

raconter, aux vagues de la mer, ses victoires sur les
nageurs et les naufragés, dites-le, ces voix majes-
tueuses ne sont-elles pas plus belles que le ricane-
ment de l'homme!

Il existe un insecte que les hommes nourrissent à
leurs frais. Ils ne lui doivent rien; mais, ils le craignent. Celui-ci, qui n'aime pas le vin, mais qui préfère le sang, si on ne satisfaisait pas à ses besoins
légitimes, serait capable, par un pouvoir occulte, de
devenir aussi gros qu'un éléphant, d'écraser les
hommes comme des épis. Aussi faut-il voir comme
on le respecte, comme on l'entoure d'une vénération
canine, comme on le place en haute estime au-dessus
des animaux de la création. On lui donne la tête pour
trône, et lui, accroche ses griffes à la racine des cheveux, avec dignité. Plus tard, lorsqu'il est gras et
qu'il entre dans un âge avancé, en imitant la coutume d'un peuple ancien, on le tue, afin de ne pas lui
faire sentir les atteintes de la vieillesse. On lui fait
des funérailles grandioses, comme à un héros, et la
bière, qui le conduit directement vers le couvercle
de la tombe, est portée, sur les épaules, par les principaux citoyens. Sur la terre humide que le fossoyeur remue avec sa pelle sagace, on combine des
phrases multicolores sur l'immortalité de l'âme, sur

le néant de la vie, sur la volonté inexplicable de la Providence, et le marbre se referme, à jamais, sur cette existence, laborieusement remplie, qui n'est plus qu'un cadavre. La foule se disperse, et la nuit ne tarde pas à couvrir de ses ombres les murailles du cimetière.

Mais, consolez-vous, humains, de sa perte douloureuse. Voici sa famille innombrable, qui s'avance, et dont il vous a libéralement gratifié, afin que votre désespoir fût moins amer, et comme adouci par la présence agréable de ces avortons hargneux, qui deviendront plus tard de magnifiques poux, ornés d'une beauté remarquable, monstres à allure de sage. Il a couvé plusieurs douzaines d'œufs chéris, avec son aile maternelle, sur vos cheveux, désséchés par la succion acharnée de ces étrangers redoutables. La période est promptement venue, où les œufs ont éclaté. Ne craignez rien, ils ne tarderont pas à grandir, ces adolescents philosophes, à travers cette vie éphémère. Ils grandiront tellement, qu'ils vous le feront sentir, avec leurs griffes et leurs suçoirs.

Vous ne savez pas, vous autres, pourquoi ils ne dévorent pas les os de votre tête, et qu'ils se contentent d'extraire, avec leur pompe, la quintessence de votre sang. Attendez un instant, je vais vous le dire : c'est parce qu'ils n'en ont pas la force. Soyez certains que, si leur mâchoire était conforme à la mesure de leurs vœux infinis, la cervelle, la rétine des yeux, la colonne vertébrale, tout votre corps y passerait. Comme une goutte d'eau. Sur la tête d'un jeune mendiant des rues, observez, avec un microscope, un pou qui travaille ; vous m'en donnerez des nouvelles. Malheureusement ils sont petits, ces brigands de la longue chevelure. Ils ne seraient pas bons pour être conscrits ; car, ils n'ont pas la taille nécessaire exigée par la loi. Ils appartiennent au monde lilliputien de ceux de la courte cuisse, et les aveugles n'hésitent pas à les ranger parmi les infiniment petits. Malheur au cachalot qui se battrait contre un pou. Il serait dévoré en un clin d'œil, malgré sa taille. Il ne resterait pas la queue pour aller annoncer la nouvelle. L'éléphant se laisse caresser. Le pou, non. Je ne vous conseille pas de tenter cet essai périlleux. Gare à vous, si votre main est poilue, ou que seulement elle soit composée d'os et de chair. C'en est fait de vos doigts. Ils craqueront comme s'ils étaient à la torture. La peau disparaît par un étrange enchantement. Les poux sont incapables de commettre autant de mal que leur imagination en médite. Si vous trouvez un pou dans votre route, passez votre chemin, et ne lui léchez pas les papilles de la langue. Il vous arriverait quelque accident. Cela s'est vu. N'importe, je suis déjà content de la quantité de mal qu'il te fait, ô race humaine ; seulement, je voudrais qu'il t'en fît davantage.

Jusqu'à quand garderas-tu le culte vermoulu de ce dieu, insensible à tes prières et aux offrandes généreuses que tu lui offres en holocauste expiatoire? Vois, il n'est pas reconnaissant, ce manitou horrible, des larges coupes de sang et de cervelle que tu répands sur ses autels, pieusement décorés de guirlandes de fleurs. Il n'est pas reconnaissant... car, les tremblements de terre et les tempêtes continuent de sévir depuis le commencement des choses. Et, cependant, spectacle digne d'observation, plus il se montre indifférent, plus tu l'admires. On voit que tu te méfies de ses attributs, qu'il cache; et ton raisonnement s'appuie sur cette considération, qu'une divinité d'une puissance extrême peut seule montrer tant de mépris envers les fidèles qui obéissent à sa religion. C'est pour cela que, dans chaque pays, existent des dieux divers, ici, le crocodile, là, la vendeuse d'amour; mais, quand il s'agit du pou, à ce nom sacré, baisant universellement les chaînes de leur esclavage, tous les peuples s'agenouillent ensemble sur le parvis auguste, devant le piédestal de l'idole informe et sanguinaire. Le peuple qui n'obéirait pas à ses propres instincts de rampement, et ferait mine de révolte, disparaîtrait tôt ou tard de la terre, comme la feuille d'automne, anéanti par la vengeance du dieu inexorable.

O pou, à la prunelle recroquevillée, tant que les fleuves répandront la pente de leurs eaux dans les abîmes de la mer ; tant que les astres graviteront sur le sentier de leur orbite ; tant que le vide muet n'aura pas d'horizon ; tant que l'humanité déchirera ses propres flancs par des guerres funestes ; tant que la justice divine précipitera ses foudres vengeresses sur ce globe égoïste ; tant que l'homme méconnaîtra son créateur, et se narguera de lui, non sans raison, en y mêlant du mépris, ton règne sera assuré sur l'univers, et ta dynastie étendra ses anneaux de siècle en siècle. Je te salue, soleil levant, libérateur céleste, toi, l'ennemi invisible de l'homme. Continue de dire à la saleté de s'unir avec lui dans des embrassements impurs, et de lui jurer, par des serments, non écrits dans la poudre, qu'elle restera son amante fidèle jusqu'à l'éternité. Baise de temps en temps la robe de cette grande impudique, en mémoire des services importants qu'elle ne manque pas de te rendre. Si elle ne séduisait pas l'homme, avec ses mamelles lascives, il est probable que tu ne pourrais pas exister, toi, le produit de cet accouplement raisonnable et conséquent. O fils de la saleté ! dis à ta mère que, si elle délaisse la couche de l'homme, marchant à travers des routes solitaires, seule et sans appui, elle verra son existence compromise. Que ses entrailles, qui t'ont porté neuf mois dans leurs parois parfumées, s'émeuvent un instant à la pensée des dangers que courrait, par suite, leur tendre fruit, si gentil et si tranquille, mais déjà froid et féroce. Saleté, reine des empires, conserve aux yeux de ma haine le spectacle de l'accroissement insensible des muscles de ta progéniture affamée. Pour atteindre ce but, tu sais que tu n'as qu'à te coller plus étroitement contre les flancs de l'homme. Tu peux le faire, sans inconvénient pour la pudeur, puisque, tous les deux, vous êtes mariés depuis longtemps.

Pour moi, s'il m'est permis d'ajouter quelques mots à cet hymne de glorification, je dirai que j'ai fait construire une fosse, de quarante lieues carrées, et d'une profondeur relative. C'est là que gît, dans sa virginité immonde, une mine vivante de poux. Elle remplit les bas-fonds de la fosse, et serpente ensuite, en larges veines denses, dans toutes les directions. Voici comment j'ai construit cette mine artificielle. J'arrachai un pou femelle aux cheveux de l'humanité. On m'a vu se coucher avec lui pendant trois nuits consécutives, et je le jetai dans la fosse. La fécondation humaine, qui aurait été nulle dans d'autres cas pareils, fut acceptée, cette fois, par la fatalité; et, au bout de quelques jours, des milliers de monstres, grouillant dans un nœud compacte de matière, naquirent à la lumière. Ce nœud hideux devint, par le temps, de plus en plus immense, tout en acquérant la propriété liquide du mercure, et se ramifia en plusieurs branches, qui se nourrissent, actuellement, en se dévorant elles-mêmes (la naissance est plus grande que la mortalité), toutes les fois que je ne leur jette pas en pâture un bâtard qui vient de naître, et dont la mère désirait la mort, ou un bras que je vais couper à quelque jeune fille, pendant la nuit, grâce au chloroforme. Tous les quinze ans, les générations de poux, qui se nourrissent de l'homme, diminuent d'une manière notable, et prédisent elles-mêmes, infailliblement, l'époque prochaine de leur complète destruction. Car, l'homme, plus intelligent que son ennemi, parvient à le vaincre. Alors, avec une pelle infernale qui accroît mes forces, j'extrais de cette mine inépuisable des blocs de poux, grands comme des montagnes, je les brise à coups de hache, et je les transporte, pendant les nuits profondes, dans les artères des cités. Là, au contact de la température humaine, ils se dissolvent comme aux premiers jours de leur formation dans les galeries tortueuses de la mine souterraine, se creusent un lit dans le gravier, et se répandent en ruisseaux dans les habitations, comme des esprits nuisibles. Le gardien de la maison aboie sourdement, car il lui semble qu'une légion d'êtres inconnus perce les pores des murs, et apporte la terreur au chevet du sommeil. Peut-être n'êtes-vous pas, sans avoir entendu, au moins, une fois dans votre vie, ces sortes d'aboiements douloureux et prolongés. Avec ses yeux impuissants, il tâche de percer l'obscurité de la nuit; car, son cerveau de chien ne comprend pas cela. Ce bourdonnement l'irrite, et il sent qu'il est trahi. Des millions d'ennemis s'abattent ainsi, sur chaque cité, comme des nuages de sauterelles. En voilà pour quinze ans. Ils combattront l'homme, en lui faisant des blessures cuisantes. Après ce laps de temps, j'en enverrai d'autres. Quand je concasse les blocs de matière animée, il peut arriver qu'un fragment soit plus dense qu'un autre. Ses atomes s'efforcent avec rage de séparer leur agglomération pour aller tourmenter l'humanité; mais, la cohésion résiste dans sa dureté. Par une suprême convulsion, ils engendrent un tel effort, que la pierre, ne pouvant pas disperser ses principes vivants, s'élance d'elle-même jusqu'au haut des airs, comme par un effet de la poudre, et retombe, en s'enfonçant solidement sous le sol. Parfois, le paysan rêveur aperçoit un aérolithe fendre verticalement l'espace, en se dirigeant, du côté du bas, vers un champ de maïs. Il ne sait d'où vient la pierre. Vous avez maintenant, claire et succincte, l'explication du phénomène.

Si la terre était couverte de poux, comme de grains de sable le rivage de la mer, la race humaine serait anéantie, en proie à des douleurs terribles. Quel spectacle! Moi, avec des ailes d'ange, immobile dans les airs, pour le contempler.

O mathématiques sévères, je ne vous ai pas ou-

bliées, depuis que vos savantes leçons, plus douces
que le miel, filtrèrent dans mon cœur, comme une
onde rafraîchissante. J'aspirais instinctivement, dès
le berceau, à boire à votre source, plus ancienne que
le soleil, et je continue encore de fouler le parvis
sacré de votre temple solennel, moi, le plus fidèle de
vos initiés. Il y avait du vague dans mon esprit, un
je ne sais quoi épais comme de la fumée ; mais, je sus
franchir religieusement les degrés qui mènent à votre
autel, et vous avez chassé ce voile obscur, comme le
vent chasse le damier. Vous avez mis, à la place,
uue froideur excessive, une prudence consommée et
une logique implacable. A l'aide de votre lait forti-
fiant, mon intelligence s'est rapidement développée,
et a pris des proportions immenses, au milieu de
cette clarté ravissante dont vous faites présent, avec
prodigalité, à ceux qui vous aiment d'un sincère
amour. Arithmétique ! algèbre ! géométrie ! trinité
grandiose ! triangle lumineux ! Celui qui ne vous a
pas connues est un insensé ! Il mériterait l'épreuve
des plus grands supplices ; car, il y a du mépris
aveugle dans son insouciance ignorante ; mais, celui
qui vous connaît et vous apprécie ne veut plus rien
des biens de la terre ; se contente de vos jouissances
magiques ; et, porté sur vos ailes sombres, ne désire
plus que de s'élever, d'un vol léger, en construisant
une hélice ascendante, vers la voûte sphérique des
cieux. La terre ne lui montre que des illusions et des

fantasmagories morales ; mais vous, ô mathématiques concises, par l'enchaînement rigoureux de vos propositions tenaces et la constance de vos lois de fer, vous faites luire, aux yeux éblouis, un reflet puissant de cette vérité suprême dont on remarque l'empreinte dans l'ordre de l'univers. Mais, l'ordre qui vous entoure, représenté surtout par la régularité parfaite du carré, l'ami de Pythagore, est encore plus grand ; car, le Tout-Puissant s'est révélé complétement, lui et ses attributs, dans ce travail mémorable qui consista à faire sortir, des entrailles du chaos, vos trésors de théorèmes et vos magnifiques splendeurs. Aux époques antiques et dans les temps modernes, plus d'une grande imagination humaine vit son génie, épouvanté, à la contemplation de vos figures symboliques tracées sur le papier brûlant, comme autant de signes mystérieux, vivants d'une haleine latente, que ne comprend pas le vulgaire profane et qui n'étaient que la révélation éclatante d'axiomes et d'hyéroglyphes éternels, qui ont existé avant l'univers et qui se maintiendront après lui. Elle se demande, penchée vers le précipice d'un point d'interrogation fatal, comment se fait-il que les mathématiques contiennent tant d'imposante grandeur et tant de vérité incontestable, tandis que, si elle les compare à l'homme, elle ne trouve en ce dernier que faux orgueil et mensonge. Alors, cet esprit supérieur, attristé, auquel la familiarité noble de vos conseils fait sentir davantage la petitesse de l'humanité et son incomparable folie, plonge sa tête, blanchie, sur une main décharnée et reste absorbé dans des méditations surnaturelles. Il incline ses genoux devant vous, et sa vénération rend hommage à votre visage divin, comme à la propre image du Tout-Puissant. Pendant mon enfance, vous m'apparûtes, une nuit de mai, aux rayons de la lune, sur une prairie verdoyante, aux bords d'un ruisseau limpide, toutes les trois égales en grâce et en pudeur, toutes les trois pleines de majesté comme des reines. Vous fîtes quelques pas vers moi, avec votre longue robe, flottante comme une vapeur, et vous m'attirâtes vers vos fières mamelles, comme un fils béni. Alors, j'accourus avec empressement, mes mains crispées sur votre blanche gorge. Je me suis nourri, avec reconnaissance, de votre manne féconde, et j'ai senti que l'humanité grandissait en moi, et devenait meilleure. Depuis ce temps, ô déesses rivales, je ne vous ai pas abandonnées. Depuis ce temps, que de projets énergiques, que de sympathies, que je croyais avoir gravées sur les pages de mon cœur, comme sur du marbre, n'ont-elles pas effacé lentement, de ma raison désabusée, leurs lignes configuratives, comme l'aube naissante efface les ombres de la nuit ! Depuis ce temps, j'ai vu la mort, dans l'intention, visible à l'œil nu, de peupler les tombeaux, ravager les champs de bataille, engraissés par le sang humain et faire pousser des fleurs matinales par-dessus les funèbres ossements. Depuis ce temps, j'ai assisté aux révolutions de notre globe ; les tremblements de terre, les volcans, avec leur lave embrasée, le simoun du désert et les naufrages de la tempête ont eu ma présence pour spectateur impassible. Depuis ce temps, j'ai vu plusieurs générations humaines élever, le matin, ses ailes et ses yeux, vers l'espace, avec la joie inexpériente de la chrysalide qui salue sa dernière métamorphose, et mourir, le soir, avant le coucher du soleil, la tête courbée, comme des fleurs fanées que balance le sifflement plaintif du vent. Mais, vous, vous restez toujours les mêmes. Aucun changement, aucun air empesté n'effleure les rocs escarpés et les vallées immenses de votre identité. Vos pyramides modestes dureront davantage que les pyramides d'Égypte, fourmilières élevées par la stupidité et l'esclavage. La fin des siècles verra encore, debout sur les ruines des temps, vos chiffres cabalistiques, vos équations laconiques et vos lignes sculpturales siéger à la droite vengeresse du Tout-Puissant, tandis que les étoiles s'enfonceront, avec désespoir, comme des trombes, dans l'éternité d'une nuit horrible et universelle, et que l'humanité, grimaçante, songera à faire ses comptes avec le jugement dernier. Merci, pour les services innombrables que vous m'avez rendus. Merci, pour les qualités étrangères dont vous avez enrichi mon intelligence. Sans vous, dans ma lutte contre l'homme, j'aurai peut-être été vaincu. Sans vous, il m'aurait fait rouler dans le sable et embrasser la poussière de ses pieds. Sans vous, avec une griffe perfide, il aurait labouré ma chair et mes os. Mais, je me suis tenu sur mes gardes, comme un athlète expérimenté. Vous me donnâtes la froideur qui surgit de vos conceptions sublimes, exemptes de passion. Je m'en servis pour rejeter avec dédain les jouissances éphémères de mon court voyage et pour renvoyer de ma porte les offres sympathiques, mais trompeuses, de mes semblables. Vous me donnâtes la prudence opiniâtre qu'on déchiffre à chaque pas dans vos méthodes admirables de l'analyse, de la synthèse et de la déduction. Je m'en servis pour dérouter les ruses pernicieuses de mon ennemi mortel, pous l'attaquer, à mon tour, avec adresse, et plonger, dans les viscères de l'homme, un poignard aigu qui restera à jamais enfoncé dans son corps ; car, c'est une blessure dont il ne se relèvera pas. Vous me donnâtes la logique, qui est comme l'âme elle-même de vos enseignements, pleins de sagesse ; avec ses syllogimes, dont le labyrinthe compliqué n'en est que plus compréhensible, mon intelligence sentit s'accroître du double ses forces audacieuses. A l'aide de cet auxiliaire terrible, je découvris, dans l'humanité, en nageant vers les bas-fonds, en face de l'écueil de la haine, la méchanceté noire et hideuse, qui croupissait au milieu de miasmes délétères, en s'admirant le nombril. Le premier, je découvris, dans les ténèbres de ses entrailles, ce vice néfaste, le mal! supérieur en lui au bien. Avec cette arme empoisonnée que vous me prêtâtes, je fis descendre, de son piédestal, construit par la lâcheté de l'homme, le Créateur lui-même! Il grinça des dents et subit cette injure ignominieuse; car, il avait pour adversaire quelqu'un de plus fort que lui. Mais, je le laisserai de côté, comme un paquet de ficelles, afin d'abaisser mon vol... Le penseur Descartes faisait, une fois, cette réflexion que rien de solide n'avait été bâti sur vous. C'était une manière ingénieuse de faire comprendre que le premier venu ne pouvait pas sur le coup découvrir votre valeur inestimable. En effet, quoi de plus solide que les trois qualités principales déjà nommées qui s'élèvent, entrelacées comme une couronne unique, sur le sommet auguste de votre architecture colossale? Monument qui grandit sans cesse de découvertes quotidiennes, dans vos mines de diamant, et d'explorations scientifiques, dans vos superbes domaines. O mathématiques saintes, puissiez-vous, par votre commerce perpétuel, consoler le reste de mes jours de la méchanceté de l'homme et de l'injustice du Grand-Tout!

———————

" O lampe au bec d'argent, mes yeux t'aperçoi-
" vent dans les airs, compagne de la voûte des

« cathédrales, et cherchent la raison de cette sus-
« pension. On dit que tes lueurs éclairent, pendant
« la nuit, la tourbe de ceux qui viennent adorer le
« Tout-Puissant et que tu montres aux repentis le
« chemin qui mène à l'autel. Écoute, c'est fort pos-
« sible; mais... est-ce que tu as besoin de rendre de
« pareils services à ceux auxquels tu ne dois rien?
« Laisse, plongées dans les ténèbres, les colonnes
« des basiliques; et, lorsqu'une bouffée de la tem-
« pête sur laquelle le démon tourbillonne, emporté
« dans l'espace, pénétrera, avec lui, dans le saint
« lieu, en y répandant l'effroi, au lieu de lutter, cou-
« rageusement, contre la rafale empestée du prince
« du mal, éteins-toi subitement, sous son souffle
« fiévreux, pour qu'il puisse, sans qu'on le voie,
« choisir ses victimes parmi les croyants agenouillés.
« Si tu fais cela, tu peux dire que je te devrai tout
« mon bonheur. Quand tu reluis ainsi, en répandant
« tes clartés indécises, mais suffisantes, je n'ose pas
« me livrer aux suggestions de mon caractère, et je
« reste, sous le portique sacré, en regardant par le
« portail entr'ouvert, ceux qui échappent à ma ven-
« geance, dans le sein du Seigneur. O lampe poétique!
« toi qui serais mon amie si tu pouvais me com-
« prendre, quand mes pieds foulent le basalte des
« églises, dans les heures nocturnes, pourquoi te mets-
« tu à briller d'une manière qui, je l'avoue, me pa-
« rait extraordinaire? Tes reflets se colorent, alors,

« des nuances blanches de la lumière électrique ;
« l'œil ne peut pas te fixer ; et tu éclaires d'une
« flamme nouvelle et puissante les moindres détails
« du chenil du Créateur, comme si tu étais en proie
« à une sainte colère. Et, quand je me retire après
« avoir blasphémé, tu redeviens inaperçue, modeste
« et pâle, sûre d'avoir accompli un acte de justice.
« Dis-moi, un peu ; serait-ce, parce que tu connais
« les détours de mon cœur, que, lorsqu'il m'arrive
« d'apparaître où tu veilles, tu t'empresses de dési-
« gner ma présence pernicieuse, et de porter l'atten-
« tion des adorateurs vers le côté où vient de se mon-
« trer l'ennemi des hommes ? Je penche vers cette
« opinion ; car, moi aussi, je commence à te con-
« naître ; et je sais qui tu es, vieille sorcière, qui
« veilles si bien sur les mosquées sacrées, où se pa-
« vane, comme la crête d'un coq, ton maître curieux.
« Vigilante gardienne, tu t'es donné une mission
« folle. Je t'avertis ; la première fois que tu me dési-
« gneras à la prudence de mes semblables, par
« l'augmentation de tes lueurs phosphorescentes,
« comme je n'aime pas ce phénomène d'optique,
« qui n'est mentionné, du reste, dans aucun livre de
« physique, je te prends par la peau de ta poitrine,
« en accrochant mes griffes aux escarres de ta
« nuque teigneuse, et je te jette dans la Seine. Je ne
« prétends pas que, lorsque je ne te fais rien, tu te
« comportes sciemment d'une manière qui me soit

« nuisible. Là, je te permettrai de briller autant
« qu'il me sera agréable ; là, tu me nargueras avec
« un sourire inextinguible ; là, convaincue de l'inca-
« pacité de ton huile criminelle, tu l'urineras avec
« amertume. » Après avoir parlé ainsi, Maldoror ne
sort pas du temple, et reste les yeux fixés sur la
lampe du saint lieu… Il croit voir une espèce de
provocation, dans l'attitude de cette lampe, qui
l'irrite au plus haut degré, par sa présence inopportune. Il se dit que, si quelque âme est renfermée
dans cette lampe, elle est lâche de ne pas répondre,
à une attaque loyale, par la sincérité. Il bat l'air de ses
bras nerveux et souhaiterait que la lampe se transfor-
mât en homme ; il lui ferait passer un mauvais quart
d'heure, il se le promet. Mais, le moyen qu'une lampe
se change en homme ; ce n'est pas naturel. Il ne se
résigne pas, et va chercher, sur le parvis de la misérable pagode, un caillou plat, à tranchant effilé. Il
le lance en l'air avec force… la chaîne est coupée,
par le milieu, comme l'herbe par la faux, et l'instrument du culte tombe à terre, en répandant son huile
sur les dalles… Il saisit la lampe pour la porter
dehors, mais elle résiste et grandit. Il lui semble
voir des ailes sur ses flancs, et la partie supérieure
revêt la forme d'un buste d'ange. Le tout veut
s'élever en l'air pour prendre son essor ; mais il le
retient d'une main ferme. Une lampe et un ange qui
forment un même corps, voilà ce que l'on ne voit

pas souvent. Il reconnaît la forme de la lampe; il reconnaît la forme de l'ange; mais, il ne peut pas les scinder dans son esprit; en effet, dans la réalité, elles sont collées l'une dans l'autre, et ne forment qu'un corps indépendant et libre; mais, lui croit que quelque nuage a voilé ses yeux, et lui a fait perdre un peu de l'excellence de sa vue. Néanmoins, il se prépare à la lutte avec courage, car son adversaire n'a pas peur. Les gens naïfs racontent, à ceux qui veulent les croire, que le portail sacré se referma de lui-même, en roulant sur ses gonds affligés, pour que personne ne pût assister à cette lutte impie, dont les péripéties allaient se dérouler dans l'enceinte du sanctuaire violé. L'homme au manteau, pendant qu'il reçoit des blessures cruelles avec un glaive invisible, s'efforce de rapprocher de sa bouche la figure de l'ange; il ne pense qu'à cela, et tous ses efforts se portent vers ce but. Celui-ci perd son énergie, et paraît prossentir sa destinée. Il ne lutte plus que faiblement, et l'on voit le moment où son adversaire pourra l'embrasser à son aise, si c'est ce qu'il veut faire. Eh bien, le moment est venu. Avec ses muscles, il étrangle la gorge de l'ange, qui ne peut plus respirer, et lui renverse le visage, en l'appuyant sur sa poitrine odieuse. Il est un instant touché du sort qui attend cet être céleste, dont il aurait volontiers fait son ami. Mais, il se dit que c'est l'envoyé du Seigneur, et il ne peut pas retenir son courroux. C'en

est fait; quelque chose d'horrible va rentrer dans la
cage du temps! Il se penche, et porte la langue,
imbibée de salive, sur cette joue angélique, qui jette
des regards suppliants. Il promène quelque temps sa
langue sur cette joue. Oh!.. voyez!.. voyez donc!..
la joue blanche et rose est devenue noire, comme un
charbon! Elle exhale des miasmes putrides. C'est la
gangrène; il n'est plus permis d'en douter. Le mal
rongeur s'étend sur toute la figure, et de là, exerce
ses furies sur les parties basses; bientôt, tout le corps
n'est qu'une vaste plaie immonde. Lui-même, épouvanté (car, il ne croyait pas que sa langue contînt un
poison d'une telle violence), il ramasse la lampe et
s'enfuit de l'église. Une fois dehors, il aperçoit dans
les airs une forme noirâtre, aux ailes brûlées, qui
dirige péniblement son vol vers les régions du ciel.
Ils se regardent tous les deux, pendant que l'ange
monte vers les hauteurs sereines du bien, et que lui,
Maldoror, au contraire, descend vers les abîmes ver-
tigineux du mal... Quel regard! Tout ce que l'humanité a pensé depuis soixante siècles, et ce qu'elle
pensera encore, pendant les siècles suivants, pourrait
y contenir aisément, tant de choses se dirent-ils,
dans cet adieu suprême! Mais, on comprend que
c'étaient des pensées plus élevées que celles qui jail-
lissent de l'intelligence humaine; d'abord, à cause
des deux personnages, et puis, à cause de la circonstance. Ce regard les noua d'une amitié éternelle. Il

s'étonne que le Créateur puisse avoir des mission-
naires d'une âme si noble. Un instant, il croit s'être
trompé, et se demande s'il aurait dû suivre la route
du mal, comme il l'a fait. Le trouble est passé ; il
persévère dans sa résolution ; et il est glorieux ,
d'après lui, de vaincre tôt ou tard le Grand-Tout,
afin de régner à sa place sur l'univers entier, et sur
des légions d'anges aussi beaux. Celui-ci lui fait
comprendre, sans parler, qu'il reprendra sa forme
primitive, à mesure qu'il montera vers le ciel ; laisse
tomber une larme, qui rafraîchit le front de celui qui
lui a donné la gangrène ; et disparaît peu à peu,
comme un vautour, en s'élevant au milieu des nuages.
Le coupable regarde la lampe, cause de ce qui précède. Il court comme un insensé à travers les rues,
se dirige vers la Seine, et lance la lampe par-dessus
le parapet. Elle tourbillonne, pendant quelques instants, et s'enfonce définitivement dans les eaux bour-
beuses. Depuis ce jour, chaque soir, dès la tombée
de la nuit, l'on voit une lampe brillante qui surgit et
se maintient , gracieusement , sur la surface du
fleuve, à la hauteur du pont Napoléon, en portant,
au lieu d'anse, deux mignonnes ailes d'ange. Elle
s'avance lentement, sur les eaux, passe sous les ar-
ches du pont de la Gare et du pont d'Austerlitz, et
continue son sillage silencieux, sur la Seine, jusqu'au pont de l'Alma. Une fois en cet endroit, elle
remonte avec facilité le cours de la rivière, et re-

vient au bout de quatre heures à son point de départ. Ainsi de suite, pendant toute la nuit. *Ses lueurs, blanches comme la lumière électrique*, effacent les becs de gaz qui longent les deux rives, et, entre lesquels, elle s'avance comme une reine, solitaire, impénétrable, *avec un sourire inextinguible, sans que son huile se répande avec amertume*. Au commencement, les bateaux lui faisaient la chasse; mais, elle déjouait ces vains efforts, échappait à toutes les poursuites, en plongeant, comme une coquette, et reparaissait, plus loin, à une grande distance. Maintenant, les marins superstitieux, lorsqu'ils la voient, rament vers une direction opposée, et retiennent leurs chansons. Quand vous passez sur un pont, pendant la nuit, faites bien attention; vous êtes sûr de voir briller la lampe, ici ou là; mais, on dit qu'elle ne se montre pas à tout le monde. Quand il passe sur les ponts un être humain qui a quelque chose sur la conscience, elle éteint subitement ses reflets, et le passant, épouvanté, fouille en vain, d'un regard désespéré, la surface et le limon du fleuve. Il sait ce que cela signifie. Il voudrait croire qu'il a vu la céleste lueur; mais, il se dit que la lumière venait du devant des bateaux ou de la réflexion des becs de gaz; et il a raison... Il sait que, cette disparition, c'est lui qui en est la cause; et, plongé dans de tristes réflexions, il hâte le pas pour gagner sa demeure. Alors, la lampe au bec d'argent reparaît à la surface, et poursuit sa marche, à travers des arabesques élégantes et capricieuses.

———————

Écoutez les pensées de mon enfance, quand je me réveillais, humains, à la verge rouge : « Je viens de me réveiller ; mais, ma pensée est encore engourdie. Chaque matin, je ressens un poids dans la tête. Il est rare que je trouve le repos dans la nuit ; car, des rêves affreux me tourmentent, quand je parviens à m'endormir. Le jour, ma pensée se fatigue dans des méditations bizarres, pendant que mes yeux errent au hasard dans l'espace ; et, la nuit, je ne peux pas dormir. Quand faut-il alors que je dorme ? Cependant, la nature a besoin de réclamer ses droits. Comme je la dédaigne, elle rend ma figure pâle et fait luire mes yeux avec la flamme aigre de la fièvre. Au reste, je ne demanderais pas mieux que de ne pas épuiser mon esprit à réfléchir continuellement ; mais, quand même je ne le voudrais pas, mes sentiments consternés m'entraînent invinciblement vers cette pente. Je me suis aperçu que les autres enfants sont comme moi ; mais, ils sont plus pâles encore, et leurs sourcils sont froncés, comme ceux des hommes, nos frères aînés. O Créateur de l'univers, je ne manquerai pas, ce matin, de t'offrir l'encens de ma prière enfantine. Quelquefois je l'oublie, et j'ai remarqué que, ces jours-là, je me sens plus heureux qu'à l'ordinaire; ma poitrine s'épanouit, libre de toute contrainte, et je respire, plus à l'aise, l'air embaumé des champs; tandis que, lorsque j'accomplis le pénible devoir, ordonné par mes parents, de t'adresser quotidiennement un cantique de louanges, accompagné de l'ennui inséparable que me cause sa laborieuse invention, alors, je suis triste et irrité, le reste de la journée; parce qu'il ne me semble pas logique et naturel de dire ce que je ne pense pas, et je recherche le recul des immenses solitudes. Si je leur demande l'explication de cet état étrange de mon âme, elles ne me répondent pas. Je voudrais t'aimer et t'adorer; mais, tu es trop puissant, et il y a de la crainte, dans mes hymnes. Si, par une seule manifestation de ta pensée, tu peux détruire ou créer des mondes, mes faibles prières ne te seront pas utiles; si, quand il te plaît, tu envoies le choléra ravager les cités, ou la mort emporter dans ses serres, sans aucune distinction, les quatre âges de la vie, je ne veux pas me lier avec un ami si redoutable. Non pas que la haine conduise le fil de mes raisonnements; mais, j'ai peur, au contraire, de ta propre haine, qui, par un ordre capricieux, peut sortir de ton cœur et devenir immense, comme l'envergure du condor des Andes. Tes amusements équivoques ne sont pas à ma portée, et j'en serais probablement la première

victime. Tu es le Tout-Puissant; je ne te conteste
pas ce titre, puisque, toi seul, as le droit de le
porter, et que tes désirs, aux conséquences funestes
ou heureuses, n'ont de terme que toi-même. Voilà
précisément pourquoi il me serait douloureux de
marcher à côté de ta cruelle tunique de saphir, non
pas comme ton esclave, mais pouvant l'être d'un
moment à l'autre. Il est vrai que, lorsque tu des-
cends en toi-même, pour scruter ta conduite souve-
raine, si le fantôme d'une injustice passée, commise
envers cette malheureuse humanité, qui t'a toujours
obéi, comme ton ami le plus fidèle, dresse, devant
toi, les vertèbres immobiles d'une épine dorsale
vengeresse, ton œil hagard laisse tomber la larme
épouvantée du remords tardif, et qu'alors, les cheveux hérissés, tu crois, toi-même, prendre, sincère-
ment, la résolution de suspendre, à jamais, aux
broussailles du néant, les jeux inconcevables de ton
imagination de tigre, qui serait burlesque, si elle
n'était pas lamentable; mais, je sais aussi que la
constance n'a pas fixé, dans tes os, comme une
moelle tenace, le harpon de sa demeure éternelle, et
que tu retombes assez souvent, toi et tes pensées,
recouvertes de la lèpre noire de l'erreur, dans le
lac funèbre des sombres malédictions. Je veux
croire que celles-ci sont inconscientes (quoiqu'elles
n'en renferment pas moins leur venin fatal), et que
le mal et le bien, unis ensemble, se répandent en

bonds impétueux de ta royale poitrine gangrenée,
comme le torrent du rocher, par le charme secret
d'une force aveugle ; mais, rien ne m'en fournit la
preuve. J'ai vu, trop souvent, tes dents immondes
claquer de rage, et ton auguste face, recouverte de
la mousse des temps, rougir, comme un charbon
ardent, à cause de quelque futilité microscopique
que les hommes avaient commise, pour pouvoir
m'arrêter, plus longtemps, devant le poteau indica-
teur de cette hypothèse bonasse. Chaque jour, les
mains jointes, j'élèverai vers toi les accents de mon
humble prière, puisqu'il le faut ; mais, je t'en supplie, que ta providence ne pense pas à moi ; laisse-
moi de côté, comme le vermisseau qui rampe sous
la terre. Sache que je préférerais me nourrir avidement des plantes marines d'îles inconnues et sauvages, que les vagues tropicales entraînent, au
milieu de ces parages, dans leur sein écumeux, que
de savoir que tu m'observes, et que tu portes, dans
ma conscience, ton scalpel qui ricane. Elle vient de
te révéler la totalité de mes pensées, et j'espère
que ta prudence applaudira facilement au bon sens
dont elles gardent l'ineffaçable empreinte. A part
ces réserves faites sur le genre de relations plus ou
moins intimes que je dois garder avec toi, ma
bouche est prête, à n'importe quelle heure du jour,
à exhaler, comme un souffle artificiel, le flot de
mensonges que ta gloriole exige sévèrement de

chaque humain, dès que l'aurore s'élève bleuâtre, cherchant la lumière dans les replis de satin du crépuscule, comme, moi, je recherche la bonté, excité par l'amour du bien. Mes années ne sont pas nombreuses, et, cependant, je sens déjà que la bonté n'est qu'un assemblage de syllabes sonores ; je ne l'ai trouvée nulle part. Tu laisses trop percer ton caractère ; il faudrait le cacher avec plus d'adresse. Au reste, peut-être que je me trompe et que tu fais exprès ; car, tu sais mieux qu'un autre comment tu dois te conduire. Les hommes, eux, mettent leur gloire à t'imiter ; c'est pourquoi la bonté sainte ne reconnaît pas son tabernacle dans leurs yeux farouches : tel père, tel fils. Quoi qu'on doive penser de ton intelligence, je n'en parle que comme un critique impartial. Je ne demande pas mieux que d'avoir été induit en erreur. Je ne désire pas te montrer la haine que je te porte et que je couve avec amour, comme une fille chérie ; car, il vaut mieux la cacher à tes yeux et prendre seulement, devant toi, l'aspect d'un censeur sévère, chargé de contrôler tes actes impurs. Tu cesseras ainsi tout commerce actif avec elle, tu l'oublieras et tu détruiras complètement cette punaise avide qui ronge ton foie. Je préfère plutôt te faire entendre des paroles de rêverie et de douceur... Oui, c'est toi qui as créé le monde et tout ce qu'il renferme. Tu es parfait. Aucune vertu ne te manque. Tu es très-puissant, chacun le sait. Que l'univers entier entonne, à chaque heure du temps, ton cantique éternel! Les oiseaux te bénissent, en prenant leur essor dans la campagne. Les étoiles t'appartiennent... Ainsi soit-il! „ Après ces commencements, étonnez-vous de me trouver tel que je suis!

———

Je cherchais une âme qui me ressemblât, et je ne pouvais pas la trouver. Je fouillais tous les recoins de la terre; ma persévérance était inutile. Cependant, je ne pouvais pas rester seul. Il fallait quelqu'un qui approuvât mon caractère; il fallait quelqu'un qui eût les mêmes idées que moi. C'était le matin; le soleil se leva à l'horizon, dans toute sa magnificence, et voilà qu'à mes yeux se lève aussi un jeune homme, dont la présence engendrait des fleurs sur son passage. Il s'approcha de moi, et, me tendant la main : « Je suis venu vers toi, toi, qui me cherches. Bénissons ce jour heureux. „ Mais, moi : « Va-t-en; je ne t'ai pas appelé; je n'ai pas besoin de ton amitié... „ C'était le soir; la nuit commençait à étendre la noirceur de son voile sur la nature. Une belle femme, que je ne faisais que distinguer, étendait aussi sur moi son influence enchanteresse, et me regardait avec compassion; cependant, elle n'osait me parler. Je dis : « Approche-toi de moi, afin que je distingue nette-

ment les traits de ton visage ; car, la lumière des
étoiles n'est pas assez forte, pour les éclairer à cette
distance. » Alors, avec une démarche modeste, et les
yeux baissés, elle foula l'herbe du gazon, en se dirigeant de mon côté. Dès que je la vis : « Je vois que la
bonté et la justice ont fait résidence dans ton cœur :
nous ne pourrions pas vivre ensemble. Maintenant, tu
admires ma beauté, qui a bouleversé plus d'une ;
mais, tôt ou tard, tu te repentirais de m'avoir consacré ton amour ; car, tu ne connais pas mon âme.
Non que je te sois jamais infidèle : celle qui se livre
à moi avec tant d'abandon et de confiance, avec autant de confiance et d'abandon, je me livre à elle ;
mais, mets-te le dans la tête, pour ne jamais l'oublier :
les loups et les agneaux ne se regardent pas avec des
yeux doux. » Que me fallait-il donc, à moi, qui reje-
tais, avec tant de dégoût, ce qu'il y avait de plus
beau dans l'humanité ! ce qu'il me fallait, je n'aurais
pas su le dire. Je n'étais pas encore habitué à me
rendre un compte rigoureux des phénomènes de mon
esprit, au moyen des méthodes que recommande la
philosophie. Je m'assis sur un roc, près de la mer.
Un navire venait de mettre toutes voiles pour s'éloigner de ce parage : un point imperceptible venait de
paraître à l'horizon, et s'approchait peu à peu,
poussé par la rafale, en grandissant avec rapidité.
La tempête allait commencer ses attaques, et déjà le
ciel s'obscurcissait, en devenant d'un noir presque

aussi hideux que le cœur de l'homme. Le navire, qui était un grand vaisseau de guerre, venait de jeter toutes ses ancres, pour ne pas être balayé sur les rochers de la côte. Le vent sifflait avec fureur des quatre points cardinaux, et mettait les voiles en charpie. Les coups de tonnerre éclataient au milieu des éclairs, et ne pouvaient surpasser le bruit des lamentations qui s'entendaient sur la maison sans bases, sépulcre mouvant. Le roulis de ces masses aqueuses n'était pas parvenu à rompre les chaînes des ancres; mais, leurs secousses avaient entr'ouvert une voie d'eau, sur les flancs du navire. Brèche énorme; car, les pompes ne suffisent pas à rejeter les paquets d'eau salée qui viennent, en écumant, s'abattre sur le pont, comme des montagnes. Le navire en détresse tire des coups de canon d'alarme; mais, il sombre avec lenteur... avec majesté. Celui qui n'a pas vu un vaisseau sombrer au milieu de l'ouragan, de l'intermittence des éclairs et de l'obscurité la plus profonde, pendant que ceux qu'il contient sont accablés de ce désespoir que vous savez, celui-là ne connaît pas les accidents de la vie. Enfin, il s'échappe un cri universel de douleur immense d'entre les flancs du vaisseau, tandis que la mer redouble ses attaques redoutables. C'est le cri qu'a fait pousser l'abandon des forces humaines. Chacun s'enveloppe dans le manteau de la résignation, et remet son sort entre les mains de Dieu. On s'accule comme un troupeau de moutons. Le navire en détresse tire des coups de canon d'alarme ; mais, il sombre avec lenteur... avec majesté. Ils ont fait jouer les pompes pendant tout le jour. Efforts inutiles. La nuit est venue, épaisse, implacable, pour mettre le comble à ce spectacle gracieux. Chacun se dit qu'une fois dans l'eau, il ne pourra plus respirer ; car, d'aussi loin qu'il fait revenir sa mémoire, il ne se reconnaît aucun poisson pour ancêtre ; mais, il s'exhorte à retenir son souffle le plus longtemps possible, afin de prolonger sa vie de deux ou trois secondes ; c'est là l'ironie vengeresse qu'il veut adresser à la mort... Le navire en détresse tire des coups de canon d'alarme ; mais, il sombre avec lenteur... avec majesté. Il ne sait pas que le vaisseau, en s'enfonçant, occasionne une puissante circonvolution des houles autour d'elles-mêmes ; que le limon bourbeux s'est mêlé aux eaux troublées, et qu'une force qui vient de dessous, contre-coup de la tempête qui exerce ses ravages en haut, imprime à l'élément des mouvements saccadés et nerveux. Ainsi, malgré la provision de sang-froid qu'il ramasse d'avance, le futur noyé, après réflexion plus ample, devra se sentir heureux, s'il prolonge sa vie, dans les tourbillons de l'abîme, de la moitié d'une respiration ordinaire, afin de faire bonne mesure. Il lui sera donc impossible de narguer la mort, son suprême vœu. Le navire en détresse tire des coups de canon d'alarme ; mais, il sombre avec lenteur... avec majesté. C'est une erreur. Il ne tire plus des coups de canon, il ne sombre pas. La coquille de noix s'est engouffrée complétement. O ciel ! comment peut-on vivre, après avoir éprouvé tant de voluptés ! Il venait de m'être donné d'être témoin des agonies de mort de plusieurs de mes semblables. Minute par minute, je suivais les péripéties de leurs angoisses. Tantôt, le beuglement de quelque vieille, devenue folle de peur, faisait prime sur le marché. Tantôt, le seul glapissement d'un enfant en mamelles empêchait d'entendre le commandement des manœuvres. Le vaisseau était trop loin pour percevoir distinctement les gémissements que m'apportait la rafale ; mais, je le rapprochais par la volonté, et l'illusion d'optique était complète. Chaque quart d'heure, quand un coup de vent, plus fort que les autres, rendant ses accents lugubres à travers le cri des pétrels effarés, disloquait le navire dans un craquement longitudinal, et augmentait les plaintes de ceux qui allaient être offerts en holocauste à la mort, je m'enfonçais dans la joue la pointe aiguë d'un fer, et je pensais secrètement : « Ils souffrent davantage ! » J'avais, au moins, ainsi, un terme de comparaison. Du rivage, je les apostrophais, en leur lançant des imprécations et des menaces. Il me semblait qu'ils devaient m'entendre ! Il me semblait que ma haine et mes paroles, franchissant la distance, anéantissaient les lois physiques du son, et parvenaient, distinctes, à leurs

oreilles, assourdies par les mugissements de l'océan
en courroux! Il me semblait qu'ils devaient penser à
moi, et exhaler leur vengeance en impuissante rage!
De temps à autre, je jetais les yeux vers les cités, en-
dormies sur la terre ferme; et, voyant que personne
ne se doutait qu'un vaisseau allait sombrer, à quelques milles du rivage, avec une couronne d'oiseaux
de proie et un piédestal de géants aquatiques, au
ventre vide, je reprenais courage, et l'espérance me
revenait : j'étais donc sûr de leur perte! Ils ne pouvaient échapper! Par surcroît de précaution, j'avais
été chercher mon fusil à deux coups, afin que, si
quelque naufragé était tenté d'aborder les rochers à
la nage, pour échapper à une mort imminente, une
balle sur l'épaule lui fracassât le bras, et l'empêchât
d'accomplir son dessein. Au moment le plus furieux
de la tempête, je vis, surnageant sur les eaux, avec
des efforts désespérés, une tête énergique, aux cheveux hérissés. Il avalait des litres d'eau, et s'enfonçait dans l'abîme, ballotté comme un liége. Mais,
bientôt, il apparaissait de nouveau, les cheveux ruisselants; et, fixant l'œil sur le rivage, il semblait dé-
fier la mort. Il était admirable de sang-froid. Une
large blessure sanglante, occasionnée par quelque
pointe d'écueil caché, balafrait son visage intrépide
et noble. Il ne devait pas avoir plus de seize ans;
car, à peine, à travers les éclairs qui illuminaient la
nuit, le duvet de la pêche s'apercevait sur sa lèvre.

Et, maintenant, il n'était plus qu'à deux cents mètres de la falaise ; et je le dévisageais facilement.
Quel courage ! Quel esprit indomptable ! Comme la
fixité de sa tête semblait narguer le destin, tout en
fendant avec vigueur l'onde, dont les sillons s'ou-
vraient difficilement devant lui !... Je l'avais décidé
d'avance. Je me devais à moi-même de tenir ma promesse : l'heure dernière avait sonné pour tous, aucun
ne devait en échapper. Voilà ma résolution ; rien ne
le changerait... Un son sec s'entendit, et la tête aussitôt s'enfonça, pour ne plus reparaître. Je ne pris
pas à ce meurtre autant de plaisir qu'on pourrait le
croire ; et, c'était, précisément, parce que j'étais rassasié de toujours tuer, que je le faisais dorénavant
par simple habitude, dont on ne peut se passer,
mais, qui ne procure qu'une jouissance légère. Le sens
est émoussé, endurci. Quelle volupté ressentir à la
mort de cet être humain, quand il y en avait plus
d'une centaine, qui allaient s'offrir à moi, en spectacle, dans leur lutte dernière contre les flots, une fois
le navire submergé ? A cette mort, je n'avais même
pas l'attrait du danger ; car, la justice humaine,
bercée par l'ouragan de cette nuit affreuse, sommeillait dans les maisons, à quelques pas de moi. Aujourd'hui que les années pèsent sur mon corps, je le
dis avec sincérité, comme une vérité suprême et solennelle : je n'étais pas aussi cruel qu'on l'a raconté
ensuite, parmi les hommes ; mais, des fois, leur mé-

chanceté exerçait ses ravages persévérants pendant des années entières. Alors, je ne connaissais plus de borne à ma fureur ; il me prenait des accès de cruauté, et je devenais terrible pour celui qui s'approchait de mes yeux hagards, si toutefois il appartenait à ma race. Si c'était un cheval ou un chien, je le laissais passer : avez-vous entendu ce que je viens de dire ? Malheureusement, la nuit de cette tempête, j'étais dans un de ces accès, ma raison s'était envolée (car, ordinairement, j'étais aussi cruel, mais, plus prudent) ; et tout ce qui tomberait, cette fois-là, entre mes mains, devait périr ; je ne prétends pas m'excuser de mes torts. La faute n'en est pas toute à mes semblables. Je ne fais que constater ce qui est, en attendant le jugement dernier qui me fait gratter la nuque d'avance... Que m'importe le jugement dernier ! Ma raison ne s'envole jamais, comme je le disais pour vous tromper. Et, quand je commets un crime, je sais ce que je fais : je ne voulais pas faire autre chose ! Debout sur le rocher, pendant que l'ouragan fouettait mes cheveux et mon manteau, j'épiais dans l'extase cette force de la tempête, s'acharnant sur un navire, sous un ciel sans étoiles. Je suivis, dans un attitude triomphante, toutes les péripéties de ce drame, depuis l'instant où le vaisseau jeta ses ancres, jusqu'au moment où il s'engloutit, habit fatal qui entraîna, dans les boyaux de la mer, ceux qui s'en étaient revêtus comme d'un manteau. Mais,

l'instant s'approchait, où j'allais, moi-même, me
mêler comme acteur à ces scènes de la nature bou-
leversée. Quand la place où le vaisseau avait soutenu
le combat montra clairement que celui-ci avait été
passer le reste de ses jours au rez-de-chaussée de la
mer, alors, ceux qui avaient été emportés avec les
flots reparurent en partie à la surface. Il se prirent
à bras-le-corps, deux par deux, trois par trois;
c'était le moyen de ne pas sauver leur vie; car, leurs
mouvements devenaient embarrassés, et ils coulaient
bas comme des cruches percées... Quelle est cette
armée de monstres marins qui fend les flots avec vitesse? Ils sont six; leurs nageoires sont vigoureuses,
et s'ouvrent un passage, à travers les vagues soule-
vées. De tous ces êtres humains, qui remuent les
quatre membres dans ce continent peu ferme, les requins ne font bientôt qu'une omelette sans œufs, et se
la partagent d'après la loi du plus fort. Le sang se
mêle aux eaux, et les eaux se mêlent au sang. Leurs
yeux féroces éclairent suffisamment la scène du carnage... Mais, quel est encore ce tumulte des eaux,
là-bas, à l'horizon? On dirait une trombe qui s'approche. Quels coups de rame! J'aperçois ce que
c'est. Une énorme femelle de requin vient prendre
part au pâté de foie de canard, et manger du bouilli
froid. Elle est furieuse; car, elle arrive affamée. Une
lutte s'engage entre elle et les requins, pour se disputer les quelques membres palpitants qui flottent

par-ci, par-là, sans rien dire, sur la surface de la crème rouge. A droite, à gauche, elle lance des coups de dent qui engendrent des blessures mortelles. Mais, trois requins vivants l'entourent encore, et elle est obligée de tourner en tous sens, pour déjouer leurs manœuvres. Avec une émotion croissante, inconnue jusqu'alors, le spectateur, placé sur le rivage, suit cette bataille navale d'un nouveau genre. Il a les yeux fixés sur cette courageuse femelle de requin, aux dents si fortes. Il n'hésite plus, il épaule son fusil, et, avec son adresse habituelle, il loge sa deuxième balle dans l'ouïe d'un des requins, au moment où il se montrait au-dessus d'une vague. Restent deux requins qui n'en témoignent qu'un acharnement plus grand. Du haut du rocher, l'homme à la salive saumâtre, se jette à la mer, et nage vers le tapis agréablement coloré, en tenant à la main ce couteau d'acier qui ne l'abandonne jamais. Désormais, chaque requin a affaire à un ennemi. Il s'avance vers son adversaire fatigué, et, prenant son temps, lui enfonce dans le ventre sa lame aiguë. La citadelle mobile se débarrasse facilement du dernier adversaire... Se trouvent en présence le nageur et la femelle de requin, sauvée par lui. Ils se regardèrent entre les yeux pendant quelques minutes ; et chacun s'étonna de trouver tant de férocité dans les regards de l'autre. Ils tournent en rond en nageant, ne se perdent pas de vue, et se disent à part soi : « Je me suis trompé jusqu'ici; en voilà un qui est plus méchant. » Alors, d'un commun accord, entre deux eaux, ils glissèrent l'un vers l'autre, avec une admiration mutuelle, la femelle de requin écartant l'eau de ses nageoires, Maldoror battant l'onde avec ses bras; et retinrent leur souffle, dans une vénération profonde, chacun désireux de contempler, pour la première fois, son portrait vivant. Arrivés à trois mètres de distance, sans faire aucun effort, ils tombèrent brusquement l'un contre l'autre, comme deux aimants, et s'embras-sèrent avec dignité et reconnaissance, dans une étreinte aussi tendre que celle d'un frère ou d'une sœur. Les désirs charnels suivirent de près cette dé-monstration d'amitié. Deux cuisses nerveuses se col-lèrent étroitement à la peau visqueuse du monstre, comme deux sangsues; et, les bras et les nageoires entrelacés autour du corps de l'objet aimé qu'ils en-touraient avec amour, tandis que leurs gorges et leurs poitrines ne faisaient bientôt plus qu'une masse glauque aux exhalaisons de goëmon; au milieu de la tempête qui continuait de sévir; à la lueur des éclairs; ayant pour lit d'hyménée la vague écumeuse, emportés par un courant sous-marin comme dans un berceau, et roulant, sur eux-mêmes, vers les profon-deurs inconnues de l'abîme, ils se réunirent dans un accouplement long, chaste et hideux !... Enfin, je ve-nais de trouver quelqu'un qui me ressemblât !... Dé-sormais, je n'étais plus seul dans la vie !... Elle avait les mêmes idées que moi !... J'étais en face de mon premier amour !

————————

La Seine entraîne un corps humain. Dans ces circonstances, elle prend des allures solennelles. Le cadavre gonflé se soutient sur les eaux ; il disparaît sous l'arche d'un pont ; mais, plus loin, on le voit apparaître de nouveau, tournant lentement sur lui-même, comme une roue de moulin, et s'enfonçant par intervalles. Un maître de bâteau, à l'aide d'une perche, l'accroche au passage, et le ramène à terre. Avant de transporter le corps à la Morgue, on le laisse quelque temps sur la berge, pour le ramener à la vie. La foule compacte se rassemble autour du corps. Ceux qui ne peuvent pas voir, parce qu'ils sont derrière, poussent, tant qu'ils peuvent, ceux qui sont devant. Chacun se dit : « Ce n'est pas moi qui me serais noyé. » On plaint le jeune homme qui s'est suicidé ; on l'admire ; mais, on ne l'imite pas. Et, cependant, lui, a trouvé très-naturel de se donner la mort, ne jugeant rien sur la terre capable de le contenter, et aspirant plus haut. Sa figure est distinguée, et ses habits sont riches. A-t-il encore dix-sept ans ? C'est mourir jeune ! La foule paralysée continue de jeter sur lui ses yeux immobiles... Il se fait nuit. Chacun se retire silencieusement. Aucun n'ose renverser le noyé, pour lui faire rejeter l'eau qui remplit son corps. On a craint de passer pour sensible, et aucun n'a bougé, retranché dans le col de sa chemise. L'un s'en va, en sifflottant aigrement une tyrolienne absurde ; l'autre fait claquer ses doigts comme des castagnettes... Harcelé par sa pensée sombre, Maldoror, sur son cheval, passe près de cet endroit, avec la vitesse de l'éclair. Il aperçoit le noyé ; cela suffit. Aussitôt, il a arrêté son coursier, et est descendu de l'étrier. Il soulève le jeune homme sans dégoût, et lui fait rejeter l'eau avec abondance. A la pensée que ce corps inerte pourrait revivre sous sa main, il sent son cœur bondir, sous cette impression excellente, et redouble de courage. Vains efforts ! Vains efforts, ai-je dit, et c'est vrai. Le cadavre reste inerte, et se laisse tourner en tous sens. Il frotte les tempes ; il frictionne ce membre-ci, ce membre-là ; il souffle pendant une heure, dans la bouche, en pressant ses lèvres contre les lèvres de l'inconnu. Il lui semble enfin sentir sous sa main, appliquée contre la poitrine, un léger battement. Le noyé vit ! A ce moment suprême, on put remarquer que plusieurs rides disparurent du front du cavalier, et le rajeunirent de dix ans. Mais, hélas ! les rides reviendront, peut-être demain, peut-être aussitôt qu'il se sera éloigné des bords de la Seine. En attendant, le noyé ouvre des yeux ternes, et, par un sourire blafard, remercie son bienfaiteur ; mais, il est faible encore, et ne peut faire aucun mouvement. Sauver la vie à quelqu'un, que c'est beau! Et comme cette action rachète de fautes! L'homme aux lèvres de bronze, occupé jusque-là à l'arracher de la mort, regarde le jeune homme avec plus d'attention, et ses traits ne lui paraissent pas inconnus. Il se dit qu'entre l'asphyxié, aux cheveux blonds, et Holzer, il n'y a pas beaucoup de différence. Les voyez-vous comme ils s'embrassent avec effusion! N'importe! L'homme à la prunelle de jaspe tient à conserver l'apparence d'un rôle sévère. Sans rien dire, il prend son ami qu'il met en croupe, et le coursier s'éloigne au galop. O toi, Holzer, qui te croyais si raisonnable et si fort, n'as-tu pas vu, par ton exemple même, comme il est difficile, dans un accès de désespoir, de conserver le sang-froid dont tu te vantes. J'espère que tu ne me causeras plus un pareil chagrin, et moi, de mon côté, je t'ai promis de ne jamais attenter à ma vie.

Il y a des heures dans la vie où l'homme, à la chevelure pouilleuse, jette, l'œil fixe, des regards fauves sur les membranes vertes de l'espace; car, il lui semble entendre, devant lui, les ironiques huées d'un fantôme. Il chancelle et courbe la tête : ce qu'il a entendu, c'est la voix de la conscience. Alors, il s'élance de la maison, avec la vitesse d'un fou, prend la première direction qui s'offre à sa stupeur, et dévore les plaines rugueuses de la campagne. Mais, le fantôme jaune ne le perd pas de vue, et le poursuit avec une égale vitesse. Quelquefois, dans une nuit d'orage, pendant que des légions de poulpes ailés, ressemblant de loin à des corbeaux, planent au-dessus des nuages, en se dirigeant d'une rame raide vers les cités des humains, avec la mission de les avertir de changer de conduite, le caillou, à l'œil sombre, voit deux êtres passer à la lueur de l'éclair, l'un derrière l'autre; et, essuyant une furtive larme de compassion, qui coule de sa paupière glacée, il s'écrie : « Certes, il le mérite; et ce n'est que justice. » Après avoir dit cela, il se replace dans son attitude farouche, et continue de regarder, avec un tremblement nerveux, la chasse à l'homme, et les grandes lèvres du vagin d'ombre, d'où découlent, sans cesse, comme un fleuve, d'immenses spermatozoïdes ténébreux qui prennent leur essor dans l'éther lugubre, en cachant, avec le vaste déploiement de leurs ailes de chauve-souris, la nature entière, et les légions solitaires de poulpes, devenues mornes à l'aspect de ces fulgurations sourdes et inexprimables. Mais, pendant ce temps, le steeple-chase continue entre les deux infatigables coureurs, et le fantôme lance par sa bouche des torrents de feu sur le dos calciné de l'antilope humain. Si, dans l'accomplissement de ce devoir, il rencontre en chemin la pitié qui veut lui barrer le passage, il cède avec répugnance à ses supplications, et laisse l'homme s'échapper. Le fantôme fait claquer sa langue, comme pour se dire à lui-même qu'il va cesser la poursuite, et retourne vers son chenil, jusqu'à nouvel ordre. Sa voix de condamné s'entend jusque dans les couches les plus lointaines de l'espace; et, lorsque son hurlement épouvantable pénètre dans le cœur humain, celui-ci préférerait avoir, dit-on, la mort pour mère que le remords pour fils. Il enfonce la tête jusqu'aux épaules dans les complications terreuses d'un trou; mais, la conscience volatilise cette ruse d'autruche. L'excavation s'évapore, goutte d'éther; la lumière apparaît, avec son cortége de rayons, comme un vol de courlis qui s'abat sur les lavandes; et l'homme se retrouve en face de lui-même, les yeux ouverts et blêmes. Je l'ai vu se diriger du côté de la mer, monter sur un promontoire déchiqueté et battu par le sourcil de l'écume; et, comme une flèche, se précipiter dans les vagues. Voici le miracle : le cadavre reparaissait, le lendemain, sur la surface de l'océan, qui reportait au rivage cette épave de chair. L'homme se dégageait du moule que son corps avait creusé dans le sable, exprimait l'eau de ses cheveux mouillés, et, reprenait, le front muet et penché, le chemin de la vie. La conscience juge sévèrement nos pensées et nos actes les plus secrets, et ne se trompe pas. Comme elle est souvent impuissante à prévenir le mal, elle ne cesse de traquer l'homme comme un renard, surtout pendant l'obscurité. Des yeux vengeurs, que la science ignorante appelle *météores*, répandent une flamme livide, passent en roulant sur eux-mêmes, et articulent des paroles de mystère... qu'il comprend! Alors, son chevet est broyé par les secousses de son corps, accablé sous le poids de l'insomnie, et il entend la sinistre respiration des rumeurs vagues de la nuit. L'ange du sommeil, lui-même, mortellement atteint au front d'une pierre inconnue, abandonne sa tâche, et remonte vers les cieux. Eh bien, je me présente pour défendre l'homme, cette fois; moi, le contempteur de toutes les vertus; moi, celui que n'a pas pu oublier le Créateur, depuis le jour glorieux où, renversant de leur socle les annales du ciel, où, par je ne sais quel tripotage infâme, étaient consignées *sa* puissance et *son* éternité, j'appliquai mes quatre cents ventouses sur le dessous de son aisselle, et lui fis pousser des cris terribles... Ils se changèrent en vipères, en sortant par sa bouche, et allèrent se cacher dans les broussailles, les murailles en ruine, aux aguets le jour, aux aguets la nuit. Ces cris, devenus rampants, et doués d'anneaux innombrables, avec une tête petite et aplatie, des yeux perfides, ont juré d'être en arrêt devant l'innocence humaine; et, quand celle-ci se promène dans les enchevêtrements des maquis, ou au revers des talus ou sur les sables des dunes, elle ne tarde pas à changer d'idée. Si, cependant, il en est temps encore; car, des fois, l'homme aperçoit le poison s'introduire dans les veines de sa jambe, par une morsure presque imperceptible, avant qu'il ait eu le temps de rebrousser chemin, et de gagner le large. C'est ainsi que le Créateur, conservant un sang-froid admirable, jusque dans les souffrances les plus atroces, sait retirer, de leur propre sein, des germes nuisibles aux habitants de la terre. Quel ne fut pas son étonnement, quand il vit Maldoror, changé en poulpe, avancer contre son corps ses huit pattes monstrueuses, dont chacune, lanière solide, aurait pu embrasser facilement la circonférence d'une planète. Pris au dépourvu, il se débattit, quelques instants, contre cette étreinte visqueuse, qui se resserrait de plus en plus... je craignais quelque mauvais coup de sa part; après m'être nourri abondamment des globules de ce sang sacré, je me détachai brusquement de son corps majestueux, et je me cachai dans une caverne, qui, depuis lors, resta ma demeure. Après des recherches infructueuses, il ne put m'y trouver. Il y a longtemps de ça; mais, je crois que maintenant il sait où est ma demeure; il se garde d'y rentrer; nous vivons, tous les deux, comme deux monarques voisins, qui connaissent leurs forces respectives, ne peuvent se vaincre l'un l'autre, et sont fatigués des batailles inutiles du passé. Il me craint, et je le crains; chacun, sans être

vaincu, a éprouvé les rudes coups de son adversaire,
et nous en restons là. Cependant, je suis prêt à re-
commencer la lutte, quand il le voudra. Mais, qu'il
n'attende pas quelque moment favorable à ses desseins cachés. Je me tiendrai toujours sur mes gardes,
en ayant l'œil sur lui. Qu'il n'envoie plus sur la terre
la conscience et ses tortures. J'ai enseigné aux
hommes les armes avec lesquelles on peut la combattre avec avantage. Ils ne sont pas encore fami-
liarisés avec elle ; mais, tu sais que, pour moi, elle
est comme la paille qu'emporte le vent. J'en fais
autant de cas. Si je voulais profiter de l'occasion,
qui se présente, de subtiliser ces discussions poétiques, j'ajouterais que je fais même plus de cas de
la paille que de la conscience ; car, la paille est utile
pour le bœuf qui la rumine, tandis que la conscience
ne sait montrer que ses griffes d'acier. Elles subirent
un pénible échec, le jour où elles se placèrent devant
moi. Comme la conscience avait été envoyée par le
Créateur, je crus convenable de ne pas me laisser
barrer le passage par elle. Si elle s'était présentée
avec la modestie et l'humilité propres à son rang, et
dont elle n'aurait jamais dû se départir, je l'aurais
écoutée. Je n'aimais pas son orgueil. J'étendis une
main, et sous mes doigts broyai les griffes ; elles tombèrent en poussière, sous la pression croissante de
ce mortier de nouvelle espèce. J'étendis l'autre main,
et lui arrachai la tête. Je chassai ensuite, hors de

ma maison, cette femme, à coups de fouet, et je ne la revis plus. J'ai gardé sa tête en souvenir de ma victoire... Une tête à la main, dont je rongeais le crâne, je me suis tenu sur un pied, comme le héron, au bord du précipice creusé dans les flancs de la montagne. On m'a vu descendre dans la vallée, pendant que la peau de ma poitrine était immobile et calme, comme le couvercle d'une tombe! Une tête à la main, dont je rongeais le crâne, j'ai nagé dans les gouffres les plus dangereux, longé les écueils mortels, et plongé plus bas que les courants, pour assister, comme un étranger, aux combats des monstres marins; je me suis écarté du rivage, jusqu'à le perdre de ma vue perçante; et, les crampes hideuses, avec leur magnétisme paralysant, rôdaient autour de mes membres, qui fendaient les vagues avec des mouvements robustes, sans oser approcher. On m'a vu revenir, sain et sauf, dans la plage, pendant que la peau de ma poitrine était immobile et calme, comme le couvercle d'une tombe! Une tête à la main, dont je rongeais le crâne, j'ai franchi les marches ascendantes d'une tour élevée. Je suis parvenu, les jambes lasses, sur la plate-forme vertigineuse. J'ai regardé la campagne, la mer; j'ai regardé le soleil, le firmament; repoussant du pied le granit qui ne recula pas, j'ai défié la mort et la vengeance divine par une huée suprême, et me suis précipité, comme un pavé, dans la bouche de l'espace. Les hommes

entendirent le choc douloureux et retentissant qui
résulta de la rencontre du sol avec la tête de la
conscience, que j'avais abandonnée dans ma chute.
On me vit descendre, avec la lenteur de l'oiseau,
porté par un nuage invisible, et ramasser la tête,
pour la forcer à être témoin d'un triple crime, que
je devais commettre le jour même, pendant que la
peau de ma poitrine était immobile et calme, comme
le couvercle d'une tombe! Une tête à la main, dont
je rongeais le crâne, je me suis dirigé vers l'endroit
où s'élèvent les poteaux qui soutiennent la guillotine. J'ai placé la grâce suave des cous de trois
jeunes filles sous le couperet. Exécuteur des hautes-
œuvres, je lâchai le cordon avec l'expérience appa-
rente d'une vie entière; et, le fer triangulaire,
s'abattant obliquement, trancha trois têtes qui me
regardaient avec douceur. Je mis ensuite la mienne
sous le rasoir pesant, et le bourreau prépara l'accomplissement de son devoir. Trois fois, le couperet
redescendit entre les rainures avec une nouvelle
vigueur; trois fois, ma carcasse matérielle, surtout
au siége du cou, fut remuée jusqu'en ses fondements,
comme lorsqu'on se figure en rêve être écrasé par
une maison qui s'effondre. Le peuple stupéfait me
laissa passer, pour m'écarter de la place funèbre; il
m'a vu ouvrir avec mes coudes ses flots ondulatoires,
et me remuer, plein de vie, avançant devant moi, la
tête droite, pendant que la peau de ma poitrine était

immobile et calme, comme le couvercle d'une tombe !
J'avais dit que je voulais défendre l'homme, cette
fois ; mais, je crains que mon apologie ne soit pas
l'expression de la vérité ; et, par conséquent, je préfère me taire. C'est avec reconnaissance que l'humanité applaudira à cette mesure !

Il est temps de serrer les freins à mon inspiration,
et de m'arrêter, un instant, en route, comme quand
on regarde le vagin d'une femme ; il est bon d'examiner la carrière parcourue, et de s'élancer, ensuite,
les membres reposés, d'un bond impétueux. Fournir
une traite d'une seule haleine n'est pas facile ; et les
ailes se fatiguent beaucoup, dans un vol élevé, sans
espérance et sans remords. Non... ne conduisons pas
plus profondément la meute hagarde des pioches et
des fouilles, à travers les mines explosibles de ce
chant impie ! Le crocodile ne changera pas un mot
au vomissement sorti de dessous son crâne. Tant pis,
si quelque ombre furtive, excitée par le but louable
de venger l'humanité, injustement attaquée par moi,
ouvre subrepticement la porte de ma chambre, en
frôlant la muraille comme l'aile d'un goéland, et enfonce un poignard, dans les côtes du pilleur d'épaves
célestes ! Autant vaut que l'argile dissolve ses
atomes, de cette manière que d'une autre.

FIN DU DEUXIÈME CHANT

CHANT TROISIÈME

Rappelons les noms de ces êtres imaginaires, à la nature d'ange, que ma plume, pendant le deuxième chant, a tirés d'un cerveau, brillant d'une lueur émanée d'eux-mêmes. Ils meurent, dès leur naissance, comme ces étincelles dont l'œil a de la peine à suivre l'effacement rapide, sur du papier brûlé. Léman!... Lohengrin!... Lombano!... Holzer!... un instant, vous apparûtes, recouverts des insignes de la jeunesse, à mon horizon charmé; mais, je vous ai laissés retomber dans le chaos, comme des cloches de plongeur. Vous n'en sortirez plus. Il me suffit que j'aie gardé votre souvenir; vous devez céder la place à d'autres substances, peut-être moins belles, qu'enfantera le débordement orageux d'un amour qui a résolu de ne pas apaiser sa soif auprès de la race humaine. Amour affamé, qui se dévorerait lui-même, s'il ne cherchait sa nourriture dans des fictions

12.

célestes : créant, à la longue, une pyramide de séraphins, plus nombreux que les insectes qui fourmillent dans une goutte d'eau, il les entrelacera dans une ellipse qu'il fera tourbillonner autour de lui. Pendant ce temps, le voyageur, arrêté contre l'aspect d'une cataracte, s'il relève le visage, verra, dans le lointain, un être humain, emporté vers la cave de l'enfer par une guirlande de camélias vivants ! Mais... silence! l'image flottante du cinquième idéal se dessine lentement, comme les replis indécis d'une aurore boréale, sur le plan vaporeux de mon intelligence, et prend de plus en plus une consistance déterminée... Mario et moi nous longions la grève. Nos chevaux, le cou tendu, fendaient les membranes de l'espace, et arrachaient des étincelles aux galets de la plage. La bise, qui nous frappait en plein visage, s'engouffrait dans nos manteaux, et faisait voltiger en arrière les cheveux de nos têtes jumelles. La mouette, par ses cris et ses mouvements d'aile, s'efforçait en vain de nous avertir de la proximité possible de la tempête, et s'écriait : « Où s'en vont-ils, de ce galop insensé? » Nous ne disions rien ; plongés dans la rêverie, nous nous laissions emporter sur les ailes de cette course furieuse ; le pêcheur, nous voyant passer, rapides comme l'albatros, et croyant apercevoir, fuyant devant lui, *les deux frères mystérieux*, comme on les avait ainsi appelés, parce qu'ils étaient toujours ensemble, s'empressait de faire le signe de la croix, et se cachait, avec son chien paralysé, sous quelque roche profonde. Les habitants de la côte avaient entendu raconter des choses étranges sur ces deux personnages, qui apparaissaient sur la terre, au milieu des nuages, aux grandes époques de calamité, quand une guerre affreuse menaçait de planter son harpon sur la poitrine de deux pays ennemis, ou que le choléra s'apprêtait à lancer, avec sa fronde, la pourriture et la mort dans des cités entières. Les plus vieux pilleurs d'épaves fronçaient le sourcil, d'un air grave, affirmant que les deux fantômes, dont chacun avait remarqué la vaste envergure des ailes noires, pendant les ouragans, au-dessus des bancs de sable et des écueils, étaient le génie de la terre et le génie de la mer, qui promenaient leur majesté, au milieu des airs, pendant les grandes révolutions de la nature, unis ensemble par une amitié éternelle, dont la rareté et la gloire ont enfanté l'étonnement du câble indéfini des générations. On disait que, volant côte à côte comme deux condors des Andes, ils aimaient à planer, en cercles concentriques, parmi les couches d'atmosphères qui avoisinent le soleil ; qu'ils se nourrissaient, dans ces parages, des plus pures essences de la lumière ; mais, qu'ils ne se décidaient qu'avec peine à rabattre l'inclinaison de leur vol vertical, vers l'orbite épouvanté où tourne le globe humain en délire, habité par des esprits cruels qui se massacrent entre eux dans les champs où

rugit la bataille (quand ils ne se tuent pas perfide-
ment, en secret, dans le centre des villes, avec le poignard de la haine ou de l'ambition), et qui se nourrissent d'êtres pleins de vie comme eux et placés
quelques degrés plus bas dans l'échelle des existences. Ou bien, quand ils prenaient la ferme résolution, afin d'exciter les hommes au repentir par les
strophes de leurs prophéties, de nager, en se dirigeant à grandes brassées, vers les régions sidérales
où une planète se mouvait au milieu des exhalaisons
épaisses d'avarice, d'orgueil, d'imprécation et de ri-
canement qui se dégageaient, comme des vapeurs
pestilentielles, de sa surface hideuse et paraissait
petite comme une boule, étant presque invisible, à
cause de la distance, ils ne manquaient pas de trouver des occasions où ils se repentaient amèrement de
leur bienveillance, méconnue et conspuée, et allaient
se cacher au fond des volcans, pour converser avec
le feu vivace qui bouillonne dans les cuves des souterrains centraux, ou au fond de la mer, pour reposer agréablement leur vue désillusionnée sur les
monstres les plus féroces de l'abîme, qui leur parais-
saient des modèles de douceur, en comparaison des
bâtards de l'humanité. La nuit venue, avec son obscurité propice, ils s'élançaient des cratères, à la
crête de porphyre, des courants sous-marins et
laissaient, bien loin derrière eux, le pot de chambre
rocailleux où se démène l'anus constipé des kaka-

toès humains, jusqu'à ce qu'ils ne pussent plus distinguer la silhouette suspendue de la planète immonde. Alors, chagrinés de leur tentative infructueuse, au milieu des étoiles qui compatissaient à leur douleur et sous l'œil de Dieu, s'embrassaient, en pleurant, l'ange de la terre et l'ange de la mer !... Mario et celui qui galopait auprès de lui n'ignoraient pas les bruits vagues et superstitieux que racontaient, dans les veillées, les pêcheurs de la côte, en chuchotant autour de l'âtre, portes et fenêtres fermées ; pendant que le vent de la nuit, qui désire se réchauffer, fait entendre ses sifflements autour de la cabane de paille, et ébranle, par sa vigueur, ces frêles murailles, entourées à la base de fragments de coquillage, apportés par les replis mourants des vagues. Nous ne parlions pas. Que se disent deux cœurs qui s'aiment ? Rien. Mais nos yeux exprimaient tout. Je l'avertis de serrer davantage son manteau autour de lui, et lui me fait observer que mon cheval s'éloigne trop du sien : chacun prend autant d'intérêt à la vie de l'autre qu'a sa propre vie ; nous ne rions pas. Il s'efforce de me sourire ; mais, j'aperçois que son visage porte le poids des terribles impressions qu'y a gravées la réflexion, constamment penchée sur les sphynx qui déroutent, avec un œil oblique, les grandes angoisses de l'intelligence des mortels. Voyant ses manœuvres inutiles, il détourne les yeux, mord son frein terrestre avec la bave de la rage, et

regarde l'horizon, qui s'enfuit à notre approche. A
mon tour, je m'efforce de lui rappeler sa jeunesse
dorée, qui ne demande qu'à s'avancer dans les palais
des plaisirs, comme une reine; mais, il remarque que
mes paroles sortent difficilement de ma bouche amai-
grie, et que les années de mon propre printemps ont
passé, tristes et glaciales, comme un rêve implacable qui promène, sur les tables des banquets, et
sur les lits de satin, où sommeille la pâle prêtresse
d'amour, payée avec les miroitements de l'or, les voluptés amères du désenchantement, les rides pestilentielles de la vieillesse, les effarements de la solitude et les flambeaux de la douleur. Voyant mes
manœuvres inutiles, je ne m'étonne pas de ne pas
pouvoir le rendre heureux; le Tout-Puissant m'apparaît revêtu de ses instruments de torture, dans
toute l'auréole resplendissante de son horreur; je
détourne les yeux et regarde l'horizon qui s'enfuit
à notre approche... Nos chevaux galopaient le long
du rivage, comme s'ils fuyaient l'œil humain... Mario est plus jeune que moi; l'humidité du temps et
l'écume salée qui rejaillit jusqu'à nous amènent le
contact du froid sur ses lèvres. Je lui dis : « Prends
garde!... prends garde!... ferme tes lèvres, les unes
contre les autres; ne vois-tu pas les griffes aiguës de
la gerçure, qui sillonne ta peau de blessures cuisantes? » Il fixe mon front, et me répliqua, avec les
mouvements de sa langue : « Oui, je les vois, ces

griffes vertes ; mais, je ne dérangerai pas la situation naturelle de ma bouche pour les faire fuir. Regarde, si je mens. Puisqu'il paraît que c'est la volonté de la Providence, je veux m'y conformer. Sa volonté aurait pu être meilleure. » Et moi, je m'écriai : « J'admire cette vengeance noble. » Je voulus m'arracher les cheveux ; mais, il me le défendit avec un regard sévère, et je lui obéis avec respect. Il se faisait tard, et l'aigle regagnait son nid, creusé dans les anfractuosités de la roche. Il me dit : « Je vais te prêter mon manteau, pour te garantir du froid ; je n'en ai pas besoin. » Je lui répliquai : « Malheur à toi, si tu fais ce que tu dis. Je ne veux pas qu'un autre souffre à ma place, et surtout toi. » Il ne répondit pas, parce que j'avais raison ; mais, moi, je me mis à le consoler, à cause de l'accent trop impétueux de mes paroles... Nos chevaux galopaient le long du rivage, comme s'ils fuyaient l'œil humain... Je relevai la tête, comme la proue d'un vaisseau soulevée par une vague énorme, et je lui dis : « Est-ce que tu pleures ? Je te le demande, roi des neiges et des brouillards. Je ne vois pas des larmes sur ton visage, beau comme la fleur du cactus, et tes paupières sont sèches, comme le lit du torrent ; mais, je distingue, au fond de tes yeux, une cuve, pleine de sang, où bout ton innocence, mordue au cou par un scorpion de la grande espèce. Un vent violent s'abat sur le feu qui réchauffe la chaudière, et en répand les flammes obscures jusqu'en dehors de ton orbite sacré. J'ai approché mes cheveux de ton front rosé, et j'ai senti une odeur de roussi, parce qu'ils se brûlèrent. Ferme tes yeux; car, sinon, ton visage, calciné comme la lave du volcan, tombera en cendres sur le creux de ma main. » Et, lui, se retournait vers moi, sans faire attention aux rênes qu'il tenait dans la main, et me contemplait avec attendrissement, tandis que lentement il baissait et relevait ses paupières de lis, comme le flux et le reflux de la mer. Il voulut bien répondre à ma question audacieuse, et voici comme il le fit : « Ne fais pas attention à moi. De même que les vapeurs des fleuves rampent le long des flancs de la colline, et, une fois arrivées au sommet, s'élancent dans l'atmosphère, en formant des nuages; de même, tes inquiétudes sur mon compte se sont insensiblement accrues, sans motif raisonnable, et forment au-dessus de ton imagination, le corps trompeur d'un mirage désolé. Je t'assure qu'il n'y a pas de feu dans mes yeux, quoique j'y ressente la même impression que si mon crâne était plongé dans un casque de charbons ardents. Comment veux-tu que les chairs de mon innocence bouillent dans la cuve, puisque je n'entends que des cris très faibles et confus, qui, pour moi, ne sont que les gémissements du vent qui passe au-dessus de nos têtes. Il est impossible qu'un scorpion ait fixé sa résidence et ses pinces aiguës au fond de mon orbite haché; je crois plutôt que ce sont des tenailles vigoureuses qui broient les nerfs optiques. Cependant, je suis d'avis, avec toi, que le sang, qui remplit la cuve, a été extrait de mes veines par un bourreau invisible, pendant le sommeil de la dernière nuit. Je t'ai attendu longtemps, fils aimé de l'océan ; et mes bras assoupis ont engagé un vain combat avec Celui qui s'était introduit dans le vestibule de ma maison... Oui, je sens que mon âme est cadenacée dans le verroux de mon corps, et qu'elle ne peut se dégager, pour fuir loin des rivages que frappe la mer humaine, et n'être plus témoin du spectacle de la meute livide des malheurs, poursuivant sans relâche, à travers les fondrières et les gouffres de l'abattement immense, les isards humains. Mais, je ne me plaindrai pas. J'ai reçu la vie comme une blessure, et j'ai défendu au suicide de guérir la cicatrice. Je veux que le Créateur en contemple, à chaque heure de son éternité, la crevasse béante. C'est le châtiment que je lui inflige. Nos coursiers ralentissent la vitesse de leurs pieds d'airain ; leurs corps tremble, comme le chasseur surpris par un troupeau de peccaris. Il ne faut pas qu'ils se mettent à écouter ce que nous disons. A force d'attention, leur intelligence grandirait, et ils pourraient peut-être nous comprendre. Malheur à eux ; car, ils souffriraient davantage ! En effet, ne pense qu'aux marcassins de l'humanité : le degré d'intelligence qui les sépare des autres êtres de la création ne semble-t-il pas ne leur être accordé qu'au prix irrémédiable de souffrances incalculables ? Imite mon exemple, et que ton éperon d'argent s'enfonce dans les flancs de ton coursier... » Nos chevaux galopaient le long du rivage, comme s'ils fuyaient l'œil humain.

———

Voici la folle qui passe en dansant, tandis qu'elle se rappelle vaguement quelque chose. Les enfants la poursuivent à coups de pierre, comme si c'était un merle. Elle brandit un bâton et fait mine de les poursuivre, puis reprend sa course. Elle a laissé un soulier en chemin, et ne s'en aperçoit pas. De longues pattes d'araignée circulent sur sa nuque ; ce ne sont autre chose que ses cheveux. Son visage ne ressemble plus au visage humain, et elle lance des éclats de rire comme l'hyène. Elle laisse échapper des lambeaux de phrases dans lesquels, en les recousant, très-peu trouveraient une signification claire. Sa robe, percée en plus d'un endroit, exécute des mouvements saccadés autour de ses jambes osseuses et pleines de boue. Elle va devant soi, comme la feuille du peuplier, emportée, elle, sa jeunesse, ses illusions et son bonheur passé, qu'elle revoit à travers les brumes d'une intelligence détruite, par le tourbillon des facultés inconscientes. Elle a perdu sa grâce et sa beauté

primitives ; sa démarche est ignoble, et son haleine respire l'eau-de-vie. Si les hommes étaient heureux sur cette terre, c'est alors qu'il faudrait s'étonner. La folle ne fait aucun reproche, elle est trop fière pour se plaindre, et mourra, sans avoir révélé son secret à ceux qui s'intéressent à elle, mais auxquels elle a défendu de ne jamais lui adresser la parole. Les enfants la poursuivent, à coups de pierre, comme si c'était un merle. Elle a laissé tomber de son sein un rouleau de papier. Un inconnu le ramasse, s'enferme chez lui toute la nuit, et lit le manuscrit, qui contenait ce qui suit : « Après bien des années sté-
« riles, la Providence m'envoya une fille. Pendant
« trois jours, je m'agenouillai dans les églises, et ne
« cessai de remercier le grand nom de Celui qui
« avait enfin exaucé mes vœux. Je nourrissais de
« mon propre lait celle qui était plus que ma vie, et
« que je voyais grandir rapidement, douée de tou-
« tes les qualités de l'âme et du corps. Elle me disait:
« « Je voudrais avoir une petite sœur pour m'amuser
« avec elle ; recommande au bon Dieu de m'en en-
« voyer une ; et, pour le récompenser, j'entrelacerai,
« pour lui, une guirlande de violettes, de menthes et
« de géraniums. » Pour toute réponse, je l'enlevais
« sur mon sein et l'embrassais avec amour. Elle sa-
« vait déjà s'intéresser aux animaux, et me deman-
« dait pourquoi l'hirondelle se contente de raser de
« l'aile les chaumières humaines, sans oser y ren-

« trer. Mais, moi, je mettais un doigt sur ma bouche,
« comme pour lui dire de garder le silence sur cette
« grave question, dont je ne voulais pas encore lui
« faire comprendre les éléments, afin de ne pas
« frapper, par une sensation excessive, son imagi-
« nation enfantine ; et, je m'empressais de détourner
« la conversation de ce sujet, pénible à traiter pour
« tout être appartenant à la race qui a étendu une
« domination injuste sur les autres animaux de la
« création. Quand elle me parlait des tombes du ci-
« metière, en me disant qu'on respirait dans cette
« atmosphère les agréables parfums des cyprès et
« des immortelles, je me gardai de la contredire ;
« mais, je lui disais que c'était la ville des oiseaux,
« que, là, ils chantaient depuis l'aurore jusqu'au
« crépuscule du soir, et que les tombes étaient leurs
« nids, où ils couchaient la nuit avec leur famille,
« en soulevant le marbre. Tous les mignons vête-
« ments qui la couvraient, c'est moi qui les avais
« cousus, ainsi que les dentelles, aux mille arabes-
« ques, que je réservais pour le dimanche. L'hiver,
« elle avait sa place légitime autour de la grande
« cheminée ; car elle se croyait une personne sérieuse,
« et, pendant l'été, la prairie reconnaissait la suave
« pression de ses pas, quand elle s'aventurait, avec
« son filet de soie, attaché au bout d'un jonc, après
« les colibris, pleins d'indépendance, et les papil-
« lons, aux zigzags agaçants. « Que fais-tu, petite

« vagabonde, quand la soupe t'attend depuis une
« heure, avec la cuillère qui s'impatiente ? » Mais,
« elle s'écriait, en me sautant au cou, qu'elle n'y re-
« viendrait plus. Le lendemain, elle s'échappait de
« nouveau, à travers les marguerites et les résédas;
« parmi les rayons du soleil et le vol tournoyant des
« insectes éphémères; ne connaissant que la coupe
« prismatique de la vie, pas encore le fiel; heureuse
« d'être plus grande que la mésange; se moquant de
« la fauvette, qui ne chante pas si bien que le rossi-
« gnol; tirant sournoisement la langue au vilain cor-
« beau, qui la regardait paternellement; et gracieuse
« comme un jeune chat. Je ne devais pas longtemps
« jouir de sa présence; le temps s'approchait, où
« elle devait, d'une manière inattendue, faire ses
« adieux aux enchantements de la vie, abandonnant
« pour toujours la compagnie des tourterelles, des
« gelinottes et des verdiers, les babillements de la
« tulipe et de l'anémone, les conseils des herbes du
« marécage, l'esprit incisif des grenouilles, et la
« fraîcheur des ruisseaux. On me raconta ce qui
« s'était passé; car, moi, je ne fus pas présente à
« l'événement qui eut pour conséquence la mort de
« ma fille. Si je l'avais été, j'aurais défendu cet ange
« au prix de mon sang... Maldoror passait avec son
« bouledogue; il voit une jeune fille qui dort à
« l'ombre d'un platane, et il la prit d'abord pour une
« rose. On ne peut dire qui s'éleva le plus tôt dans

« son esprit, ou la vue de cette enfant, ou la résolu-
« tion qui en fut la suite. Il se déshabille rapide-
« ment, comme un homme qui sait ce qu'il va faire.
« **Nu comme une pierre, il s'est jeté sur le corps de**
« **la jeune fille, et lui a levé la robe pour commettre**
« **un attentat à la pudeur... à la clarté du soleil ! Il**
« **ne se gênera pas, allez !... N'insistons pas sur cette**
« **action impure.** L'esprit mécontent, il se rhabille
« avec précipitation, jette un regard de prudence
« sur la route poudreuse, où personne ne chemine,
« et ordonne au bouledogue d'étrangler avec le mou-
« vement de ses mâchoires, la jeune fille ensanglan-
« tée. Il indique au chien de la montagne la place
« où respire et hurle la victime souffrante, et se re-
« tire à l'écart, pour ne pas être témoin de la ren-
« trée des dents pointues dans les veines roses.
« L'accomplissement de cet ordre put paraître sé-
« vère au bouledogue. Il crut qu'on lui demanda ce
« qui avait été déjà fait, et se contenta, ce loup, au
« muffle monstrueux, de violer à son tour la virgi-
« nité de cette enfant délicate. De son ventre dé-
« chiré, le sang coule de nouveau le long de ses
« jambes, à travers la prairie. Ses gémissements se
« joignent aux pleurs de l'animal. La jeune fille lui
« présente la croix d'or qui ornait son cou, afin qu'il
« l'épargne ; elle n'avait pas osé le présenter aux
« yeux farouches de celui qui, d'abord, avait eu la
« pensée de profiter de la faiblesse de son âge. Mais

« le chien n'ignorait pas que, s'il désobéissait à son
« maître, un couteau lancé de dessous une manche,
« ouvrirait brusquement ses entrailles, sans crier
« gare. Maldoror (comme ce nom répugne à prenon-
« cer!) entendait les agonies de la douleur, et s'éton-
« rait que la victime eût la vie si dure, pour ne
« pas être encore morte. Il s'approche de l'autel sa-
« crificatoire, et voit la conduite de son bouledogue,
« livré à de bas penchants, et qui élevait sa tête au-
« dessus de la jeune fille, comme un naufragé élève
« la sienne, au-dessus des vagues en courroux. Il lui
« donne un coup de pied et lui fend un œil. Le
« bouledogue, en colère, s'enfuit dans la campagne,
« entraînant après lui, pendant un espace de route
« qui est toujours trop long, pour si court qu'il fût,
« le corps de la jeune fille suspendue, qui n'a été
« dégagé que grâce aux mouvements saccadés de la
« fuite ; mais, il craint d'attaquer son maître, qui ne
« le reverra plus. Celui-ci tire de sa poche un canif
« américain, composé de dix à douze lames qui
« servent à divers usages. Il ouvre les pattes angu-
« leuses de cet hydre d'acier ; et, muni d'un pareil
« scalpel, voyant que le gazon n'avait pas encore
« disparu sous la couleur de tant de sang versé,
« s'apprête, sans pâlir, à fouiller courageusement le
« vagin de la malheureuse enfant. De ce trou élargi,
« il retire successivement les organes intérieurs ; les
« boyaux, les poumons, le foie et enfin le cœur lui-

« même sont arrachés de leurs fondements et entraî-
« nés à la lumière du jour, par l'ouverture épouvan-
« table. Le sacrificateur s'aperçoit que la jeune fille,
« poulet vidé, est morte depuis longtemps ; il cesse
« la persévérance croissante de ses ravages, et laisse
« le cadavre redormir à l'ombre du platane. On ra-
« massa le canif, abandonné à quelques pas. Un
« berger, témoin du crime, dont on n'avait pas dé-
« couvert l'auteur, ne le raconta que longtemps
« après, quand il se fut assuré que le criminel avait
« gagné en sûreté les frontières, et qu'il n'avait plus
« à redouter la vengeance certaine proférée contre
« lui, en cas de révélation. Je plaignis l'insensé qui
« avait commis ce forfait, que le législateur n'avait
« pas prévu, et qui n'avait pas eu de précédents. Je
« le plaignis, parce qu'il est probable qu'il n'avait
« pas gardé l'usage de la raison, quand il mania le
« poignard à la lame quatre fois triple, labourant de
« fond en comble, les parois des viscères. Je le plai-
« gnis, parce que, s'il n'était pas fou, sa conduite
« honteuse devait couver une haine bien grande
« contre ses semblables, pour s'acharner ainsi sur
« les chairs et les artères d'un enfant inoffensif, qui
« fut ma fille. J'assistai à l'enterrement de ces dé-
« combres humains, avec une résignation muette ;
« et chaque jour je viens prier sur une tombe. » A la
fin de cette lecture, l'inconnu ne peut plus garder
ses forces, et s'évanouit. Il reprend ses sens, et brûle

le manuscrit. Il avait oublié ce souvenir de sa jeunesse (l'habitude émousse la mémoire!); et après vingt ans d'absence, il revenait dans ce pays fatal. Il n'achètera pas de bouledogue!... Il ne conversera pas avec les bergers!... Il n'ira pas dormir à l'ombre des platanes!... Les enfants la poursuivent à coups de pierre, comme si c'était un merle.

Tremdall a touché la main pour la dernière fois, à celui qui s'absente volontairement, toujours fuyant devant lui, toujours l'image de l'homme le poursuivant. Le juif errant se dit que, si le sceptre de la terre appartenait à la race des crocodiles, il ne fuirait pas ainsi. Tremdall, debout sur la vallée, a mis une main devant ses yeux, pour concentrer les rayons solaires, et rendre sa vue plus perçante, tandis que l'autre palpe le sein de l'espace, avec le bras horizontal et immobile. Penché en avant, statue de l'amitié, il regarde avec des yeux, mystérieux comme la mer, grimper, sur la pente de la côte, les guêtres du voyageur, aidé de son bâton ferré. La terre semble manquer à ses pieds, et quand même il le voudrait, il ne pourrait retenir ses larmes et ses sentiments :

« Il est loin ; je vois sa silhouette cheminer sur un
« étroit sentier. Où s'en va-t-il, de ce pas pesant ?
« Il ne le sait lui-même... Cependant, je suis per-

« suadé que je ne dors pas : qu'est-ce qui s'approche,
« et va à la rencontre de Maldoror ? Comme il est
« grand, le dragon... plus qu'un chêne ! On dirait
« que ses ailes blanchâtres, nouées par de fortes at-
« taches, ont des nerfs d'acier, tant elles fendent
« l'air avec aisance. Son corps commence par un
« buste de tigre, et se termine par une longue queue
« de serpent. Je n'étais pas habitué à voir ces
« choses. Qu'a-t-il donc sur le front ? J'y vois écrit,
« dans une langue symbolique, un mot que je ne
« puis déchiffrer. D'un dernier coup d'aile, il s'est
« transporté auprès de celui dont je connais le
« timbre de voix. Il lui a dit : « Je t'attendais, et toi
« aussi. L'heure est arrivée ; me voilà. Lis, sur mon
« front, mon nom écrit en signes hiéroglyphiques. »
« Mais lui, à peine a-t-il vu venir l'ennemi, s'est
« changé en aigle immense, et se prépare au combat,
« en faisant claquer de contentement son bec re-
« courbé, voulant dire par là qu'il se charge, à lui
« seul, de manger la partie postérieure du dragon.
« Les voilà qui tracent des cercles dont la concentri-
« cité diminue, espionnant leurs moyens récipro-
« ques, avant de combattre ; ils font bien. Le dragon
« me paraît plus fort ; je voudrais qu'il remportât
« la victoire sur l'aigle. Je vais éprouver de grandes
« émotions, à ce spectacle où une partie de mon être
« est engagée. Puissant dragon, je t'exciterai de
« mes cris, s'il est nécessaire ; car, il est de l'intérêt

« de l'aigle qu'il soit vaincu. Qu'attendent-ils pour
« s'attaquer? Je suis dans des transes mortelles.
« Voyons, dragon, commence, toi, le premier, l'at-
« taque. Tu viens de lui donner un coup de griffe
« sec : ce n'est pas trop mal. Je t'assure que l'aigle
« l'aura senti; le vent emporte la beauté de ses
« plumes, tâchées de sang. Ah! l'aigle t'arrache un
« œil avec son bec, et, toi, tu ne lui avais arraché
« que la peau; il fallait faire attention à cela. Bravo,
« prends ta revanche, et casse-lui une aile; il n'y a
« pas à dire, tes dents de tigre sont très bonnes. Si
« tu pouvais approcher de l'aigle, pendant qu'il
« tournoie dans l'espace, lancé en bas vers la cam-
« pagne! Je le remarque, cet aigle t'inspire de la re-
« tenue, même quand il tombe. Il est par terre, il ne
« pourra pas se relever. L'aspect de toutes ces bles-
« sures béantes m'enivre. Vole à fleur de terre au-
« tour de lui, et, avec les coups de ta queue écaillée
« de serpent, achève-le, si tu peux. Courage, beau
« dragon; enfonce-lui tes griffes vigoureuses, et que
« le sang se mêle au sang, pour former des ruis-
« seaux où il n'y ait pas d'eau. C'est facile à dire,
« mais non à faire. L'aigle vient de combiner un
« nouveau plan stratégique de défense, occasionné
« par les chances malencontreuses de cette lutte mé-
« morable; il est prudent. Il s'est assis solidement,
« dans une position inébranlable, sur l'aile restante,
« sur ses deux cuisses, et sur sa queue, qui lui ser-

« vait auparavant de gouvernail. Il défie des efforts
« plus extraordinaires que ceux qu'on lui a opposés
« jusqu'ici. Tantôt, il tourne aussi vite que le tigre,
« et n'a pas l'air de se fatiguer ; tantôt, il se couche
« sur le dos, avec ses deux fortes pattes en l'air, et,
« avec sang-froid, regarde ironiquement son adver-
« saire. Il faudra, à bout de compte, que je sache
« qui sera le vainqueur ; le combat ne peut pas s'éter-
« niser. Je songe aux conséquences qu'il en résul-
« tera ! L'aigle est terrible, et fait des sauts énormes
« qui ébranlent la terre, comme s'il allait prendre
« son vol ; cependant, il sait que cela lui est impos-
« sible. Le dragon ne s'y fie pas ; il croit qu'à chaque
« instant l'aigle va l'attaquer par le côté où il
« manque d'œil... Malheureux que je suis ! C'est ce
« qui arrive. Comment le dragon s'est laissé prendre
« à la poitrine ? Il a beau user de la ruse et de la
« force ; je m'aperçois que l'aigle, collé à lui par
« tous ses membres, comme une sangsue, enfonce de
« plus en plus son bec, malgré de nouvelles bles-
« sures qu'il reçoit, jusqu'à la racine du cou, dans
« le ventre du dragon. On ne lui voit que le corps.
« Il paraît être à l'aise ; il ne se presse pas d'en
« sortir. Il cherche sans doute quelque chose, tandis
« que le dragon, à la tête de tigre, pousse des beu-
« glements qui réveillent les forêts. Voilà l'aigle,
« qui sort de cette caverne. Aigle, comme tu es hor-
« rible ! Tu es plus rouge qu'une mare de sang !

« Quoique tu tiennes dans ton bec nerveux un cœur
« palpitant, tu es si couvert de blessures, que tu
« peux à peine te soutenir sur tes pattes emplumées ;
« et que tu chancelles, sans desserrer le bec, à côté
« du dragon qui meurt dans d'effroyables agonies.
« La victoire a été difficile ; n'importe, tu l'as rem-
« portée : il faut, au moins, dire la vérité... Tu agis
« d'après les règles de la raison, en te dépouillant
« de la forme d'aigle, pendant que tu t'éloignes du
« cadavre du dragon. Ainsi donc, Maldoror, tu as
« été vainqueur ! Ainsi donc, Maldoror, tu as vaincu
« l'*Espérance !* Désormais, le désespoir se nourrira
« de ta substance la plus pure ! Désormais, tu ren-
« tres, à pas délibérés, dans la carrière du mal !
« Malgré que je sois, pour ainsi dire, blasé sur la
« souffrance, le dernier coup que tu as porté au
« dragon n'a pas manqué de se faire sentir en moi.
« Juge toi-même si je souffre ! Mais tu me fais peur.
« Voyez, voyez, dans le lointain, cet homme qui s'en-
« fuit. Sur lui, terre excellente, la malédiction a
« poussé son feuillage touffu ; il est maudit et il
« maudit. Où portes-tu tes sandales ? Où t'en vas-tu,
« hésitant comme un somnambule, au-dessus d'un
« toit ? Que ta destinée perverse s'accomplisse ! Mal-
« doror, adieu ! Adieu, jusqu'à l'éternité, où nous
« ne nous retrouverons pas ensemble ! »

C'était une journée de printemps. Les oiseaux ré-
pandaient leurs cantiques en gazouillements, et les
humains, rendus à leurs différents devoirs, se bai-
gnaient dans la sainteté de la fatigue. Tout travail-
lait à sa destinée : les arbres, les planètes, les
squales. Tout, excepté le Créateur! Il était étendu
sur la route, les habits déchirés. Sa lèvre inférieure
pendait comme un câble somnifère ; ses dents
n'étaient pas lavées, et la poussière se mêlait aux
ondes blondes de ses cheveux. Engourdi par un assoupissement pesant, broyé contre les cailloux, son
corps faisait des efforts inutiles pour se relever. Ses
forces l'avaient abandonné, et il gisait, là, faible
comme le ver de terre, impassible comme l'écorce.
Des flots de vin remplissaient les ornières, creusées
par les soubresauts nerveux de ses épaules. L'abrutissement, au groin de porc, le couvrait de ses ailes
protectrices, et lui jetait un regard amoureux. Ses
jambes, aux muscles détendus, balayaient le sol,
comme deux mâts aveugles. Le sang coulait de ses
narines : dans sa chute, sa figure avait frappé contre
un poteau... Il était soûl! Horriblement soûl! Soûl
comme une punaise qui a mâché pendant la nuit
trois tonneaux de sang! Il remplissait l'écho de paroles incohérentes, que je me garderai de répéter ici;
si l'ivrogne suprême ne se respecte pas, moi, je dois
respecter les hommes. Saviez-vous que le Créateur...
se soûlât! Pitié pour cette lèvre, souillée dans les

coupes de l'orgie! Le hérisson, qui passait, lui enfonça ses pointes dans le dos, et dit : « Ça, pour toi. Le soleil est à la moitié de sa course : travaille, fainéant, et ne mange pas le pain des autres. Attends un peu, et tu vas voir, si j'appelle le kakatoès, au bec crochu. » Le pivert et la chouette, qui passaient, lui enfoncèrent le bec entier dans le ventre, et dirent : « Ça, pour toi. Que viens-tu faire sur cette terre ? Est-ce pour offrir cette lugubre comédie aux animaux ? Mais, ni la taupe, ni le casoar, ni le flammant ne t'imiteront, je te le jure. » L'âne, qui passait, lui donna un coup de pied sur la tempe, et dit : « Ça, pour toi. Que t'avais-je fait pour me donner des oreilles si longues ? Il n'y a pas jusqu'au grillon qui ne me méprise. » Le crapaud, qui passait, lança un jet de bave sur son front, et dit : « Ça, pour toi. Si tu ne m'avais fait l'œil si gros, et que je t'eusse aperçu dans l'état où je te vois, j'aurais chastement caché la beauté de tes membres sous une pluie de renoncules, de myosotis et de camélias, afin que nul ne te vît. » Le lion, qui passait, inclina sa face royale, et dit : « Pour moi, je le respecte, quoique sa splendeur nous paraisse pour le moment éclipsée. Vous autres, qui faites les orgueilleux, et n'êtes que des lâches, puisque vous l'avez attaqué quand il dormait, seriez-vous contents, si, mis à sa place, vous supportiez, de la part des passants, les injures que vous ne lui avez pas épargnées ? » L'homme, qui pas-

sait, s'arrêta devant le Créateur méconnu ; et, aux
applaudissements du morpion et de la vipère, fienta,
pendant trois jours, sur son visage auguste ! Malheur
à l'homme, à cause de cette injure ; car, il n'a pas
respecté l'ennemi, étendu dans le mélange de boue,
de sang et de vin ; sans défense, et presque inanimé !... Alors, le Dieu souverain, réveillé, enfin, par
toutes ces insultes mesquines, se releva comme il
put ; en chancelant, alla s'asseoir sur une pierre, les
bras pendants, comme les deux testicules du poitrinaire ; et jeta un regard vitreux, sans flamme, sur la
nature entière, qui lui appartenait. O humains, vous
êtes les enfants terribles ; mais, je vous en supplie,
épargnons cette grande existence, qui n'a pas encore
fini de cuver la liqueur immonde, et, n'ayant pas conservé assez de force pour se tenir droite, est retombée,
lourdement, sur cette roche, où elle s'est assise,
comme un voyageur. Faites attention à ce mendiant
qui passe ; il a vu que le derviche tendait un bras
affamé, et, sans savoir à qui il faisait l'aumône, il a
jeté un morceau de pain dans cette main qui implore la miséricorde. Le Créateur lui a exprimé sa
reconnaissance par un mouvement de tête. Oh ! vous
ne saurez jamais comme de tenir constamment les
rênes de l'univers devient une chose difficile ! Le
sang monte quelquefois à la tête, quand on s'ap-
plique à tirer du néant une dernière comète, avec
une nouvelle race d'esprits. L'intelligence, trop re-

muée de fond en comble, se retire comme un vaincu, et peut tomber, une fois dans la vie, dans les égarements dont vous avez été témoins !

———

Une lanterne rouge, drapeau du vice, suspendue à l'extrémité d'une tringle, balançait sa carcasse au fouet des quatre vents, au-dessus d'une porte massive et vermoulue. Un corridor sale, qui sentait la la cuisse humaine, donnait sur un préau, où cherchaient leur pâture des coqs et des poules, plus maigres que leurs ailes. Sur la muraille qui servait d'enceinte au préau, et située du côté de l'ouest, étaient parcimonieusement pratiquées diverses ouvertures, fermées par un guichet grillé. La mousse recouvrait ce corps de logis, qui, sans doute, avait été un couvent et servait, à l'heure actuelle, avec le reste du bâtiment, comme demeure de toutes ces femmes qui montraient chaque jour, à ceux qui entraient, l'intérieur de leur vagin, en échange d'un peu d'or. J'étais sur un pont, dont les piles plongeaient dans l'eau fangeuse d'un fossé de ceinture. De sa surface élevée, je contemplais dans la campagne cette construction penchée sur sa vieillesse et les moindres détails de son architecture intérieure. Quelquefois, la grille d'un guichet s'élevait sur elle-même en grinçant, comme par l'impulsion

ascendante d'une main qui violentait la nature du
fer : un homme présentait sa tête à l'ouverture
dégagée à moitié, avançait ses épaules, sur lesquelles tombait le plâtre écaillé, faisait suivre, dans
cette extraction laborieuse, son corps couvert de
toiles d'araignées. Mettant ses mains, ainsi qu'une
couronne, sur les immondices de toutes sortes qui
pressaient le sol de leur poids, tandis qu'il avait
encore la jambe engagée dans les torsions de la
grille, il reprenait ainsi sa posture naturelle, allait
tremper ses mains dans un baquet boiteux, dont
l'eau savonnée avait vu s'élever, tomber des générations entières, et s'éloignait ensuite, le plus vite
possible, de ces ruelles faubouriennes, pour aller
respirer l'air pur vers le centre de la ville. Lorsque
le client était sorti, une femme toute nue se portait
au dehors, de la même manière, et se dirigeait vers
le même baquet. Alors, les coqs et les poules accou-
raient en foule des divers points du préau, attirés
par l'odeur séminale, la renversaient par terre,
malgré ses efforts vigoureux, trépignaient la surface de son corps comme un fumier et déchique-
taient, à coups de bec, jusqu'à ce qu'il sortît du
sang, les lèvres flasques de son vagin gonflé. Les
poules et les coqs, avec leur gosier rassasié, retour-
naient gratter l'herbe du préau ; la femme, devenue
propre, se relevait, tremblante, couverte de blessures, comme lorsqu'on s'éveille après un cauche-

mar. Elle laissait tomber le torchon qu'elle avait apporté pour essuyer ses jambes; n'ayant plus besoin du baquet commun, elle retournait dans sa tanière, comme elle en était sortie, pour attendre une autre pratique. A ce spectacle, moi, aussi, je voulus pénétrer dans cette maison! J'allai descendre du pont, quand je vis, sur l'entablement d'un pilier, cette inscription, en caractères hébreux : « Vous, qui passez sur ce pont, n'y allez pas. Le crime y séjourne avec le vice; un jour, ses amis attendirent en vain un jeune homme qui avait franchi la porte fatale. » La curiosité l'emporta sur la crainte; au bout de quelques instants, j'arrivai devant un guichet, dont la grille possédait de solides barreaux, qui s'entre-croisaient étroitement. Je voulus regarder dans l'intérieur, à travers ce tamis épais. D'abord, je ne pus rien voir; mais, je ne tardai pas à distinguer les objets qui étaient dans la chambre obscure, grâce aux rayons du soleil qui diminuait sa lumière et allait bientôt disparaître à l'horizon. La première et la seule chose qui frappa ma vue fut un bâton blond, composé de cornets, s'enfonçant les uns dans les autres. Ce bâton se mouvait! Il marchait dans la chambre! Ses secousses étaient si fortes, que le plancher chancelait; avec ses deux bouts, il faisait des brèches énormes dans la muraille et paraissait un bélier qu'on ébranle contre la porte d'une ville assiégée.

Ses efforts étaient inutiles ; les murs étaient construits avec de la pierre de taille, et, quand il choquait la paroi, je le voyais se recourber en lame d'acier et rebondir comme une balle élastique. Ce bâton n'était donc pas fait en bois ! Je remarquai, ensuite, qu'il se roulait et se déroulait avec facilité comme une anguille. Quoique haut comme un homme, il ne se tenait pas droit. Quelquefois, il l'essayait, et montrait un de ses bouts, devant le grillage du guichet. Il faisait des bonds impétueux, retombait à terre et ne pouvait défoncer l'obstacle. Je me mis à le regarder de plus en plus attentivement et je vis que c'était un cheveu ! Après une grande lutte, avec la matière qui l'entourait comme une prison, il alla s'appuyer contre le lit qui était dans cette chambre, la racine reposant sur un tapis et la pointe adossée au chevet. Après quelques instants de silence, pendant lesquels j'entendis des sanglots entrecoupés, il éleva la voix et parla ainsi : « Mon maître m'a oublié dans cette cham-
« bre ; il ne vient pas me chercher. Il s'est levé de
« ce lit, où je suis appuyé, il a peigné sa chevelure
« parfumée et n'a pas songé qu'auparavant j'étais
« tombé à terre. Cependant, s'il m'avait ramassé,
« je n'aurais pas trouvé étonnant cet acte de simple
« justice. Il m'abandonne, dans cette chambre cla-
« quemurée, après s'être enveloppé dans les bras
« d'une femme. Et quelle femme ! Les draps sont

« encore moites de leur contact attiédi et portent,
« dans leur désordre, l'empreinte d'une nuit passée
« dans l'amour... » Et je me demandais qui pouvait
être son maître! Et mon œil se recollait à la grille
avec plus d'énergie!... « Pendant que la nature
« entière sommeillait dans sa chasteté, lui, il s'est
« accouplé avec une femme dégradée, dans des
« embrassements lascifs et impurs. Il s'est abaissé
« jusqu'à laisser approcher, de sa face auguste, des
« joues méprisables par leur impudence habituelle,
« flétries dans leur séve. Il ne rougissait pas, mais,
« moi, je rougissais pour lui. Il est certain qu'il se
« sentait heureux de dormir avec une telle épouse
« d'une nuit. La femme, étonnée de l'aspect majes-
« tueux de cet hôte, semblait éprouver des voluptés
« incomparables, lui embrassait le cou avec fréné-
« sie. » Et je me demandais qui pouvait être son
maître! Et mon œil se recollait à la grille avec plus
d'énergie!... « Moi, pendant ce temps, je sentais
« des pustules envenimées qui croissaient plus
« nombreuses, en raison de son ardeur inaccou-
« tumée pour les jouissances de la chair, entourer
« ma racine de leur fiel mortel, absorber, avec
« leurs ventouses, la substance génératrice de ma
« vie. Plus ils s'oubliaient, dans leurs mouvements
« insensés, plus je sentais mes forces décroître. Au
« moment où les désirs corporels atteignaient au
« paroxysme de la fureur, je m'aperçus que ma

« racine s'affaissait sur elle-même, comme un sol-
« dat blessé par une balle. Le flambeau de la vie
« s'étant éteint en moi, je me détachai, de sa tête
« illustre, comme une branche morte; je tombai à
« terre, sans courage, sans force, sans vitalité;
« mais, avec une profonde pitié pour celui auquel
« j'appartenais; mais, avec une éternelle douleur
« pour son égarement volontaire!... » Et je me
demandais qui pouvait être son maître! Et mon œil
se recollait à la grille avec plus d'énergie!... « S'il
« avait, au moins, entouré de son âme le sein inno-
« cent d'une vierge. Elle aurait été plus digne de
« lui et la dégradation aurait été moins grande. Il
« embrasse, avec ses lèvres, ce front couvert de
« boue, sur lequel les hommes ont marché avec le
« talon, plein de poussière!... Il aspire, avec des
« narines effrontées, les émanations de ces deux
« aisselles humides!... J'ai vu la membrane des
« dernières se contracter de honte, pendant que,
« de leur côté, les narines se refusaient à cette
« respiration infâme. Mais lui, ni elle, ne faisaient
« aucune attention aux avertissements solennels des
« aisselles, à la répulsion morne et blême des
« narines. Elle levait davantage ses bras, et lui,
« avec une poussée plus forte, enfonçait son visage
« dans leur creux. J'étais obligé d'être le complice
« de cette profanation. J'étais obligé d'être le spec-
« tateur de ce déhanchement inouï; d'assister à

« l'alliage forcé de ces deux êtres, dont un abîme
« incommensurable séparait les natures diverses... »
Et je me demandais qui pouvait être son maître !
Et mon œil se recollait à la grille avec plus d'énergie !... « Quand il fut rassasié de respirer cette
« femme, il voulut lui arracher ses muscles un par
« un ; mais, comme c'était une femme, il lui par-
« donna et préféra faire souffrir un être de son
« sexe. Il appela, dans la cellule voisine, un jeune
« homme qui était venu dans cette maison pour
« passer quelques moments d'insouciance avec une
« de ces femmes, et lui enjoignit de venir se placer
« à un pas de ses yeux. Il y avait longtemps que je
« gisais sur le sol. N'ayant pas la force de me lever
« sur ma racine brûlante, je ne pus voir ce qu'ils
« firent. Ce que je sais, c'est qu'à peine le jeune
« homme fut à portée de sa main, que des lam-
« beaux de chair tombèrent aux pieds du lit et
« vinrent se placer à mes côtés. Ils me racontaient
« tout bas que les griffes de mon maître les avaient
« détachés des épaules de l'adolescent. Celui-ci, au
« bout de quelques heures, pendant lesquelles il
« avait lutté contre une force plus grande, se leva
« du lit et se retira majestueusement. Il était litté-
« ralement écorché des pieds jusqu'à la tête ; il
« traînait, à travers les dalles de la chambre, sa
« peau retournée. Il se disait que son caractère
« était plein de bonté ; qu'il aimait à croire ses

« semblables bons aussi; que pour cela il avait
« acquiescé au souhait de l'étranger distingué qui
« l'avait appelé auprès de lui; mais que, jamais, au
« grand jamais, il ne se serait attendu à être tor-
« turé par un bourreau. Par un pareil bourreau,
« ajoutait-il après une pause. Enfin, il se dirigea
« vers le guichet, qui se fendit avec pitié jusqu'au ni-
« vellement du sol, en présence de ce corps dépourvu
« d'épiderme. Sans abandonner sa peau, qui pouvait
« encore lui servir, ne serait-ce que comme manteau,
« il essaya de disparaître de ce coupe-gorge; une
« fois éloigné de la chambre, je ne pus voir s'il avait
« eu la force de regagner la porte de sortie. Oh!
« comme les poules et les coqs s'éloignaient avec
« respect, malgré leur faim, de cette longue traînée
« de sang, sur la terre imbibée! » Et je me demandais qui pouvait être son maître! Et mes yeux se
recollaient à la grille avec plus d'énergie!.. « Alors,
« celui qui aurait dû penser davantage à sa dignité
« et à sa justice, se releva, péniblement, sur son
« coude fatigué. Seul, sombre, dégoûté et hideux!...
« Il s'habilla lentement. Les nonnes, ensevelies
« depuis des siècles dans les catacombes du couvent,
« après avoir été réveillées en sursaut par les bruits
« de cette nuit horrible, qui s'entre-choquaient entre
« eux dans une cellule située au-dessus des caveaux,
« se prirent par la main, et vinrent former une
« ronde funèbre autour de lui. Pendant qu'il re-

« cherchait les décombres de son ancienne splen-
« deur; qu'il lavait ses mains avec du crachat en les
« essuyant ensuite sur ses cheveux (il valait mieux
« les laver avec du crachat, que de ne pas les laver
« du tout, après le temps d'une nuit entière passée
« dans le vice et le crime), elles entonnèrent les
« prières lamentables pour les morts, quand quel-
« qu'un est descendu dans la tombe. En effet, le
« jeune homme ne devait pas survivre à ce supplice,
« exercé sur lui par une main divine, et ses agonies
« se terminèrent pendant les chants des nonnes... »
Je me rappelai l'inscription du pilier; je compris
ce qu'était devenu le rêveur pubère que ses amis
attendaient encore chaque jour depuis le moment
de sa disparition... Et je me demandais qui pouvait être son maître! Et mes yeux se recollaient à
la grille avec plus d'énergie!... « Les murailles
« s'écartèrent pour le laisser passer; les nonnes, le
« voyant prendre son essor, dans les airs, avec des
« ailes qu'il avait cachées jusque-là dans sa robe
« d'émeraude, se replacèrent en silence dessous le
« couvercle de la tombe. Il est parti dans sa demeure
« céleste, en me laissant ici; cela n'est pas juste.
« Les autres cheveux sont restés sur sa tête; et, moi,
« je gis, dans cette chambre lugubre, sur le parquet
« couvert de sang caillé, de lambeaux de viande
« sèche; cette chambre est devenue damnée, depuis
« qu'il s'y est introduit; personne n'y entre; cepen-

« dant, j'y suis enfermé. C'en est donc fait! Je ne
« verrai plus les légions des anges marcher en pha-
« langes épaisses, ni les astres se promener dans les
« jardins de l'harmonie. Eh bien, soit... je saurai
« supporter mon malheur avec résignation. Mais, je
« ne manquerai pas de dire aux hommes ce qui s'est
« passé dans cette cellule. Je leur donnerai la per-
« mission de rejeter leur dignité, comme un vêtement
« inutile, puisqu'ils ont l'exemple de mon maître;
« je leur conseillerai de sucer la verge du crime,
« puisqu'*un autre* l'a déjà fait...» Le cheveu se tut...
Et je me demandais qui pouvait être son maître!
Et mes yeux se recollaient à la grille avec plus d'énergie!... Aussitôt le tonnerre éclata; une lueur phos-
phorique pénétra dans la chambre. Je reculai, malgré moi, par je ne sais quel instinct d'avertissement;
quoique je fusse éloigné du guichet, j'entendis une
autre voix, mais, celle-ci rampante et douce, de crainte
de se faire entendre : « Ne fais pas de pareils bonds!
« Tais-toi... tais-toi... si quelqu'un t'entendait! je te
« replacerai parmi les autres cheveux; mais, laisse
« d'abord le soleil se coucher à l'horizon, afin que la
« nuit couvre tes pas... je ne t'ai pas oublié; mais,
« on t'aurait vu sortir, et j'aurais été compromis.
« Oh! si tu savais comme j'ai souffert depuis ce mo-
« ment! Revenu au ciel, mes archanges m'ont en-
« touré avec curiosité ; ils n'ont pas voulu me
« demander le motif de mon absence. Eux, qui

« n'avaient jamais osé élever leur vue sur moi,
« jetaient, s'efforçant de deviner l'énigme, des re-
« gards stupéfaits sur ma face abattue, quoiqu'ils
« n'aperçussent pas le fond de ce mystère, et se
« communiquaient tout bas des pensées qui redou-
« taient en moi quelque changement inaccoutumé.
« Ils pleuraient des larmes silencieuses ; ils sentaient
« vaguement que je n'étais plus le même, devenu
« inférieur à mon identité. Ils auraient voulu con-
« naître quelle funeste résolution m'avait fait fran-
« chir les frontières du ciel, pour venir m'abattre sur
« la terre, et goûter des voluptés éphémères, qu'eux-
« mêmes méprisent profondément. Ils remarquèrent
« sur mon front une goutte de sperme, une goutte
« de sang. La première avait jailli des cuisses de la
« courtisane ! La deuxième s'était élancée des veines
« du martyr ! Stygmates odieux ! Rosaces inébran-
« lables ! Mes archanges ont retrouvé, pendus aux
« halliers de l'espace, les débris flamboyants de ma
« tunique d'opale, qui flottaient sur les peuples
« béants. Ils n'ont pas pu la reconstruire, et mon
« corps reste nu devant leur innocence ; châtiment
« mémorable de la vertu abandonnée. Vois les sil-
« lons qui se sont tracé un lit sur mes joues décolo-
« rées : c'est la goutte de sperme et la goutte de
« sang, qui filtrent lentement le long de mes rides
« sèches. Arrivées à la lèvre supérieure, elles font
« un effort immense, et pénètrent dans le sanctuaire

« de ma bouche, attirées, comme un aimant, par le
« gosier irrésistible. Elles m'étouffent, ces deux
« gouttes implacables. Moi, jusqu'ici, je m'étais cru
« le Tout-Puissant; mais, non; je dois abaisser le
« cou devant le remords qui me crie : « Tu n'es
« qu'un misérable ! » Ne fais pas de pareils bonds!
« Tais-toi... tais-toi... si quelqu'un t'entendait! je
« te replacerai parmi les autres cheveux; mais,
« laisse d'abord le soleil se coucher à l'horizon, afin
« que la nuit couvre tes pas... J'ai vu Satan, le
« grand ennemi, redresser les enchevêtrements
« osseux de la charpente, au-dessus de son engour-
« dissement de larve, et, debout, triomphant, sublime,
« haranguer ses troupes rassemblées; comme je le
« mérite, me tourner en dérision. Il a dit qu'il
« s'étonnait beaucoup que son orgueilleux rival, pris
« en flagrant délit par le succès, enfin réalisé, d'un
« espionnage perpétuel, pût ainsi s'abaisser jusqu'à
« baiser la robe de la débauche humaine, par un
« voyage de long cours à travers les récifs de l'éther,
« et faire périr, dans les souffrances, un membre de
« l'humanité. Il a dit que ce jeune homme, broyé
« dans l'engrenage de mes supplices raffinés, aurait
« peut-être pu devenir une intelligence de génie;
« consoler les hommes, sur cette terre, par des chants
« admirables de poésie, de courage, contre les coups
« de l'infortune. Il a dit que les nonnes du couvent-
« lupanar ne retrouvent plus leur sommeil; rôdent

« dans le préau, gesticulant comme des automates,
« écrasant avec le pied les renoncules et les lilas;
« devenues folles d'indignation, mais, non assez,
« pour ne pas se rappeler la cause qui engendra
« cette maladie, dans leur cerveau... (Les voici qui
« s'avancent, revêtues de leur linceul blanc; elle ne
« se parlent pas; elle se tiennent par la main. Leurs
« cheveux tombent en désordre sur leurs épaules
« nues; un bouquet de fleurs noires est penché sur leur
« sein. Nonnes, retournez dans vos caveaux; la nuit
« n'est pas encore complétement arrivée; ce n'est
« que le crépuscule du soir... O cheveu, tu le vois
« toi-même; de tous les côtés, je suis assailli par le
« sentiment déchaîné de ma dépravation!) Il a dit
« que le Créateur, qui se vante d'être la Providence
« de tout ce qui existe, s'est conduit avec beaucoup
« de légèreté, pour ne pas dire plus, en offrant un
« pareil spectacle aux mondes étoilés; car, il a
« affirmé clairement le dessein qu'il avait d'aller
« rapporter dans les planètes orbiculaires comment
« je maintiens, par mon propre exemple, la vertu et
« la bonté dans la vastitude de mes royaumes. Il a
« dit que la grande estime, qu'il avait pour un en-
« nemi si noble, s'était envolée de son imagination,
« et qu'il préférait porter la main sur le sein d'une
« jeune fille, quoique cela soit un acte de méchanceté
« exécrable, que de cracher sur ma figure, recou-
« verte de trois couches de sang et de sperme mêlés,

« afin de ne pas salir son crachat baveux. Il a dit
« qu'il se croyait, à juste titre, supérieur à moi, non
« par le vice, mais par la vertu et la pudeur ; non
« par le crime, mais par la justice. Il a dit qu'il
« fallait m'attacher à une claie, à cause de mes
« fautes innombrables ; me faire brûler à petit feu
« dans un brasier ardent, pour me jeter ensuite dans
« la mer, si toutefois la mer voudrait me recevoir.
« Que puisque je me vantais d'être juste, moi, qui
« l'avais condamné au peines éternelles pour une
« révolte légère qui n'avait pas eu de suites graves,
« je devais donc faire justice sévère sur moi-même,
« et juger impartialement ma conscience, chargée
« d'iniquités...Ne fais pas de pareils bonds ! Tais-
« toi... tais-toi... si quelqu'un t'entendait ! je te re-
« placerai parmi les autres cheveux ; mais, laisse
« d'abord le soleil se coucher à l'horizon, afin que la
« nuit couvre tes pas. » Il s'arrêta un instant ;
quoique je ne le visse point, je compris, par ce temps
d'arrêt nécessaire, que la houle de l'émotion soule-
vait sa poitrine, comme un cyclone giratoire soulève
une famille de baleines. Poitrine divine, souillée, un
jour, par l'amer contact des tétons d'une femme sans
pudeur ! Ame royale, livrée, dans un moment d'ou-
bli, au crabe de la débauche, au poulpe de la faiblesse de caractère, au requin de l'abjection indivi-
duelle, au boa de la morale absente, et au colimaçon
monstrueux de l'idiotisme ! Le cheveu et son maître

s'embrassèrent étroitement, comme deux amis qui se revoient après une longue absence. Le Créateur continua, accusé reparaissant devant son propre tribunal : « Et les hommes, que penseront-ils de moi, dont
« ils avaient une opinion si élevée, quand ils appren-
« dront les errements de ma conduite, la marche
« hésitante de ma sandale, dans les labyrinthes
« boueux de la matière, et la direction de ma route
« ténébreuse à travers les eaux stagnantes et les
« humides joncs de la mare où, recouvert de brouil-
« lards, bleuit et mugit le crime, à la patte sombre !...
« Je m'aperçois qu'il faut que je travaille beaucoup
« à ma réhabilitation, dans l'avenir, afin de recon-
« quérir leur estime. Je suis le Grand-Tout ; et cepen-
« dant, par un côté, je reste inférieur aux hommes,
« que j'ai créés avec un peu de sable ! Raconte-leur
« un mensonge audacieux, et dis-leur que je ne suis
« jamais sorti du ciel, constamment enfermé, avec
« les soucis du trône, entre les marbres, les statues
« et les mosaïques de mes palais. Je me suis présenté
« devant les célestes fils de l'humanité ; je leur ai
« dit : « Chassez le mal de vos chaumières, et laissez
« entrer au foyer le manteau du bien. Celui qui por-
« tera la main sur un de ses semblables, en lui fai-
« sant au sein une blessure mortelle, avec le fer
« homicide, qu'il n'espère point les effets de ma mi-
« séricorde, et qu'il redoute les balances de la jus-
« tice. Il ira cacher sa tristesse dans les bois ; mais,

« lé bruissement des feuilles, à travers les clairières,
« chantera à ses oreilles la ballade du remords ; et
« il s'enfuira de ces parages, piqué à la hanche par
« le buisson, le houx et le chardon bleu, ses pas
« rapides entrelacés par la souplesse des lianes et
« les morsures des scorpions. Il se dirigera vers les
« galets de la plage ; mais, la marée montante, avec
« ses embruns et son approche dangereuse, lui ra-
« conteront qu'ils n'ignorent pas son passé ; et il
« précipitera sa course aveugle vers le couronnement
« de la falaise, tandis que les vents stridents d'équi-
« noxe, en s'enfonçant dans les grottes naturelles du
« golfe et les carrières pratiquées sous la muraille
« des rochers retentissants, beugleront comme les
« troupeaux immenses des buffles des pampas. Les
« phares de la côte le poursuivront, jusqu'aux
« limites du septentrion, de leurs reflets sarcas-
« tiques, et les feux follets des maremmes, simples
« vapeurs en combustion, dans leurs danses fantas-
« tiques, feront frissonner les poils de ses pores, et
« verdir l'iris de ses yeux. Que la pudeur se plaise
« dans vos cabanes, et soit en sûreté à l'ombre de
« vos champs. C'est ainsi que vos fils deviendront
« beaux, et s'inclineront devant leurs parents avec
« reconnaissance ; sinon, malingres, et rabougris
« comme le parchemin des bibliothèques, ils s'avan-
« ceront à grands pas, conduits par la révolte, con-
« tre le jour de leur naissance et le clitoris de leur

« mère impure. » Comment les hommes voudront-ils
« obéir à ces lois sévères, si le législateur lui-même
« se refuse le premier à s'y astreindre?... Et ma
« honte est immense comme l'éternité! » J'entendis
le cheveu qui lui pardonnait, avec humilité, sa séquestration, puisque son maître avait agi par prudence et non par légèreté; et le pâle dernier rayon
de soleil qui éclairait mes paupières se retira des
ravins de la montagne. Tourné vers lui, je le vis se
replier ainsi qu'un linceul... Ne fais pas de pareils
bonds! Tais-toi... tais-toi... si quelqu'un t'entendait! Il te replacera parmi les autres cheveux. Et,
maintenant que le soleil est couché à l'horizon, vieillard cynique et cheveu doux, rampez, tous les deux,
vers l'éloignement du lupanar, pendant que la nuit,
étendant son ombre sur le couvent, couvre l'allon-
gement de vos pas furtifs dans la plaine... Alors, le
pou, sortant subitement de derrière un promontoire,
me dit, en hérissant ses griffes : « Que penses-tu de
cela? » Mais, moi, je ne voulus pas lui répliquer. Je
me retirai, et j'arrivai sur le pont. J'effaçai l'inscription primordiale, je la remplaçai par celle-ci : « Il
est douloureux de garder, comme un poignard, un
tel secret dans son cœur; mais, je jure de ne jamais
révéler ce dont j'ai été témoin, quand je pénétrai,
pour la première fois, dans ce donjon terrible. » Je
jetai, par dessus le parapet, le canif qui m'avait
servi à graver les lettres; et, faisant quelques rapides

réflexions sur le caractère du Créateur en enfance, qui devait encore, hélas ! pendant bien de temps, faire souffrir l'humanité (l'éternité est longue), soit par les cruautés exercées, soit par le spectacle ignoble des chancres qu'occasionne un grand vice, je fermai les yeux, comme un homme ivre, à la pensée d'avoir un tel être pour ennemi, et je repris, avec tristesse, mon chemin, à travers les dédales des rues.

FIN DU TROISIÈME CHANT

CHANT QUATRIÈME

———

C'est un homme ou une pierre ou un arbre qui va commencer le quatrième chant. Quand le pied glisse sur une grenouille, l'on sent une sensation de dégoût ; mais, quand on effleure, à peine, le corps humain, avec la main, la peau des doigts se fend, comme les écailles d'un bloc de mica qu'on brise à coups de marteau ; et, de même que le cœur d'un requin, mort depuis une heure, palpite encore, sur le pont, avec une vitalité tenace, ainsi nos entrailles se remuent de fond en comble, longtemps après l'attouchement. Tant l'homme inspire de l'horreur à son propre semblable ! Peut-être que, lorsque j'avance cela, je me trompe ; mais, peut-être qu'aussi je dis vrai. Je connais, je conçois une maladie plus terrible que les yeux gonflés par les longues méditations sur le caractère étrange de l'homme : mais, je la cherche encor... et

je n'ai pas pu la trouver ! Je ne me crois pas moins
intelligent qu'un autre, et, cependant, qui oserait
affirmer que j'ai réussi dans mes investigations ? Quel
mensonge sortirait de sa bouche ! Le temple antique
de Denderah est situé à une heure et demie de la rive
gauche du Nil. Aujourd'hui, des phalanges innombrables de guêpes se sont emparées des rigoles et
des corniches. Elles voltigent autour des colonnes,
comme les ondes épaisses d'une chevelure noire.
Seuls habitants du froid portique, ils gardent l'entrée
des vestibules, comme un droit héréditaire. Je compare le bourdonnement de leurs ailes métalliques,
au choc incessant des glaçons, précipités les uns
contre les autres, pendant la débâcle des mers polaires. Mais, si je considère la conduite de celui auquel la providence donna le trône sur cette terre, les
trois ailerons de ma douleur font entendre un plus
grand murmure ! Quand une comète, pendant la nuit,
apparaît subitement dans une région du ciel, après
quatre vingts ans d'absence, elle montre aux habitants terrestres et aux grillons sa queue brillante et
vaporeuse. Sans doute, elle n'a pas conscience de ce
long voyage ; il n'en est pas ainsi de moi : accoudé
sur le chevet de mon lit, pendant que les dentelures
d'un horizon aride et morne s'élèvent en vigueur sur
le fond de mon âme, je m'absorbe dans les rêves de
la compassion et je rougis pour l'homme ! Coupé en
deux par la bise, le matelot, après avoir fait son

quart de nuit, s'empresse de regagner son hamac :
pourquoi cette consolation ne m'est-elle pas offerte ?
L'idée que je suis tombé, volontairement, aussi bas
que mes semblables, et que j'ai le droit moins qu'un
autre de prononcer des plaintes, sur notre sort, qui
reste enchaîné à la croûte durcie d'une planète, et
sur l'essence de notre âme perverse, me pénètre
comme un clou de forge. On a vu des explosions de
feu grisou anéantir des familles entières ; mais, elles
connurent l'agonie peu de temps, parce que la mort
est presque subite, au milieu des décombres et des
gaz délétères : moi... j'existe toujours comme le
basalte ! Au milieu, comme au commencement de la
vie, les anges se ressemblent à eux-mêmes : n'y a-t-il
pas longtemps que je ne me ressemble plus ! L'homme
et moi, claquemurés dans les limites de notre intelligence, comme souvent un lac dans une ceinture d'îles
de corail, au lieu d'unir nos forces respectives pour
nous défendre contre le hasard et l'infortune, nous
nous écartons, avec le tremblement de la haine, en
prenant deux routes opposées, comme si nous nous
étions réciproquement blessés avec la pointe d'une
dague ! On dirait que l'un comprend le mépris qu'il
inspire à l'autre ; poussés par le mobile d'une dignité
relative, nous nous empressons de ne pas induire en
erreur notre adversaire ; chacun reste de son côté et
n'ignore pas que la paix proclamée serait impossible
à conserver. Eh bien, soit ! que ma guerre contre

l'homme s'éternise, puisque chacun reconnaît dans l'autre sa propre dégradation... puisque les deux sont ennemis mortels. Que je doive remporter une victoire désastreuse ou succomber, le combat sera beau : moi, seul, contre l'humanité. Je ne me servirai pas d'armes construites avec le bois ou le fer ; je repousserai du pied les couches de minéraux extraites de la terre : la sonorité puissante et séraphique de la harpe deviendra, sous mes doigts, un talisman redoutable. Dans plus d'une embuscade, l'homme, ce singe sublime, a déjà percé ma poitrine de sa lance de porphyre : un soldat ne montre pas ses blessures, pour si glorieuses qu'elles soient. Cette guerre terrible jettera la douleur dans les deux partis : deux amis qui cherchent obstinément à se détruire, quel drame !

Deux piliers, qu'il n'était pas difficile et encore moins impossible de prendre pour des baobabs, s'apercevaient dans la vallée, plus grands que deux épingles. En effet, c'étaient deux tours énormes. Et, quoique deux baobabs, au premier coup d'œil, ne ressemblent pas à deux épingles, ni même à deux tours, cependant, en employant habilement les ficelles de la prudence, on peut affirmer, sans crainte d'avoir tort (car, si cette affirmation était accompagnée d'une

seule parcelle de crainte, ce ne serait plus une affirmation; quoiqu'un même nom exprime ces deux
phénomènes de l'âme qui présentent des caractères
assez tranchés pour ne pas être confondus légèrement)
qu'un baobab ne diffère pas tellement d'un pilier,
que la comparaison soit défendue entre ces formes
architecturales... ou géométriques... ou l'une et
l'autre... ou ni l'une ni l'autre... ou plutôt formes
élevées et massives. Je viens de trouver, je n'ai pas
la prétention de dire le contraire, les épithètes propres
aux substantifs pilier et baobab : que l'on sache bien
que ce n'est pas, sans une joie mêlée d'orgueil, que
j'en fais la remarque à ceux qui, après avoir relevé
leurs paupières, ont pris la très-louable résolution de
parcourir ces pages, pendant que la bougie brûle, si
c'est la nuit, pendant que le soleil éclaire, si c'est le
jour. Et encore, quand même une puissance supérieure
nous ordonnerait, dans les termes le plus clairement
précis, de rejeter, dans les abîmes du chaos, la comparaison judicieuse que chacun a certainement pu
savourer avec impunité, même alors, et surtout alors,
que l'on ne perde pas de vue cet axiome principal,
les habitudes contractées par les ans, les livres, le
contact de ses semblables, et le caractère inhérent à
chacun, qui se développe dans une efflorescence rapide, imposeraient, à l'esprit humain, l'irréparable
stigmate de la récidive, dans l'emploi criminel (criminel, en se plaçant momentanément et spontané-

ment au point de vue de la puissance supérieure)
d'une figure de rhétorique que plusieurs méprisent,
mais que beaucoup encensent. Si le lecteur trouve
cette phrase trop longue, qu'il accepte mes excuses;
mais, qu'il ne s'attende pas de ma part à des bassesses.
Je puis avouer mes fautes; mais, non, les rendre
plus graves par ma lâcheté. Mes raisonnements se
choqueront quelquefois contre les grelots de la folie
et l'apparence sérieuse de ce qui n'est en somme que
grotesque (quoique, d'après certains·philosophes, il
soit assez difficile de distinguer le bouffon du mélancolique, la vie elle-même étant un drame comique ou
une comédie dramatique); cependant, il est permis à
chacun de tuer des mouches et même des rhinocéros,
afin de se reposer de temps en temps d'un travail
trop escarpé. Pour tuer des mouches, voici la manière
la plus expéditive, quoique ce ne soit pas la meilleure:
on les écrase entre les deux premiers doigts de la
main. La plupart des écrivains qui ont traité ce sujet
à fond ont calculé, avec beaucoup de vraisemblance,
qu'il est préférable, dans plusieurs cas, de leur
couper la tête. Si quelqu'un me reproche de parler
d'épingles, comme d'un sujet radicalement frivole,
qu'il remarque, sans parti pris, que les plus grands
effets ont été souvent produits par les plus petites
causes. Et, pour ne pas m'éloigner davantage du
cadre de cette feuille de papier, ne voit-on pas que le
laborieux morceau de littérature que je suis à com-

poser, depuis le commencement de cette strophe, serait peut-être moins goûté, s'il prenait son point d'appui dans une question épineuse de chimie ou de pathologie interne? Au reste, tous les goûts sont dans la nature; et, quand au commencement j'ai comparé les piliers aux épingles avec tant de justesse (certes, je ne croyais pas qu'on viendrait, un jour, me le reprocher), je me suis basé sur les lois de l'optique, qui ont établi que, plus le rayon visuel est éloigné d'un objet, plus l'image se reflète à diminution dans la rétine.

C'est ainsi que ce que l'inclination de notre esprit à la farce prend pour un misérable coup d'esprit, n'est, la plupart du temps, dans la pensée de l'auteur, qu'une vérité importante, proclamée avec majesté! Oh! ce philosophe insensé qui éclata de rire, en voyant un âne manger une figue! Je n'invente rien : les livres antiques ont raconté, avec les plus amples détails, ce volontaire et honteux dépouillement de la noblesse humaine. Moi, je ne sais pas rire. Je n'ai jamais pu rire, quoique plusieurs fois j'aie essayé de le faire. C'est très difficile d'apprendre à rire. Ou, plutôt, je crois qu'un sentiment de répugnance à cette monstruosité forme une marque essentielle de mon caractère. Eh bien, j'ai été témoin de quelque chose de plus fort : j'ai vu une figue manger un âne! Et, cependant, je n'ai pas ri; franchement, aucune partie buccale n'a remué. Le besoin de pleu-

rer s'empara de moi si fortement, que mes yeux lais-
sèrent tomber une larme. « Nature! nature! m'écriai-
je en sanglotant, l'épervier déchire le moineau, la
figue mange l'âne et le ténia dévore l'homme! » Sans
prendre la résolution d'aller plus loin, je me demande
en moi-même si j'ai parlé de la manière dont on tue
les mouches. Oui, n'est-ce pas? Il n'en est pas moins
vrai que je n'avais pas parlé de la destruction des
rhinocéros! Si certains amis me prétendaient le contraire, je ne les écouterais pas, et je me rappellerais
que la louange et la flatterie sont deux grandes
pierres d'achoppement. Cependant, afin de contenter
ma conscience autant que possible, je ne puis m'empêcher de faire remarquer que cette dissertation sur
le rhinocéros m'entraînerait hors des frontières de la
patience et du sang-froid, et, de son côté, découra-
gerait probablement (ayons, même, la hardiesse de
dire certainement) les générations présentes. N'avoir
pas parlé du rhinocéros après la mouche! Au moins,
pour excuse passable, aurai-je dû mentionner avec
promptitude (et je ne l'ai pas fait!) cette omission
non prémeditée, qui n'étonnera pas ceux qui ont
étudié à fond les contradictions réelles et inexpli-
cables qui habitent les lobes du cerveau humain.
Rien n'est indigne pour une intelligence grande et
simple : le moindre phénomène de la nature, s'il y a
mystère en lui, deviendra, pour le sage, inépuisable
matière à réflexion. Si quelqu'un voit un âne manger

une figue ou une figue manger un âne (ces deux circonstances ne se présentent pas souvent, à moins
que ce ne soit en poésie), soyez certain qu'après
avoir réfléchi deux ou trois minutes, pour savoir
quelle conduite prendre, il abandonnera le sentier
de la vertu et se mettra à rire comme un coq! Encore, n'est-il pas exactement prouvé que les coqs
ouvrent exprès leur bec pour imiter l'homme et faire
une grimace tourmentée. J'appelle grimace dans les
oiseaux ce qui porte le même nom dans l'humanité!
Le coq ne sort pas de sa nature, moins par incapacité, que par orgueil. Apprenez-leur à lire, ils se ré-
voltent. Ce n'est pas un perroquet, qui s'extasierait
ainsi devant sa faiblesse, ignorante et impardonnable! Oh! avilissement exécrable! comme on ressemble à une chèvre quand on rit! Le calme du front
a disparu pour faire place à deux énormes yeux de
poissons qui (n'est-ce pas déplorable?)... qui... qui
se mettent à briller comme des phares! Souvent, il
m'arrivera d'énoncer, avec solennité, les propositions les plus bouffonnes... je ne trouve pas que cela
devienne un motif péremptoirement suffisant pour
élargir la bouche! Je ne puis m'empêcher de rire, me
répondrez-vous; j'accepte cette explication absurde,
mais, alors, que ce soit un rire mélancolique. Riez,
mais pleurez en même temps. Si vous ne pouvez
pleurer par les yeux, pleurez par la bouche. Est-ce
encore impossible, urinez; mais, j'avertis qu'un li-

quide quelconque est ici nécessaire, pour atténuer la sécheresse que porte, dans ses flancs, le rire, aux traits fendus en arrière. Quant à moi, je ne me laisserai pas décontenancer par les gloussements cocasses et les beuglements originaux de ceux qui trouvent toujours quelque chose à redire dans un caractère qui ne ressemble pas au leur, parce qu'il est une des innombrables modifications intellectuelles que Dieu, sans sortir d'un type primordial, créa pour gouverner les charpentes osseuses. Jusqu'à nos temps, la poésie fit une route fausse; s'élevant jusqu'au ciel ou rampant jusqu'à terre, elle a méconnu les principes de son existence, et a été, non sans raison, constamment bafouée par les honnêtes gens. Elle n'a pas été modeste... qualité la plus belle qui doive exister dans un être imparfait! Moi, je veux montrer mes qualités; mais, je ne suis pas assez hypocrite pour cacher mes vices! Le rire, le mal, l'orgueil, la folie, paraîtront, tour à tour, entre la sensibilité et l'amour de la justice, et serviront d'exemple à la stupéfaction humaine : chacun s'y reconnaîtra, non pas tel qu'il devrait être, mais tel qu'il est. Et, peut-être que ce simple idéal, conçu par mon imagination, surpassera, cependant, tout ce que la poésie a trouvé jusqu'ici de plus grandiose et de plus sacré. Car, si je laisse mes vices transpirer dans ces pages, on ne croira que mieux aux vertus que j'y fais resplendir, et, dont je placerai l'auréole si haut, que les

plus grands génies de l'avenir témoigneront, pour
moi, une sincère reconnaissance. Ainsi, donc, l'hy-
pocrisie sera chassée carrément de ma demeure. Il
y aura, dans mes chants, une preuve imposante de
puissance, pour mépriser ainsi les opinions reçues.
Il chante pour lui seul, et non pas pour ses semblables. Il ne place pas la mesure de son inspiration
dans la balance humaine. Libre comme la tempête,
il est venu échouer, un jour, sur les plages indomp-
tables de sa terrible volonté! Il ne craint rien, si ce
n'est lui-même! Dans ses combats surnaturels, il
attaquera l'homme et le Créateur, avec avantage,
comme quand l'espadon enfonce son épée dans le
ventre de la baleine : qu'il soit maudit, par ses enfants et par ma main décharnée, celui qui persiste à
ne pas comprendre les kanguroos implacables du
rire et les poux audacieux de la caricature!... Deux
tours énormes s'apercevaient dans la vallée; je l'ai
dit au commencement. En les multipliant par deux,
le produit était quatre... mais je ne distinguai pas
très bien la nécessité de cette opération d'arithmétique. Je continuai ma route, avec la fièvre au visage,
et je m'écriai sans cesse : « Non... non... je ne distingue pas très bien la nécessité de cette opération
d'arithmétique! » J'avais entendu des craquements
de chaînes, et des gémissements douloureux. Que
personne ne trouve possible, quand il passera dans
cet endroit, de multiplier les tours par deux, afin

que le produit soit quatre! Quelques-uns soupçon-
nent que j'aime l'humanité comme si j'étais sa propre
mère, et que je l'eusse portée, neuf mois, dans mes
flancs parfumés; c'est pourquoi, je ne repasse plus
dans la vallée où s'élèvent les deux unités du multi-
plicande!

Une potence s'élevait sur le sol; à un mètre de
celui-ci, était suspendu par les cheveux un homme,
dont les bras étaient attachés par derrière. Ses jambes avaient été laissées libres, pour accroître ses tortures, et lui faire désirer davantage n'importe quoi
de contraire à l'enlacement de ses bras. La peau du
front était tellement tendue par le poids de la pen-
daison, que son visage, condamné par la circonstance
à l'absence de l'expression naturelle, ressemblait à
la concrétion pierreuse d'un stalagtite. Depuis trois
jours, il subissait ce supplice. Il s'écriait : « Qui me
dénouera les bras? qui me dénouera les cheveux?
Je me disloque dans des mouvements qui ne font
que séparer davantage de ma tête la racine des
cheveux; la soif et la faim ne sont pas les causes
principales qui m'empêchent de dormir. Il est impossible que mon existence enfonce son prolonge-
ment au delà des bornes d'une heure. Quelqu'un
pour m'ouvrir la gorge, avec un caillou acéré! »

Chaque mot était précédé, suivi de hurlements intenses. Je m'élançai du buisson derrière lequel j'étais
abrité, et je me dirigeai vers le pantin ou morceau
de lard attaché au plafond. Mais, voici que, du côté
opposé, arrivèrent en dansant deux femmes ivres.
L'une tenait un sac, et deux fouets, aux cordes de
plomb, l'autre, un baril plein de goudron et deux
pinceaux. Les cheveux grisonnants de la plus vieille
flottaient au vent, comme les lambeaux d'une voile
déchirée, et les chevilles de l'autre claquaient entre
elles, comme les coups de queue d'un thon sur la
dunette d'un vaisseau. Leurs yeux brillaient d'une
flamme si noire et si forte, que je ne crus pas d'abord
que ces deux femmes appartinssent à mon espèce.
Elles riaient avec un aplomb tellement égoïste, et
leurs traits inspiraient tant de répugnance, que je ne
doutai pas un seul instant que je n'eusse devant
les yeux les deux spécimens les plus hideux de la race
humaine. Je me recachai derrière le buisson, et je
me tins tout coi, comme l'acantophorus serraticor-
nis, qui ne montre que la tête en dehors de son nid.
Elles approchaient avec la vitesse de la marée; appliquant l'oreille sur le sol, le son, distinctement
perçu, m'apportait l'ébranlement lyrique de leur
marche. Lorsque les deux femelles d'orang-outang
furent arrivées sous la potence, elles reniflèrent l'air
pendant quelques secondes; elles montrèrent, par
leurs gestes sangrenus, la quantité vraiment remar-

quable de stupéfaction qui résulta de leur expérience, quand elles s'aperçurent que rien n'était
changé dans ces lieux : le dénoûment de la mort,
conforme à leurs vœux, n'était pas survenu. Elles
n'avaient pas daigné lever la tête, pour savoir si la
mortadelle était encore à la même place. L'une dit :
« Est-ce possible que tu sois encore respirant? Tu as
la vie dure, mon mari bien-aimé. » Comme quand
deux chantres, dans une cathédrale, entonnent alternativement les versets d'un psaume, la deuxième répondit : « Tu ne veux donc pas mourir, ô mon gracieux fils? Dis-moi donc comment tu as fait (sûrement c'est par quelque maléfice) pour épouvanter les
vautours? En effet, ta carcasse est devenue si maigre!
Le zéphyr la balance comme une lanterne. » Chacune
prit un pinceau et goudronna le corps du pendu...
chacune prit un fouet et leva les bras... J'admirais
(il était absolument impossible de ne pas faire comme
moi) avec quelle exactitude énergique les lames de
métal, au lieu de glisser à la surface, comme quand
on se bat contre un nègre et qu'on fait des efforts
inutiles, propres au cauchemar, pour l'empoigner
aux cheveux, s'appliquaient, grâce au goudron, jusqu'à l'intérieur des chairs, marquées par des sillons
aussi creux que l'empêchement des os pouvait rai-
sonnablement le permettre. Je me suis préservé de
la tentation de trouver de la volupté dans ce spectacle excessivement curieux, mais moins profon-

dément comique qu'on n'était en droit de l'attendre. Et, cependant, malgré les bonnes résolutions
prises d'avance, comment ne pas reconnaître la force
de ces femmes, les muscles de leur bras? Leur
adresse, qui consistait à frapper sur les parties les
plus sensibles, comme le visage et le bas-ventre, ne
sera mentionnée par moi, que si j'aspire à l'ambition
de raconter la totale vérité! A moins que, appliquant
mes lèvres, l'une contre l'autre, surtout dans la
direction horizontale (mais, chacun n'ignore pas que
c'est la manière la plus ordinaire d'engendrer cette
pression), je ne préfère garder un silence gonflé de
larmes et de mystères, dont la manifestation pénible
sera impuissante à cacher, non seulement aussi bien
mais encore mieux que mes paroles (car, je ne crois
pas me tromper, quoiqu'il ne faille pas certainement
nier en principe, sous peine de manquer aux règles
les plus élémentaires de l'habileté, les possibilités
hypothétiques d'erreur) les résultats funestes occa-
sionnés par la fureur qui met en œuvre les méta-
carpes secs et les articulations robustes : quand
même on ne se mettrait pas au point de vue de l'observateur impartial et du moraliste expérimenté (il
est presque assez important que j'apprenne que je
n'admets pas, au moins entièrement, cette restriction
plus ou moins fallacieuse), le doute, à cet égard,
n'aurait pas la faculté d'étendre ses racines ; car, je
ne le suppose pas, pour l'instant, entre les mains

d'une puissance surnaturelle, et périrait immanqua-
blement, pas subitement peut-être, faute d'une séve
remplissant les conditions simultanées de nutrition
et d'absence de matières vénéneuses. Il est entendu,
sinon ne me lisez pas, que je ne mets en scène que la
timide personnalité de mon opînion : loin de moi,
cependant, la pensée de renoncer à des droits qui
sont incontestables ! Certes, mon intention n'est pas
de combattre cette affirmation, où brille le criterium
de la certitude, qu'il est un moyen plus simple de
s'entendre ; il consisterait, je le traduis avec quelques
mots seulements, mais, qui en valent plus de mille,
à ne pas discuter : il est plus difficile à mettre en
pratique que ne le veut bien penser généralement le
commun des mortels. Discuter est le mot grammati-
cal, et beaucoup de personnes trouveront qu'il ne
faudrait pas contredire, sans un volumineux dossier
de preuves, ce que je viens de coucher sur le papier ;
mais, la chose diffère notablement, s'il est permis
d'accorder à son propre instinct qu'il emploie une
rare sagacité au service de sa circonspection, quand
il formule des jugements qui paraîtraient autrement,
soyez-en persuadé, d'une hardiesse qui longe les
rivages de la fanfaronnade. Pour clore ce petit inci-
dent, qui s'est lui-même dépouillé de sa gangue par
une légèreté aussi irrémédiablement déplorable que
fatalement pleine d'intérêt (ce que chacun n'aura pas
manqué de vérifier, à la condition qu'il ait ausculté

ses souvenirs les plus récents), il est bon, si l'on possède des facultés en équilibre parfait, ou mieux, si la balance de l'idiotisme ne l'emporte pas de beaucoup sur le plateau dans lequel reposent les nobles et magnifiques attributs de la raison, c'est-à-dire, afin d'être plus clair (car, jusqu'ici je n'ai été que concis, ce que même plusieurs n'admettront pas, à cause de mes longueurs, qui ne sont qu'imaginaires, puisqu'elles remplissent leur but, de traquer, avec le scalpel de l'analyse, les fugitives apparitions de la vérité, jusqu'en leurs derniers retranchements), si l'intelligence prédomine suffisamment sur les défauts sous le poids desquels l'ont étouffée en partie l'habitude, la nature et l'éducation, il est bon répété-je pour la deuxième et la dernière fois, car, à force de répéter, on finirait, le plus souvent ce n'est pas faux, par ne plus s'entendre, de revenir la queue basse, (si, même, il est vrai que j'aie une queue) au sujet dramatique cimenté dans cette strophe. Il est utile de boire un verre d'eau, avant d'entreprendre la suite de mon travail. Je préfère en boire deux, plutôt que de m'en passer. Ainsi, dans une chasse contre un nègre marron, à travers la forêt, à un moment convenu, chaque membre de la troupe suspend son fusil aux lianes, et l'on se réunit en commun, à l'ombre d'un massif, pour étancher la soif et apaiser la faim. Mais, la halte ne dure que quelques secondes, la poursuite est reprise avec acharnement et le hallali ne tarde pas à résonner. Et, de même que l'oxygène est reconnaissable à la propriété qu'il possède, sans orgueil, de rallumer une allumette présentant quelques points en ignition, ainsi, l'on reconnaîtra l'accomplissement de mon devoir à l'empressement que je montre à revenir à la question. Lorsque les femelles se virent dans l'impossibilité de retenir le fouet, que la fatigue laissa tomber de leurs mains, elles mirent judicieusement fin au travail gymnastique qu'elles avaient entrepris pendant près de deux heures, et se retirèrent, avec une joie qui n'était pas dépourvue de menaces pour l'avenir. Je me dirigeai vers celui qui m'appelait au secours, avec un œil glacial (car, la perte de son sang était si grande, que la faiblesse l'empêchait de parler, et que mon opinion était, quoique je ne fusse pas médecin, que l'hémorrhagie s'était déclarée au visage et au bas-ventre), et je coupai ses cheveux avec une paire de ciseaux, après avoir dégagé ses bras. Il me raconta que sa mère l'avait, un soir, appelé dans sa chambre, et lui avait ordonné de se déshabiller, pour passer la nuit avec elle dans un lit, et que, sans attendre aucune réponse, la maternité s'était dépouillée de tous ses vêtements, en entre-croisant, devant lui, les gestes les plus impudiques. Qu'alors il s'était retiré. En outre, par ses refus perpétuels, il s'était attiré la colère de sa femme, qui s'était bercée de l'espoir d'une récompense, si elle eût pu réussir à engager son mari à ce qu'il prêtât son corps aux passions de la vieille. Elles résolurent, par un complot, de le suspendre à une potence, préparée d'avance, dans quelque parage non fréquenté, et de le laisser périr insensiblement, exposé à toutes les misères et à tous les dangers. Ce n'était pas sans de très-mûres et de nombreuses réflexions, pleines de difficultés presque insurmontables, qu'elles étaient enfin parvenues à guider leur choix sur le supplice raffiné qui n'avait trouvé la disparition de son terme que dans le secours inespéré de mon intervention. Les marques les plus vives de la reconnaissance soulignaient chaque expression, et ne donnaient pas à ses confidences leur moindre valeur. Je le portai dans la chaumière la plus voisine; car, il venait de s'évanouir, et je ne quittai les laboureurs que lorsque je leur eus laissé ma bourse, pour donner des soins au blessé, et que je leur eusse fait promettre qu'ils prodigueraient au malheureux, comme à leur propre fils, les marques d'une sympathie persévérante. A mon tour, je leur racontai l'événement, et je m'approchai de la porte, pour remettre le pied sur le sentier; mais, voilà qu'après avoir fait une centaine de mètres, je revins machinalement sur mes pas, j'entrai de nouveau dans la chaumière, et, m'adressant à leurs propriétaires naïfs, je m'écriai : « Non, non... ne croyez pas que cela m'étonne! » Cette fois-ci, je m'éloignai définitivement; mais, la plante des pieds ne pouvait pas se poser d'une manière sûre : un au-

tre aurait pu ne pas s'en apercevoir! Le loup ne
passe plus sous la potence qu'élevèrent, un jour de
printemps, les mains entrelacées d'une épouse et
d'une mère, comme quand il faisait prendre, à son
imagination charmée, le chemin d'un repas illusoire.
Quand il voit, à l'horizon, cette chevelure noire, ba-
lancée par le vent, il n'encourage pas sa force d'inertie, et prend la fuite avec une vitesse incomparable!
Faut-il voir, dans ce phénomène psychologique, une
intelligence supérieure à l'ordinaire instinct des
mammifères? Sans rien certifier et même sans rien
prévoir, il me semble que l'animal a compris ce que
c'est que le crime! Comment ne le comprendrait-il
pas, quand des êtres humains, eux-mêmes, ont rejeté, jusqu'à ce point indescriptible, l'empire de la
raison, pour ne laisser subsister, à la place de cette
reine détrônée, qu'une vengeance farouche!

———

Je suis sale. Les poux me rongent. Les pourceaux,
quand ils me regardent, vomissent. Les croûtes et
les escarres de la lèpre ont écaillé ma peau, couverte
de pus jaunâtre. Je ne connais pas l'eau des fleuves,
ni la rosée des nuages. Sur ma nuque, comme sur un
fumier, pousse un énorme champignon, aux pédon-
cules ombellifères. Assis sur un meuble informe, je
n'ai pas bougé mes membres depuis quatre siècles.

Mes pieds ont pris racine dans le sol et composent, jusqu'à mon ventre, une sorte de végétation vivace, remplie d'ignobles parasites, qui ne dérive pas encore de la plante, et qui n'est plus de la chair. Cependant mon cœur bat. Mais comment battrait-il, si la pourriture et les exhalaisons de mon cadavre (je n'ose pas dire corps) ne le nourrissaient abondamment? Sous mon aisselle gauche, une famille de crapauds a pris résidence, et, quand l'un d'eux remue, il me fait des chatouilles. Prenez garde qu'il ne s'en échappe un, et ne vienne gratter, avec sa bouche, le dedans de votre oreille : il serait ensuite capable d'entrer dans votre cerveau. Sous mon aisselle droite, il y a un caméléon qui leur fait une chasse perpétuelle, afin de ne pas mourir de faim : il faut que chacun vive. Mais, quand un parti déjoue complétement les ruses de l'autre, ils ne trouvent rien de mieux que de ne pas se gêner, et sucent la graisse délicate qui couvre mes côtes : j'y suis habitué. Une vipère méchante a dévoré ma verge et a pris sa place : elle m'a rendu ennuque, cette infâme. Oh! si j'avais pu me défendre avec mes bras paralysés; mais, je crois plutôt qu'ils se sont changés en bûches. Quoi qu'il en soit, il importe de constater que le sang ne vient plus y promener sa rougeur. Deux petits hérissons, qui ne croissent plus, ont jeté à un chien, qui n'a pas refusé, l'intérieur de mes testicules : l'épiderme, soigneusement lavé, ils ont logé dedans. L'anus a été intercepté par un crabe ; encouragé par mon inertie, il garde l'entrée avec ses pinces, et me fait beaucoup de mal ! Deux méduses ont franchi les mers, immédiatement alléchées par un espoir qui ne fut pas trompé. Elles ont regardé avec attention les deux parties charnues qui forment le derrière humain, et, se cramponnant à leur galbe convexe, elles les ont tellement écrasées par une pression constante, que les deux morceaux de chair ont disparu, tandis qu'il est resté deux monstres, sortis du royaume de la viscosité, égaux par la couleur, la forme et la férocité. Ne parlez pas de ma colonne vertébrale, puisque c'est un glaive. Oui, oui... je n'y faisais pas attention... votre demande est juste. Vous désirez savoir, n'est-ce pas, comment il se trouve implanté verticalement dans mes reins ? Moi-même, je ne me le rappelle pas très clairement ; cependant, si je me décide à prendre pour un souvenir ce qui n'est peut-être qu'un rêve, sachez que l'homme, quand il a su que j'avais fait vœu de vivre avec la maladie et l'immobilité jusqu'à ce que j'eusse vaincu le Créateur, marcha, derrière moi, sur la pointe des pieds, mais, non pas si doucement, que je ne l'entendisse. Je ne perçus plus rien, pendant un instant qui ne fut pas long. Ce poignard aigu s'enfonça, jusqu'au manche, entre les deux épaules du taureau des fêtes, et son ossature frissonna, comme un tremblement de terre. La lame adhère si forte-

CHANT QUATRIÈME **205**

ment au corps, que personne, jusqu'ici, n'a pu l'extraire. Les athlètes, les mécaniciens, les philosophes, les médecins ont essayé, tour à tour, les moyens les plus divers. Ils ne savaient pas que le mal qu'a fait l'homme ne peut plus se défaire! J'ai pardonné à la profondeur de leur ignorance native, et je les ai salués des paupières de mes yeux. Voyageur, quand tu passeras près de moi, ne m'adresse pas, je t'en supplie, le moindre mot de consolation : tu affaiblirais mon courage. Laisse-moi réchauffer ma ténacité à la flamme du martyre volontaire. Va-t'en... que je ne t'inspire aucune piété. La haine est plus bizarre que tu ne le penses ; sa conduite est inexplicable, comme l'apparence brisée d'un bâton enfoncé dans l'eau. Tel que tu me vois, je puis encore faire des excursions jusqu'aux murailles du ciel, à la tête d'une légion d'assassins, et revenir prendre cette posture, pour méditer, de nouveau, sur les nobles projets de la vengeance. Adieu, je ne te retarderai pas davantage ; et, pour t'instruire et te préserver, réfléchis au sort fatal qui m'a conduit à la révolte, quand peut-être j'étais né bon ! Tu raconteras à ton fils ce que tu as vu ; et, le prenant par la main, fais-lui admirer la beauté des étoiles et les merveilles de l'univers, le nid du rouge-gorge et les temples du Seigneur. Tu seras étonné de le voir si docile aux conseils de la paternité, et tu le récompenseras par un sourire. Mais, quand il apprendra qu'il n'est pas observé, jette les yeux sur lui, et tu le verras cracher sa bave sur la vertu ; il t'a trompé, celui qui est descendu de la race humaine, mais, il ne te trompera plus : tu sauras désormais ce qu'il deviendra. O père infortuné, prépare, pour accompagner les pas de ta vieillesse, l'échafaud ineffaçable qui tranchera la tête d'un criminel précoce, et la douleur qui te montrera le chemin qui conduit à la tombe.

Sur le mur de ma chambre, quelle ombre dessine, avec une puissance incomparable, la fantasmagorique projection de sa silhouette racornie? Quand je place sur mon cœur cette interrogation délirante et muette, c'est moins pour la majesté de la forme, que pour le tableau de la réalité, que la sobriété du style se conduit de la sorte. Qui que tu sois, défends-toi ; car, je vais diriger vers toi la fronde d'une terrible accusation : ces yeux ne t'appartiennent pas... où les as-tu pris? Un jour, je vis passer devant moi une femme blonde; elle les avait pareils aux tiens : tu les lui as arrachés. Je vois que tu veux faire croire à ta beauté; mais, personne ne s'y trompe; et moi, moins qu'un autre. Je te le dis, afin que tu ne me prennes pas pour un sot. Toute une série d'oiseaux rapaces, amateurs de la viande d'autrui et défenseurs de l'utilité de la poursuite, beaux comme des squelettes qui

effeuillent des panoccos de l'Arkansas, voltigent autour de ton front, comme des serviteurs soumis et
agréés. Mais, est-ce un front? Il n'est pas difficile de
mettre beaucoup d'hésitation à le croire. Il est si
bas, qu'il est impossible de vérifier les preuves, nu-
mériquement exiguës, de son existence équivoque.
Ce n'est pas pour m'amuser que je te dis cela. Peut-
être que tu n'as pas de front, toi, qui promènes, sur
la muraille, comme le symbole mal réfléchi d'une
danse fantastique, le fiévreux ballottement de tes
vertèbres lombaires. Qui donc alors t'a scalpé? si
c'est un être humain, parce que tu l'as enfermé, pendant vingt ans, dans une prison, et qui s'est échappé
pour préparer une vengeance digne de ses repré-
sailles, il a fait comme il devait, et je l'applaudis;
seulement, il y a un seulement, il ne fut pas assez
sévère. Maintenant, tu ressembles à un Peau-Rouge
prisonnier, du moins (notons-le préalablement) par
le manque expressif de chevelure. Non pas qu'elle
ne puisse repousser, puisque les physiologistes ont
découvert que même les cerveaux enlevés reparais-
sent à la longue, chez les animaux; mais, ma pensée,
s'arrêtant à une simple constatation, qui n'est pas
dépourvue, d'après le peu que j'en aperçois, d'une
volupté énorme, ne va pas, même dans ses conséquences les plus hardies, jusqu'aux frontières d'un
vœu pour ta guérison, et reste, au contraire, fondée,
par la mise en œuvre de sa neutralité plus que sus-

pect, à regarder (ou du moins à souhaiter), comme
le présage de malheurs plus grands, ce qui ne peut
être pour toi qu'une privation momentanée de la
peau qui recouvre le dessus de ta tête. J'espère que
tu m'as compris. Et même, si le hasard te permet-
tait, par un miracle absurde, mais non pas, quelquefois, raisonnable, de retrouver cette peau précieuse
qu'a gardée la religieuse vigilance de ton ennemi,
comme le souvenir enivrant de sa victoire, il est
presque extrêmement possible que, quand même on
n'aurait étudié la loi des probabilités que sous le
rapport des mathématiques (or, on sait que l'analogie transporte facilement l'application de cette loi
dans les autres domaines de l'intelligence), ta crainte
légitime, mais, un peu exagérée, d'un refroidisse-
ment partiel ou total, ne refuserait pas l'occasion
importante, et même unique, qui se présenterait
d'une manière si opportune, quoique brusque, de
préserver les diverses parties de ta cervelle du contact de l'atmosphère, surtout pendant l'hiver, par
une coiffure qui, à bon droit, t'appartient, puisqu'elle est naturelle, et qu'il te serait permis, en outre (il serait incompréhensible que tu le niasses), de
garder constamment sur la tête, sans courir les ris-
ques, toujours désagréables, d'enfreindre les règles
les plus simples d'une convenance élémentaire.
N'est-il pas vrai que tu m'écoutes avec attention? Si
tu m'écoutes davantage, ta tristesse sera loin de se

détacher de l'intérieur de tes narines rouges. Mais,
comme je suis très-impartial, et que je ne te déteste
pas autant que je le devrais (si je me trompe, dis-le
moi), tu prêtes, malgré toi, l'oreille à mes discours,
comme poussé par une force supérieure. Je ne suis
pas si méchant que toi : voilà pourquoi ton génie
s'incline de lui-même devant le mien... En effet, je ne
suis pas si méchant que toi! Tu viens de jeter un regard sur la cité bâtie sur le flanc de cette montagne.
Et maintenant, que vois-je?... Tous les habitants
sont morts! J'ai de l'orgueil comme un autre, et
c'est un vice de plus, que d'en avoir peut-être davantage. Eh bien, écoute... écoute, si l'aveu d'un
homme, qui se rappelle avoir vécu un demi-siècle
sous la forme de requin dans les courants sous-marins qui longent les côtes de l'Afrique, t'intéresse
assez vivement pour lui prêter ton attention, sinon
avec amertume, du moins sans la faute irréparable
de montrer le dégoût que je t'inspire. Je ne jetterai
pas à tes pieds le masque de la vertu, pour paraître
à tes yeux tel que je suis; car, je ne l'ai jamais porté
(si, toutefois, c'est là une excuse); et, dès les premiers instants, si tu remarques mes traits avec attention, tu me reconnaîtras comme ton disciple respectueux dans la perversité, mais, non pas, comme ton
rival redoutable. Puisque je ne te dispute pas la
palme du mal, je ne crois pas qu'un autre le fasse :
il devrait s'égaler auparavant à moi, ce qui n'est pas

facile... Écoute, à moins que tu ne sois la faible condensation d'un brouillard (tu caches ton corps quelque part, et je ne puis le rencontrer) : un matin, que je vis une petite fille qui se penchait sur un lac, pour cueillir un lotus rose, elle affermit ses pas, avec une expérience précoce ; elle se penchait vers les eaux, quand ses yeux rencontrèrent mon regard (il est vrai que, de mon côté, ce n'était pas sans préméditation). Aussitôt, elle chancela comme le tourbillon qu'engendre la marée autour d'un roc, ses jambes fléchirent, et, chose merveilleuse à voir, phénomène qui s'accomplit avec autant de véracité que je cause avec toi, elle tomba jusqu'au fond du lac : conséquence étrange, elle ne cueillit plus aucune nymphéacée. Que fait-elle au dessous ?... je ne m'en suis pas informé. Sans doute, sa volonté, qui s'est rangée sous le drapeau de la délivrance, livre des combats acharnés contre la pourriture ! Mais toi, ô mon maître, sous ton regard, les habitants des cités sont subitement détruits, comme un tertre de fourmis qu'écrase le talon de l'éléphant. Ne viens-je pas d'être témoin d'un exemple démonstrateur ? Vois... la montagne n'est plus joyeuse... elle reste isolée comme un vieillard. C'est vrai, les maisons existent ; mais ce n'est pas un paradoxe d'affirmer, à voix basse, que tu ne pourrais en dire autant de ceux qui n'y existent plus. Déjà, les émanations des cadavres viennent jusqu'à moi. Ne les sens-tu pas ? Regarde ces oiseaux de

proie, qui attendent que nous nous éloignions, pour
commencer ce repas géant ; il en vient un nuage perpétuel des quatre coins de l'horizon. Hélas ! ils
étaient déjà venus, puisque je vis leurs ailes rapaces
tracer, au-dessus de toi, le monument des spirales,
comme pour t'exciter de hâter le crime. Ton odorat
ne reçoit-il donc pas la moindre effluve ? L'imposteur
n'est pas autre chose... Tes nerfs olfactifs sont enfin
ébranlés par la perception d'atomes aromatiques :
ceux-ci s'élèvent de la cité anéantie, quoique
je n'aie pas besoin de te l'apprendre... Je voudrais embrasser tes pieds, mais mes bras n'entrelacent qu'une transparente vapeur. Cherchons ce corps
introuvable, que cependant mes yeux aperçoivent :
il mérite, de ma part, les marques les plus nombreuses d'une admiration sincère. Le fantôme se
moque de moi : il m'aide à chercher son propre
corps. Si je lui fais signe de rester à sa place, voilà
qu'il me renvoie le même signe... Le secret est découvert ; mais, ce n'est pas, je le dis avec franchise,
à ma plus grande satisfaction. Tout est expliqué,
les grands comme les plus petits détails ; ceux-ci sont
indifférents à remettre devant l'esprit, comme, par
exemple, l'arrachement des yeux à la femme blonde :
cela n'est presque rien !... Ne me rappelais-je donc
pas que, moi, aussi, j'avais été scalpé, quoique ce ne
fût que pendant cinq ans (le nombre exact du temps
m'avait failli) que j'avais enfermé un être humain

dans une prison, pour être témoin du spectacle de
ses souffrances, parce qu'il m'avait refusé, à juste
titre, une amitié qui ne s'accorde pas à des êtres
comme moi? Puisque je fais semblant d'ignorer que
mon regard peut donner la mort, même aux planètes qui tournent dans l'espace, il n'aura pas tort,
celui qui prétendra que je ne possède pas la faculté
des souvenirs. Ce qui me reste à faire, c'est de briser
cette glace, en éclats, à l'aide d'une pierre... Ce
n'est pas la première fois que le cauchemar de la
perte momentanée de la mémoire établit sa demeure
dans mon imagination, quand, par les inflexibles
lois de l'optique, il m'arrive d'être placé devant la
méconnaissance de ma propre image !

Je m'étais endormi sur la falaise. Celui qui, pendant un jour, a poursuivi l'autruche à travers le désert, sans pouvoir l'atteindre, n'a pas eu le temps de
prendre de la nourriture et de fermer les yeux. Si
c'est lui qui me lit, il est capable de deviner, à la ri-
gueur, quel sommeil s'appesantit sur moi. Mais,
quand la tempête a poussé verticalement un vaisseau, avec la paume de sa main, jusqu'au fond de la
mer; si, sur le radeau, il ne reste plus de tout l'équi-
page qu'un seul homme, rompu par les fatigues et
les privations de toute espèce; si la lame le ballotte,

comme une épave, pendant des heures plus prolon-
gées que la vie d'homme; et, si, une frégate, qui sillonne plus tard ces parages de désolation d'une ca-
rène fendue, aperçoit le malheureux qui promène sur
l'océan sa carcasse décharnée, et lui porte un secours
qui a failli être tardif, je crois que ce naufragé
devinera mieux encore à quel degré fut porté l'assoupissement de mes sens. Le magnétisme et le chloroforme, quand ils s'en donnent la peine, savent quelquefois engendrer pareillement de ces catalepsies
léthargiques. Elles n'ont aucune ressemblance avec
la mort : ce serait un grand mensonge de le dire.
Mais arrivons tout de suite au rêve, afin que les im-
patients, affamés de ces sortes de lectures, ne se mettent pas à rugir, comme un banc de cachalots macro-
céphales qui se battent entre eux pour une femelle
enceinte. Je rêvais que j'étais entré dans le corps d'un
pourceau, qu'il ne m'était pas facile d'en sortir, et
que je vautrais mes poils dans les marécages les plus
fangeux. Était-ce comme une récompense? Objet de
mes vœux, je n'appartenais plus à l'humanité! Pour
moi, j'entendis l'interprétation ainsi, et j'en éprouvai une joie plus que profonde. Cependant, je recherchais activement quel acte de vertu j'avais accompli
pour mériter, de la part de la Providence, cette insigne faveur. Maintenant que j'ai repassé dans ma
mémoire les diverses phases de cet aplatissement
épouvantable contre le ventre du granit, pendant le-

quel la marée, sans que je m'en aperçusse, passa, deux fois, sur ce mélange irréductible de matière morte et de chair vivante, il n'est peut-être pas sans utilité de proclamer que cette dégradation n'était probablement qu'une punition, réalisée sur moi par la justice divine. Mais, qui connaît ses besoins intimes ou la cause de ses joies pestilentielles ? La métamorphose ne parut jamais à mes yeux que comme le haut et magnanime retentissement d'un bonheur parfait, que j'attendais depuis longtemps. Il était enfin venu, le jour où je fus un pourceau ! J'essayais mes dents sur l'écorce des arbres ; mon groin, je le contemplais avec délice. Il ne restait plus la moindre parcelle de divinité : je sus élever mon âme jusqu'à l'excessive hauteur de cette volupté ineffable. Écoutez-moi donc, et ne rougissez pas, inépuisables caricatures du beau, qui prenez au sérieux le braiement risible de votre âme, souverainement méprisable ; et qui ne comprenez pas pourquoi le Tout-Puissant, dans un rare moment de bouffonnerie excellente, qui, certainement, ne dépasse pas les grandes lois générales du grotesque, prit, un jour, le mirifique plaisir de faire habiter une planète par des êtres singuliers et microscopiques, qu'on appelle *humains*, et dont la matière ressemble à celle du corail vermeil. Certes, vous avez raison de rougir, os et graisse, mais écoutez-moi. Je n'invoque pas votre intelligence ; vous la feriez rejeter du sang par l'horreur qu'elle vous té-

moigne : oubliez-la, et soyez conséquents avec vous-
mêmes... Là, plus de contrainte. Quand je voulais
tuer, je tuais ; cela, même, m'arrivait souvent, et personne ne m'en empêchait. Les lois humaines me
poursuivaient encore de leur vengeance, quoique je
n'attaquasse pas la race que j'avais abandonnée si
tranquillement ; mais ma conscience ne me faisait
aucun reproche. Pendant la journée, je me battais
avec mes nouveaux semblables, et le sol était par-
semé de nombreuses couches de sang caillé. J'étais
le plus fort, et je remportais toutes les victoires. Des
blessures cuisantes couvraient mon corps ; je faisais
semblant de ne pas m'en apercevoir. Les animaux
terrestres s'éloignaient de moi, et je restais seul dans
ma resplendissante grandeur. Quel ne fut pas mon
étonnement, quand, après avoir traversé un fleuve à
la nage, pour m'éloigner des contrées que ma rage
avait dépeuplées, et gagner d'autres campagnes pour
y planter mes coutumes de meurtre et de carnage,
j'essayai de marcher sur cette rive fleurie. Mes pieds
étaient paralysés ; aucun mouvement ne venait trahir la vérité de cette immobilité forcée. Au milieu
d'efforts surnaturels, pour continuer mon chemin,
ce fut alors que je me réveillai, et que je sentis que
je redevenais homme. La Providence me faisait ainsi
comprendre, d'une manière qui n'est pas inexplicable, qu'elle ne voulait pas que, même en rêve, mes
projets sublimes s'accomplissent. Revenir à ma forme

primitive fut pour moi une douleur si grande, que,
pendant les nuits, j'en pleure encore. Mes draps
sont constamment mouillés, comme s'ils avaient été
passés dans l'eau, et, chaque jour, je les fais changer.
Si vous ne le croyez pas, venez me voir; vous contrô-
lerez, par votre propre expérience, non pas la vraisemblance, mais, en outre, la vérité même de mon
assertion. Combien de fois, depuis cette nuit passée à
la belle étoile, sur une falaise, ne me suis-je pas
mêlé à des troupeaux de pourceaux, pour reprendre,
comme un droit, ma métamorphose détruite! Il est
temps de quitter ces souvenirs glorieux, qui ne laissent, après leur suite, que la pâle voie lactée des
regrets éternels.

Il n'est pas impossible d'être témoin d'une dévia-
tion anormale dans le fonctionnement latent ou visible des lois de la nature. Effectivement, si chacun se
donne la peine ingénieuse d'interroger les diverses
phases de son existence (sans en oublier une seule,
car c'était peut-être celle-là qui était destinée à fournir la preuve de ce que j'avance), il ne se souviendra
pas, sans un certain étonnement, qui serait comique
en d'autres circonstances, que, tel jour, pour parler
premièrement de choses objectives, il fût témoin de
quelque phénomène qui semblait dépasser et dépas-

sait positivement les notions connues fournies par l'observation et l'expérience, comme, par exemple, les pluies de crapauds, dont le magique spectacle dut ne pas être d'abord compris par les savants. Et que, tel autre jour, pour parler en deuxième et dernier lieu de choses subjectives, son âme présenta au regard investigateur de la psychologie, je ne vais pas jusqu'à dire une aberration de la raison (qui, cependant, n'en serait pas moins curieuse; au contraire, elle le serait davantage), mais, du moins, pour ne pas faire le difficile auprès de certaines personnes froides, qui ne me pardonneraient jamais les élucubrations flagrantes de mon exagération, un état inaccoutumé, assez souvent très-grave, qui marque que la limite accordée par le bon sens à l'imagination est quelquefois, malgré le pacte éphémère conclu entre ces deux puissances, malheureusement dépassée par la pression énergique de la volonté, mais, la plupart du temps aussi, par l'absence de sa collaboration effective : donnons à l'appui quelques exemples, dont il n'est pas difficile d'apprécier l'opportunité; si, toutefois, l'on prend pour compagne une attentive modération. J'en présente deux : les emportements de la colère et les maladies de l'orgueil. J'avertis celui qui me lit qu'il prenne garde à ce qu'il ne se fasse pas une idée vague, et, à plus forte raison fausse, des beautés de littérature que j'effeuille, dans le développement excessivement rapide de mes phrases, Hélas! je voudrais dérouler mes raisonnements et mes comparaisons lentement et avec beaucoup de magnificence (mais qui dispose de son temps?), pour que chacun comprenne davantage, sinon mon épouvante, du moins ma stupéfaction, quand, un soir d'été, comme le soleil semblait s'abaisser à l'horizon, je vis nager, sur la mer, avec de larges pattes de canard à la place des extrémités des jambes et des bras, porteur d'une nageoire dorsale, proportionnellement aussi longue et aussi effilée que celle des dauphins, un être humain, aux muscles vigoureux, et que des bancs nombreux de poissons (je vis, dans ce cortége, entre autres habitants des eaux, la torpille, l'anarnak groënlandais et le scorpène-horrible) suivaient avec les marques très-ostensibles de la plus grande admiration. Quelquefois il plongeait, et son corps visqueux reparaissait presque aussitôt, à deux cents mètres de distance. Les marsouins, qui n'ont pas volé, d'après mon opinion, la réputation de bons nageurs, pouvaient à peine suivre de loin cet amphibie de nouvelle espèce. Je ne crois pas que le lecteur ait lieu de se repentir, s'il prête à ma narration, moins le nuisible obstacle d'une crédulité stupide, que le suprême service d'une confiance profonde, qui discute légalement, avec une secrète sympathie, les mystères poétiques, trop peu nombreux, à son propre avis, que je me charge de lui révéler, quand, chaque fois, l'occasion s'en présente, comme elle s'est

inopinément aujourd'hui présentée , intimement pé-
nétrée des toniques senteurs des plantes aquatiques,
que la bise fraîchissante transporte dans cette strophe, qui contient un monstre, qui s'est approprié les
marques distinctives de la famille des palmipèdes.
Qui parle ici d'appropriation? Que l'on sache bien
que l'homme, par sa nature multiple et complexe,
n'ignore pas les moyens d'en élargir encore les frontières; il vit dans l'eau, comme l'hippocampe; à travers les couches supérieures de l'air, comme l'orfraie;
et sous la terre, comme la taupe, le cloporte et la
sublimité du vermiceau. Tel est dans sa forme, plus
ou moins concise (mais plus, que moins), l'exact criterium de la consolation extrêmement fortifiante que
je m'efforçais de faire naître dans mon esprit, quand
je songeais que l'être humain que j'apercevais à une
grande distance nager des quatre membres, à la surface des vagues, comme jamais cormoran le plus
superbe ne le fit, n'avait, peut-être, acquis le nouveau
changement des extrémités de ses bras et de ses jambes, que comme l'expiatoire châtiment de quelque
crime inconnu. Il n'était pas nécessaire que je me tour-
mentasse la tête, pour fabriquer d'avance les mélan-
coliques pillules de la pitié; car, je ne savais pas que
cet homme, dont les bras frappaient alternativement
l'onde amère, tandis que ses jambes, avec une force
pareille à celle que possèdent les défenses en spirale
du narval, engendraient le recul des couches aqua-

tiques, ne s'était pas plus volontairement approprié
ces extraordinaires formes, qu'elles ne lui avaient
été imposées comme supplice. D'après ce que j'appris
plus tard, voici la simple vérité : la prolongation de
l'existence, dans cet élément fluide, avait insensiblement amené, dans l'être humain qui s'était lui-même
exilé des continents rocailleux, les changements importants, mais, non pas essentiels, que j'avais
remarqués, dans l'objet qu'un regard passablement
confus m'avait fait prendre, dès les moments primordiaux de son apparition (par une inqualifiable
légèreté, dont les écarts engendrent le sentiment si
pénible que comprendront facilement les psycholo-
gistes et les amants de la prudence) pour un poisson,
à forme étrange, non encore décrit dans les classifi-
cations des naturalistes ; mais, peut-être, dans leurs
ouvrages posthumes, quoique je n'eusse pas l'excu-
sable prétention de pencher vers cette dernière supposition, imaginée dans de trop hypothétiques conditions. En effet, cet amphibie (puisque amphibie il
y a, sans qu'on puisse affirmer le contraire) n'était
visible que pour moi seul, abstraction faite des poissons et des cétacés ; car, je m'aperçus que quelques
paysans, qui s'étaient arrêtés à contempler mon visage, troublé par ce phénomène surnaturel, et qui
cherchaient inutilement à s'expliquer pourquoi mes
yeux étaient constamment fixés, avec une persévérance qui paraissait invincible, et qui ne l'était pas

en réalité, sur un endroit de la mer où ils ne distin-
guaient, eux, qu'une quantité appréciable et limitée
de bancs de poissons de toutes les espèces, diten-
daient l'ouverture de leur bouche grandiose, peut-
être autant qu'u e baleine. « Cela les faisait sourire,
mais non, comme à moi, pâlir, disaient-ils dans leur
pittoresque langage; et ils n'étaient pas assez bêtes
pour ne pas remarquer que, précisément, je ne re-
gardais pas les évolutions champêtres des poissons,
mais que ma vue se portait, de beaucoup plus, en
avant. » De telle manière que, quant à ce qui me
concerne, tournant machinalement les yeux du côté
de l'envergure remarquable de ces puissantes bou-
ches, je me disais, en moi-même, qu'à moins qu'on
ne trouvât dans la totalité de l'univers un pélican,
grand comme une montagne ou du moins comme un
promontoire (admirez, je vous prie, la finesse de la
restriction qui ne perd aucun pouce de terrain), aucun bec d'oiseau de proie ou mâchoire d'animal sauvage ne serait jamais capable de surpasser, ni même
d'égaler, chacun de ces cratères béants, mais trop
lugubres. Et, cependant, quoique je réserve une
bonne part au sympathique emploi de la métaphore
(cette figure de rhétorique rend beaucoup plus de
services aux aspirations humaines vers l'infini que
ne s'efforcent de se le figurer ordinairement ceux qui
sont imbus de préjugés ou d'idées fausses, ce qui est
la même chose), il n'en est pas moins vrai que la

bouche risible de ces paysans reste encore assez large pour avaler trois cachalots. Raccourcissons davantage notre pensée, soyons sérieux, et contentons-nous de trois petits éléphants qui viennent à peine de naître. D'une seule brassée, l'amphibie laissait après lui un kilomètre de sillon écumeux. Pendant le très-court moment où, le bras tendu en avant reste suspendu dans l'air, avant qu'il s'enfonce de nouveau, ses doigts écartés, réunis à l'aide d'un repli de la peau, à forme de membrane, semblaient s'élancer vers les hauteurs de l'espace, et prendre les étoiles. Debout sur le roc, je me servis de mes mains, comme d'un porte-voix, et je m'écriai, pendant que les crabes et les écrevisses s'enfuyaient vers l'obscurité des plus secrètes crevasses : « O toi, dont la natation l'emporte sur le vol des longues ailes de la frégate, si tu comprends encore la signification des grands éclats de voix que, comme fidèle interprétation de sa pensée intime, lance avec force l'humanité, daigne t'arrêter, un instant, dans ta marche rapide, et, raconte-moi sommairement les phases de ta véridique histoire. Mais, je t'avertis que tu n'as pas besoin de m'adresser la parole, si ton dessein audacieux est de faire naître en moi l'amitié et la vénération que je sentis pour toi, dès que je te vis, pour la première fois, accomplissant, avec la grâce et la force du requin, ton pèlerinage indomptable et rectiligne. » Un soupir, qui me glaça les os,

et qui fit chanceler le roc sur lequel je reposai la
plante de mes pieds (à moins que ce ne fût moi-même
qui chancelai, par la rude pénétration des ondes
sonores, qui portaient à mon oreille un tel cri de
désespoir) s'entendit jusqu'aux entrailles de la terre :
les poissons plongèrent sous les vagues, avec le
bruit de l'avalanche. L'amphibie n'osa pas trop
s'avancer jusqu'au rivage ; máis, dès qu'il se fut assuré que sa voix parvenait assez distinctement jusqu'à mon tympan, il réduisit le mouvement de ses
membres palmés, de manière à soutenir son buste,
couvert de goëmons, au-dessus des flots mugissants.
Je le vis incliner son front, comme pour invoquer,
par un ordre solennel, la meute errante des souvenirs. Je n'osais pas l'interrompre dans cette occupa-
tion , saintement archéologique : plongé dans le
passé, il ressemblait à un écueil. Il prit enfin la parole en ces termes : « Le scolopendre ne manque pas
d'ennemis ; la beauté fantastique de ses pattes innombrables, au lieu de lui attirer la sympathie des
animaux, n'est, peut-être, pour eux, que le puissant
stimulant d'une jalouse irritation. Et, je ne serais
pas étonné d'apprendre que cet insecte est en butte
aux haines les plus intenses. Je te cacherai le lieu de
ma naissance, qui n'importe pas à mon récit : mais,
la honte qui rejaillirait sur ma famille importe à mon
devoir. Mon père et ma mère (que Dieu leur pardonne !), après un an d'attente, virent le ciel exaucer

leurs vœux : deux jumeaux, mon frère et moi, parurent à la lumière. Raison de plus pour s'aimer. Il n'en fut pas ainsi que je parle. Parce que j'étais le plus beau des deux, et le plus intelligent, mon frère me prit en haine, et ne se donna pas la peine de cacher ses sentiments : c'est pourquoi, mon père et ma mère firent rejaillir sur moi la plus grande partie de leur amour, tandis que, par mon amitié sincère et constante, j'efforçai d'apaiser une âme, qui n'avait pas le droit de se révolter, contre celui qui avait été tiré de la même chair. Alors, mon frère ne connut plus de bornes à sa fureur, et me perdit, dans le cœur de nos parents communs, par les calomnies les plus invraisemblables. J'ai vécu, pendant quinze ans, dans un cachot, avec des larves et de l'eau fangeuse pour toute nourriture. Je ne te raconterai pas en détail les tourments inouïs que j'ai éprouvés, dans cette longue séquestration injuste. Quelquefois, dans un moment de la journée, un des trois bourreaux, à tour de rôle, entrait brusquement, chargé de pinces, de tenailles et de divers instruments de supplice. Les cris que m'arrachaient les tortures les laissaient inébranlables ; la perte abondante de mon sang les faisait sourire. O mon frère, je t'ai pardonné, toi la cause première de tous mes maux ! Se peut-il qu'une rage aveugle ne puisse enfin dessiller ses propres yeux ! J'ai fait beaucoup de réflexions, dans ma prison éternelle. Quelle devint ma haine

générale contre l'humanité, tu le devines. L'étiole-
ment progressif, la solitude du corps et de l'âme ne
m'avaient pas fait perdre encore toute ma raison, au
point de garder du ressentiment contre ceux que je
n'avais cessé d'aimer : triple carcan dont j'étais
l'esclave. Je parvins, par la ruse, à recouvrer ma
liberté! Dégoûté des habitants du continent, qui,
quoiqu'ils s'intitulassent mes semblables, ne parais-
saient pas jusqu'ici me ressembler en rien (s'ils trou-
vaient que je leur ressemblasse, pourquoi me faisaient
ils du mal?), je dirigeai ma course vers les galets
de la plage, fermement résolu à me donner la mort,
si la mer devait m'offrir les réminiscences antérieures
d'une existence fatalement vécue. En croiras-tu tes
propres yeux? Depuis le jour que je m'enfuis de la
maison paternelle, je ne me plains pas autant que tu
le penses d'habiter la mer et ses grottes de cristal.
La Providence, comme tu le vois, m'a donné en partie l'organisation du cygne. Je vis en paix avec les
poissons, et ils me procurent la nourriture dont j'ai
besoin, comme si j'étais leur monarque. Je vais
pousser un sifflement particulier, pourvu que cela
ne te contrarie pas, et tu vas voir comme ils vont
reparaître. » Il arriva comme il le prédit. Il reprit
sa royale natation, entouré de son cortége de sujets.
Et, quoiqu'au bout de quelques secondes, il eût complétement disparu à mes yeux, avec une longue vue,
je pus encore le distinguer, aux dernières limites de

l'horizon. Il nageait, d'une main, et, de l'autre, essuyait ses yeux, qu'avait injectés de sang la contrainte terrible de s'être approché de la terre ferme. Il avait agi ainsi pour me faire plaisir. Je rejetai l'instrument révélateur contre l'escarpement à pic; il bondit de roche en roche, et ses fragments épars, ce sont les vagues qui le reçurent : tels furent la dernière démonstration et le suprême adieu, par lesquels, je m'inclinai, comme dans un rêve, devant une noble et infortunée intelligence! Cependant, tout était réel dans ce qui s'était passé, pendant ce soir d'été.

Chaque nuit, plongeant l'envergure de mes ailes dans ma mémoire agonisante, j'évoquais le souvenir de Falmer... chaque nuit. Ses cheveux blonds, sa figure ovale, ses traits majestueux étaient encore empreints dans mon imagination... indestructiblement... surtout ses cheveux blonds. Éloignez, éloignez donc cette tête sans chevelure, polie comme la carapace de la tortue. Il avait quatorze ans, et je n'avais qu'un an de plus. Que cette lugubre voix se taise. Pourquoi vient-elle me dénoncer? Mais c'est moi-même qui parle. Me servant de ma propre langue pour émettre ma pensée, je m'aperçois que mes lèvres remuent, et que c'est moi-même qui parle. Et,

c'est moi-même qui, racontant une histoire de ma
jeunesse, et sentant le remords pénétrer dans mon
cœur... c'est moi-même, à moins que je ne me
trompe... c'est moi-même qui parle. Je n'avais qu'un
an de plus. Quel est donc celui auquel je fais allusion?
C'est un ami que je possédais dans les temps passés,
je crois. Oui, oui, j'ai déjà dit comment il s'appelle...
je ne veux pas épeler de nouveau ces six lettres, non,
non. Il n'est pas utile non plus de répéter que j'avais
un an de plus. Qui le sait? Répétons-le, cependant,
mais, avec un pénible murmure : je n'avais qu'un an
de plus. Même alors, la prééminence de ma force
physique était plutôt un motif de soutenir, à travers
le rude sentier de la vie, celui qui s'était donné à
moi, que de maltraiter un être visiblement plus faible. Or, je crois en effet qu'il était plus faible...
Même alors. C'est un ami que je possédais dans les
temps passés, je crois. La prééminence de ma force
physique... chaque nuit... Surtout ses cheveux blonds.
Il existe plus d'un être humain qui a vu des têtes
chauves : la vieillesse, la maladie, la douleur (les
trois ensemble ou prises séparément) expliquent ce
phénomène négatif d'une manière satisfaisante. Telle
est, du moins, la réponse que me ferait un savant, si
je l'interrogeais là-dessus. La vieillesse, la maladie,
la douleur. Mais je n'ignore pas (moi, aussi, je suis
savant) qu'un jour, parce qu'il m'avait arrêté la
main, au moment où je levais mon poignard pour

percer le sein d'une femme, je le saisis par les cheveux avec un bras de fer, et le fis tournoyer dans
l'air avec une telle vitesse, que la chevelure me resta
dans la main, et que son corps, lancé par la force
centrifuge, alla cogner contre le tronc d'un chêne...
Je n'ignore pas qu'un jour sa chevelure me resta
dans la main. Moi, aussi, je suis savant. Oui, oui, j'ai
déjà dit comment il s'appelle. Je n'ignore pas qu'un
jour j'accomplis un acte infâme, tandis que son corps
était lancé par la force centrifuge. Il avait quatorze
ans. Quand, dans un accès d'aliénation mentale, je
cours à travers les champs, en tenant, pressée sur
mon cœur, une chose sanglante que je conserve depuis longtemps, comme une relique vénérée, les petits
enfants qui me poursuivent... les petits enfants et
les vieilles femmes qui me poursuivent à coups de
pierre, poussent ces gémissements lamentables :
« Voilà la chevelure de Falmer. » Éloignez, éloignez
donc cette tête chauve, polie comme la carapace de
la tortue... Une chose sanglante. Mais c'est moi-
même qui parle. Sa figure ovale, ses traits majestueux. Or, je crois en effet qu'il était plus faible. Les
vieilles femmes et les petits enfants. Or, je crois en
effet... qu'est-ce que je voulais dire?... or, je crois en
effet qu'il était plus faible. Avec un bras de fer. Ce
choc, ce choc l'a-t-il tué? Ses os ont-ils été brisés
contre l'arbre... irréparablement? L'a-t-il tué, ce
choc engendré par la vigueur d'un athlète? A-t-il

conservé la vie, quoique ses os se soient irréparablement brisés... irréparablement ? Ce choc l'a-t-il tué ? Je crains de savoir ce dont mes yeux fermés ne furent pas témoins. En effet... Surtout ses cheveux blonds. En effet, je m'enfuis au loin avec une conscience désormais implacable. Il avait quatorze ans. Avec une conscience désormais implacable. Chaque nuit. Lorsqu'un jeune homme, qui aspire à la gloire, dans un cinquième étage, penché sur sa table de travail, à l'heure silencieuse de minuit, perçoit un bruissement qu'il ne sait à quoi attribuer, il tourne, de tous les côtés, sa tête, alourdie par la méditation et les manuscrits poudreux ; mais, rien, aucun indice surpris ne lui révèle la cause de ce qu'il entend si faiblement, quoique cependant il l'entende. Il s'aperçoit, enfin, que la fumée de sa bougie, prenant son essor vers le plafond, occasionne, à travers l'air ambiant, les vibrations presque imperceptibles d'une feuille de papier accrochée à un clou figé contre la muraille. Dans un cinquième étage. De même qu'un jeune homme, qui aspire à la gloire, entend un bruissement qu'il ne sait à quoi attribuer, ainsi j'entends une voix mélodieuse qui prononce à mon oreille : « Maldoror ! » Mais, avant de mettre fin à sa méprise, il croyait entendre les ailes d'un moustique... penché sur sa table de travail. Cependant, je ne rêve pas ; qu'importe que je sois étendu sur mon lit de satin ? Je fais avec sang-froid la perspicace remarque que j'ai les yeux ouverts, quoiqu'il soit l'heure des dominos roses et des bals masqués. Jamais... oh! non, jamais!... une voix mortelle ne fit entendre ces accents séraphiques, en prononçant, avec tant de douloureuse élégance, les syllabes de mon nom! Les ailes d'un moustique... Comme sa voix est bienveillante. M'a-t-il donc pardonné? Son corps alla cogner contre le tronc d'un chêne... « Maldoror! »

FIN DU QUATRIÈME CHANT

CHANT CINQUIÈME

———

Que le lecteur ne se fâche pas contre moi, si ma prose n'a pas le bonheur de lui plaire. Tu soutiens que mes idées sont au moins singulières. Ce que tu dis là, homme respectable, est la vérité; mais, une vérité partiale. Or, quelle source abondante d'erreurs et de méprises n'est pas toute vérité partiale! Les bandes d'étourneaux ont une manière de voler qui leur est propre, et semble soumise à une tactique uniforme et régulière, telle que serait celle d'une troupe disciplinée, obéissant avec précision à la voix d'un seul chef. C'est à la voix de l'instinct que les étourneaux obéissent, et leur instinct les porte à se rapprocher toujours du centre du peloton, tandis que la rapidité de leur vol les emporte sans cesse au delà; en sorte que cette multitude d'oiseaux, ainsi réunis par une tendance commune vers le même point aimanté, allant et venant sans cesse, circulant et se croisant en tous sens, forme une espèce de tourbillon fort agité, dont la masse entière, sans suivre de direction bien certaine, paraît avoir un mouvement général d'évolution sur elle-même, résultant des mouvements particuliers de circulation propres à chacune de ses parties, et dans lequel le centre, tendant perpétuellement à se développer, mais sans cesse pressé, repoussé par l'effort contraire des lignes environnantes qui pèsent sur lui, est constamment plus serré qu'aucune de ces lignes, lesquelles le sont elles-mêmes d'autant plus, qu'elles sont plus voisines du centre. Malgré cette singulière manière de tourbillonner, les étourneaux n'en fendent pas moins, avec une vitesse rare, l'air ambiant, et gagnent sensiblement, à chaque seconde, un terrain précieux pour le terme de leurs fatigues et le but de leur pèlerinage. Toi, de même, ne fais pas attention à la manière bizarre dont je chante chacune de ces strophes. Mais, sois persuadé que les accents fondamentaux de la poésie n'en conservent pas moins leur intrinsèque droit sur mon intelligence. Ne généralisons pas des faits exceptionnels, je ne demande pas mieux : cependant mon caractère est dans l'ordre des choses possibles. Sans doute, entre les deux termes extrêmes de ta littérature, telle que tu l'entends, et de la mienne, il en est une infinité d'intermédiaires et il serait facile de multiplier les divisions; mais, il n'y aurait nulle utilité, et il y aurait le danger de donner quelque chose d'étroit et de faux à une conception éminemment philosophique, qui cesse d'être rationnelle, dès qu'elle n'est plus comprise comme elle a été imaginée, c'est-à-dire avec ampleur. Tu sais allier l'enthousiasme et le froid intérieur, observateur d'une humeur concentrée; enfin, pour moi, je te trouve parfait... Et tu ne veux pas me comprendre! Si tu n'es pas en bonne santé, suis mon conseil (c'est le meilleur que je possède à ta disposition), et va faire une promenade dans la campagne. Triste compensation, qu'en dis-tu? Lorsque tu auras pris l'air, reviens me trouver : tes sens seront plus reposés. Ne pleure plus; je ne voulais pas te faire de la peine. N'est-il pas vrai, mon ami, que, jusqu'à un certain point, ta sympathie est acquise à mes chants? Or, qui t'empêche de franchir les autres degrés? La frontière entre ton goût et le mien est invisible; tu ne pourras jamais la saisir : preuve que cette frontière elle-même n'existe pas. Réfléchis donc qu'alors (je ne fais ici qu'effleurer la question) il ne serait pas impossible que tu eusses signé un traité d'alliance avec l'obstination, cette agréable fille du mulet, source si riche d'intolérance. Si je ne savais pas que tu n'étais pas un sot, je ne te ferais pas un semblable reproche. Il n'est pas utile pour toi que tu t'encroûtes dans la cartilagineuse carapace d'un axiome que tu crois inébranlable. Il y a d'autres axiomes aussi qui sont inébranlables, et qui marchent parallèlement avec le tien. Si tu as un penchant marqué pour le caramel (admirable farce de la nature), personne ne le concevra comme un crime ; mais, ceux dont l'intelligence, plus énergique et capable de plus grandes choses, préfère le poivre et l'arsenic, ont de bonnes raisons pour agir de la sorte, sans avoir l'intention d'imposer leur pacifique domination à ceux qui tremblent de peur devant une musaraigne ou l'expression parlante des surfaces d'un cube. Je parle par expérience, sans venir jouer ici le rôle de provocateur. Et, de même que les rotifères et les tardigrades peuvent être chauffés à une température voisine de l'ébullition, sans perdre nécessairement leur vitalité, il en sera de même pour toi, si tu sais t'assimiler, avec précaution, l'âcre sérosité suppurative qui se dégage avec lenteur de l'agacement que causent mes intéressantes élucubrations. Eh quoi, n'est-on pas parvenu à greffer sur le dos d'un rat vivant la queue détachée du corps d'un autre rat? Essaie donc pareillement de transporter dans ton imagination les diverses modifications de ma raison cadavérique. Mais, sois prudent. A l'heure que j'écris, de nouveaux frissons parcourent l'atmosphère intellectuelle : il ne s'agit que d'avoir le courage de les regarder en face. Pourquoi fais-tu cette grimace? Et même tu l'accompagnes d'un geste que l'on ne pourrait imiter qu'après un

long apprentissage. Sois persuadé que l'habitude est
nécessaire en tout ; et, puisque la répulsion instinctive, qui s'était déclarée dès les premières pages, a
notablement diminué de profondeur, en raison in-
verse de l'application à la lecture, comme un
furoncle qu'on incise, il faut espérer, quoique ta tête
soit encore malade, que ta guérison ne tardera certainement pas à rentrer dans sa dernière période.
Pour moi, il est indubitable que tu vogues déjà en
pleine convalescence ; cependant, ta figure est restée
bien maigre, hélas ! Mais... courage ! il y a en toi un
esprit peu commun, je t'aime, et je ne désespère pas
de ta complète délivrance, pourvu que tu absorbes
quelques substances médicamenteuses ; qui ne feront
que hâter la disparition des derniers symptômes du
mal. Comme nourriture astringente et tonique, tu
arracheras d'abord les bras de ta mère (si elle existe
encore), tu les dépèceras en petits morceaux, et tu
les mangeras ensuite, en un seul jour, sans qu'aucun
trait de ta figure ne trahisse ton émotion. Si ta mère
était trop vieille, choisis un autre sujet chirurgique,
plus jeune et plus frais, sur lequel la rugine aura
prise, et dont les os tarsiens, quand il marche, prennent aisément un point d'appui pour faire la bas-
cule : ta sœur, par exemple. Je ne puis m'empêcher
de plaindre son sort, et je ne suis pas de ceux dans
lesquels un enthousiasme très froid ne fait qu'affecter
la bonté. Toi et moi, nous verserons pour elle, pour

cette vierge aimée (mais, je n'ai pas de preuves pour établir qu'elle soit vierge), deux larmes incoercibles, deux larmes de plomb. Ce sera tout. La potion la plus lénitive, que je te conseille, est un bassin, plein d'un pus blennorrhagique à noyaux, dans lequel on aura préalablement dissous un kyste pileux de l'ovaire, un chancre folliculaire, un prépuce enflammé, renversé en arrière du gland par une paraphimosis, et trois limaces rouges. Si tu suis mes ordonnances, ma poésie te recevra à bras ouverts, comme quand un pou resèque, avec ses baisers, la racine d'un cheveu.

Je voyais, devant moi, un objet debout sur un tertre. Je ne distinguais pas clairement sa tête; mais, déjà, je devinais qu'elle n'était pas d'une forme ordinaire, sans, néanmoins, préciser la proportion exacte de ses contours. Je n'osais m'approcher de cette colonne immobile; et, quand même j'aurais eu à ma disposition les pattes ambulatoires de plus de trois mille crabes (je ne parle même pas de celles qui servent à la préhension et à la mastication des aliments), je serais encore resté à la même place, si un événement. très futile par lui-même, n'eût prélevé un lourd tribut sur ma curiosité, qui faisait craquer ses digues. Un scarabée, roulant, sur le sol, avec ses mandibules

et ses antennes, une boule, dont les principaux éléments étaient composés de matières excrémen-
tielles, s'avançait, d'un pas rapide, vers le tertre
désigné, s'appliquant à mettre bien en évidence la
volonté qu'il avait de prendre cette direction. Cet
animal articulé n'était pas de beaucoup plus grand
qu'une vache! Si l'on doute de ce que je dis, que l'on
vienne à moi, et je satisferai les plus incrédules par
le témoignage de bons témoins. Je le suivis de loin,
ostensiblement intrigué. Que voulait-il faire de cette
grosse boule noire? O lecteur, toi qui te vantes sans
cesse de ta perspicacité (et non à tort), serais-tu capable de me le dire? Mais, je ne veux pas soumettre
à une rude épreuve ta passion connue pour les
énigmes. Qu'il te suffise de savoir que, la plus douce
punition que je puisse t'inflger, est encore de te faire
observer que ce mystère ne te sera révélé (il te sera
révélé) que plus tard, à la fin de ta vie, quand tu
entameras des discussions philosophiques avec l'agonie sur le bord de ton chevet... et peut-être même à
la fin de cette strophe. Le scarabée était arrivé au
bas du tertre. J'avais emboîté mon pas sur ses traces,
et j'étais encore à une grande distance du lieu de la
scène; car, de même que les stercoraires, oiseaux
inquiets comme s'ils étaient toujours affamés, se
plaisent dans les mers qui baignent les deux pôles,
et n'avancent qu'accidentellement dans les zônes
tempérées, ainsi je n'étais pas tranquille, et je por-

tais mes jambes en avant avec beaucoup de lenteur. Mais qu'était-ce donc que la substance corporelle vers laquelle j'avançais? Je savais que la famille des pélécaninés comprend quatre genres distincts : le fou, le pélican, le cormoran, la frégate. La forme grisâtre qui m'apparaissait n'était pas un fou. Le bloc plastique que j'apercevais n'était pas une frégate. La chair cristallisée que j'observais n'était pas un cormoran. Je le voyais maintenant, l'homme à l'encéphale dépourvu de protubérance annulaire! Je recherchais vaguement, dans les replis de ma mémoire, dans quelle contrée torride ou glacée, j'avais déjà remarqué ce bec très-long, large, convexe, en voûte, à arête marquée, onguiculée, renflée et très crochue à son extrémité; ces bords dentelés, droits; cette mandibule inférieure, à branches séparées jusqu'auprès de la pointe; cet intervalle rempli par une peau membraneuse; cette large poche, jaune et sacciforme, occupant toute la gorge et pouvant se distendre considérablement; et ces narines très étroites, longitudinales, presque imperceptibles, creusées dans un sillon bazal! Si cet être vivant, à respiration pulmonaire et simple, à corps garni de poils, avait été un oiseau entier jusqu'à la plante des pieds, et non plus seulement jusqu'aux épaules, il ne m'aurait pas alors été si difficile de le reconnaître : chose très facile à faire, comme vous allez le voir vous-même. Seulement, cette fois, je m'en dispense;

pour la clarté de ma démonstration, j'aurais besoin qu'un de ces oiseaux fût placée sur ma table de travail, quand même il ne serait qu'empaillé. Or, je ne suis pas assez riche pour m'en procurer. Suivant pas à pas une hypothèse antérieure, j'aurais de suite assigné sa véritable nature et trouvé une place, dans les cadres d'histoire naturelle, à celui dont j'admirais la noblesse dans sa pose maladive. Avec quelle satisfaction de n'être pas tout à fait ignorant sur les secrets de son double organisme, et quelle avidité d'en savoir davantage, je le contemplais dans sa métamorphose durable! Quoiqu'il ne possédât pas un visage humain, il me paraissait beau comme les deux longs filaments tentaculiformes d'un insecte; ou plutôt, comme une inhumation précipitée; ou encore, comme la loi de la reconstitution des organes mutilés; et surtout, comme un liquide éminemment putrescible! Mais, ne prétant aucune attention à ce qui se passait aux alentours, l'étranger regardait toujours devant lui, avec sa tête de pélican! Un autre jour, je reprendrai la fin de cette histoire. Cependant, je continuerai ma narration avec un morne empressement; car, si, de votre côté, il vous tarde de savoir où mon imagination veut en venir (plût au ciel qu'en effet, ce ne fût là que de l'imagination!), du mien, j'ai pris la résolution de terminer en une seule fois (et non en deux!) ce que j'avais à vous dire. Quoique cependant personne n'ait le droit de m'accuser de manquer de courage. Mais,

quand on se trouve en présence de pareilles circonstances, plus d'un sent battre contre la paume de sa
main les pulsations de son cœur. Il vient de mourir,
presque inconnu, dans un petit port de Bretagne, un
maître caboteur, vieux marin, qui fut le héros d'une
terrible histoire. Il était alors capitaine au long
cours, et voyageait pour un armateur de Saint-Malo.
Or, après une absence de treize mois, il arriva au
foyer conjugal, au moment où sa femme, encore ali-
tée, venait de lui donner un héritier, à la reconnaissance duquel il ne se reconnaissait aucun droit. Le
capitaine ne fit rien paraître de sa surprise et de sa
colère ; il pria froidement sa femme de s'habiller, et
de l'accompagner à une promenade, sur les remparts
de la ville. On était en janvier. Les remparts de
Saint-Malo sont élevés, et, lorsque souffle le vent du
nord, les plus intrépides reculent. La malheureuse
obéit, calme et résignée ; en entrant, elle délira. Elle
expira dans la nuit. Mais, ce n'était qu'une femme.
Tandis que moi, qui suis un homme, en présence d'un
drame non moins grand, je ne sais si je conservai
assez d'empire sur moi-même, pour que les muscles
de ma figure restassent immobiles ! Dès que le scarabée fut arrivé au bas du tertre, l'homme leva son
bras vers l'ouest (précisément, dans cette direction,
un vautour des agneaux et un grand-duc de Virginie
avaient engagé un combat dans les airs), essuya sur
son bec une longue larme qui présentait un système

de coloration diamantée, et dit au scarabée : « Malheureuse boule ! ne l'as-tu pas fait rouler assez longtemps ? Ta vengeance n'est pas encore assouvie ; et, déjà, cette femme, dont tu avais attaché, avec des colliers de perles, les jambes et les bras, de manière à réaliser un polyèdre amorphe, afin de la traîner, avec tes tarses, à travers les vallées et les chemins, sur les ronces et les pierres (laisse-moi m'approcher pour voir si c'est encore elle !), a vu ses os se creuser de blessures, ses membres se polir par la loi mécanique du frottement rotatoire, se confondre dans l'unité de la coagulation, et son corps présenter, au lieu des linéaments primordiaux et des courbes naturelles, l'apparence monotone d'un seul tout homogène qui ne ressemble que trop, par la confusion de ses divers éléments broyés, à la masse d'une sphère ! Il y a longtemps qu'elle est morte ; laisse ces dépouilles à la terre, et prends garde d'augmenter, dans d'irréparables proportions, la rage qui te consume : ce n'est plus de la justice ; car, l'égoïsme, caché dans les téguments de ton front, soulève lentement, comme un fantôme, la draperie qui le recouvre. » Le vautour des agneaux et le grand-duc de Virginie, portés insensiblement, par les péripéties de leur lutte, s'étaient rapprochés de nous. Le scarabée trembla devant ces paroles inattendues, et, ce qui, dans une autre occasion, aurait été un mouvement insignifiant, devint, cette fois, la marque distinctive

d'une fureur qui ne connaissait plus de bornes ; car,
il frotta redoutablement ses cuisses postérieures contre le bord des élytres, en faisant entendre un bruit
aigu : « Qui es-tu, donc, toi ; être pusillanime? Il paraît que tu as oublié certains développements étranges des temps passés ; tu ne les retiens pas dans ta
mémoire, mon frère. Cette femme nous a trahis, l'un
après l'autre. Toi le premier, moi le second. Il me
semble que cette injure ne doit pas (ne doit pas!) disparaître du souvenir si facilement. Si facilement!
Toi, ta nature magnanime te permet de pardonner.
Mais, sais-tu si, malgré la situation anormale des
atomes de cette femme, réduite à pâte de pétrin (il
n'est pas maintenant question de savoir si l'on ne
croirait pas, à la première investigation, que ce corps
ait été augmenté d'une quantité notable de densité
plutôt par l'engrenage de deux fortes roues que par
les effets de ma passion fougueuse), elle n'existe pas
encore? Tais-toi, et permets que je me venge. » Il
reprit son manége, et s'éloigna, la boule poussée devant lui. Quand il se fut éloigné, le pélican s'écria :
« Cette femme, par son pouvoir magique, m'a donné
une tête de palmipède, et a changé mon frère en scarabée : peut-être qu'elle mérite même de pires traite-
ments que ceux que je viens d'énumérer. » Et moi,
qui n'étais pas certain de ne pas rêver, devinant, par
ce que j'avais entendu, la nature des relations hos-
tiles qui unissaient, au-dessus de moi, dans un com-

bat sanglant, le vautour des agneaux et le grand-duc
de Virginie, je rejetai, comme un capuchon, ma tête
en arrière, afin de donner, au jeu de mes poumons,
l'aisance et l'élasticité susceptibles, et je leur criai,
en dirigeant mes yeux vers le haut : « Vous autres,
cessez votre discorde. Vous avez raison tous les deux;
car, à chacun elle avait promis son amour; par conséquent, elle vous a trompés ensemble. Mais, vous
n'êtes pas les seuls. En outre, elle vous dépouilla de
votre forme humaine, se faisant un jeu cruel de vos
plus saintes douleurs. Et, vous hésiteriez à me croire!
D'ailleurs elle est morte; et le scarabée lui a fait su-
bir un châtiment d'ineffaçable empreinte, malgré la
pitié du premier trahi. » A ces mots, ils mirent fin à
leur querelle, et ne s'arrachèrent plus les plumes, ni
les lambeaux de chair : ils avaient raison d'agir
ainsi. Le grand-duc de Virginie, beau comme un mémoire sur la courbe que décrit un chien en courant
après son maître, s'enfonça dans les crevasses d'un
couvent en ruines. Le vautour des agneaux, beau
comme la loi de l'arrêt de développement de la poitrine chez les adultes dont la propension à la crois-
sance n'est pas en rapport avec la quantité de molé-
cules que leur organisme s'assimile, se perdit dans
les hautes couches de l'atmosphère. Le pélican, dont
le généreux pardon m'avait causé beaucoup d'impression, parce que je ne le trouvais pas naturel, reprenant sur son tertre l'impassibilité majestueuse

d'un phare, comme pour avertir les navigateurs humains de faire attention à son exemple, et de préserver leur sort de l'amour des magiciennes sombres, regardait toujours devant lui. Le scarabée, beau comme le tremblement des mains dans l'alcoolisme, disparaissait à l'horizon. Quatre existences de plus que l'on pouvait rayer du livre de vie. Je m'arrachai un muscle entier dans le bras gauche, car je ne savais plus ce que je faisais, tant je me trouvais ému devant cette quadruple infortune. Et, moi, qui croyais que c'étaient des matières excrémentitielles. Grande bête que je suis, va.

L'anéantissement intermittent des facultés humaines : quoi que votre pensée penchât à supposer, ce ne sont pas là des mots. Du moins, ce ne sont pas des mots comme les autres. Qu'il lève la main, celui qui croirait accomplir un acte juste, en priant quelque bourreau de l'écorcher vivant. Qu'il redresse la tête, avec la volupté du sourire, celui qui, volontairement, offrirait sa poitrine aux balles de la mort. Mes yeux chercheront la marque des cicatrices ; mes dix doigts concentreront la totalité de leur attention à palper soigneusement la chair de cet excentrique ; je vérifierai que les éclaboussures de la cervelle ont rejailli sur le satin de mon front. N'est-ce pas qu'un homme, amant d'un pareil martyre, ne se trouverait pas dans l'univers entier? Je ne connais pas ce que c'est que le rire, c'est vrai, ne l'ayant jamais éprouvé par moi-même. Cependant, quelle imprudence n'y aurait-il pas à soutenir que mes lèvres ne s'élargiraient pas, s'il m'était donné de voir celui qui prétendrait que, quelque part, cet homme-là existe? Ce qu'aucun ne souhaiterait pour sa propre existence, m'a été échu par un lot inégal. Ce n'est pas que mon corps nage dans le lac de la douleur; passe alors. Mais, l'esprit se dessèche par une réflexion condensée et continuellement tendue; il hurle comme les grenouilles d'un marécage, quand une troupe de flamants voraces et de hérons affamés vient s'abattre sur les joncs de ses bords. Heureux celui qui dort paisiblement dans un lit de plumes, arrachées à la poitrine de l'eider, sans remarquer qu'il se trahit lui-même. Voilà plus de trente ans que je n'ai pas encore dormi. Depuis l'imprononçable jour de ma naissance, j'ai voué aux planches somnifères une haine irréconciliable. C'est moi qui l'ai voulu; que nul ne soit accusé. Vite, que l'on se dépouille du soupçon avorté. Distinguez-vous, sur mon front, cette pâle couronne? Celle qui la tressa de ses doigts maigres fut la ténacité. Tant qu'un reste de séve brûlante coulera dans mes os, comme un torrent de métal fondu, je ne dormirai point. Chaque nuit, je force mon œil livide à fixer les étoiles, à travers les carreaux de ma fenêtre.

Pour être plus sûr de moi-même, un éclat de bois
sépare mes paupières gonflées. Lorsque l'aurore apparaît, elle me retrouve dans la même position, le
corps appuyé verticalement, et debout contre le
plâtre de la muraille froide. Cependant, il m'arrive
quelquefois de rêver, mais sans perdre un seul instant le vivace sentiment de ma personnalité et la
libre faculté de me mouvoir : sachez que le cauchemar qui se cache dans les angles phosphoriques de
l'ombre, la fièvre qui palpe mon visage avec son moi-
gnon, chaque animal impur qui dresse sa griffe
sanglante, eh bien, c'est ma volonté qui, pour donner
un aliment stable à son activité perpétuelle, les fait
tourner en rond. En effet, atome qui se venge en son
extrême faiblesse, le libre arbitre ne craint pas d'affirmer, avec une autorité puissante, qu'il ne compte
pas l'abrutissement parmi le nombre de ses fils :
celui qui dort est moins qu'un animal châtré la
veille. Quoique l'insomnie entraîne, vers les profondeurs de la fosse, ces muscles qui déjà répandent
une odeur de cyprés, jamais la blanche catacombe
de mon intelligence n'ouvrira ses sanctuaires aux
yeux du Créateur. Une secrète et noble justice, vers
les bras tendus de laquelle je me lance par instinct,
m'ordonne de traquer sans trêve cet ignoble châtiment. Ennemi redoutable de mon âme imprudente,
à l'heure où l'on allume un falot sur la côte, je
défends à mes reins infortunés de se coucher sur la

rosée de gazon. Vainqueur, je repousse les embûches de l'hypocrite pavot. Il est en conséquence certain que, par cette lutte étrange, mon cœur a muré ses desseins, affamé qui se mange lui-même. Impénétrable comme les géants, moi, j'ai vécu sans cesse avec l'envergure des yeux béante. Au moins, il est avéré que, pendant le jour, chacun peut opposer une résistance utile contre le Grand Objet Extérieur (qui ne sait pas son nom?); car, alors, la volonté veille à sa propre défense avec un remarquable acharnement. Mais aussitôt que le voile des vapeurs nocturnes s'étend, même sur les condamnés que l'on va pendre, oh! voir son intellect entre les sacriléges mains d'un étranger. Un implacable scalpel en scrute les broussailles épaisses. La conscience exhale un long râle de malédiction; car, le voile de sa pudeur reçoit de cruelles déchirures. Humiliation! notre porte est ouverte à la curiosité farouche du Céleste Bandit. Je n'ai pas mérité ce supplice infâme, toi, le hideux espion de ma causalité! Si j'existe, je ne suis pas un autre. Je n'admets pas en moi cette équivoque pluralité. Je veux résider seul dans mon intime raisonnement. L'autonomie... ou bien qu'on me change en hippopotame. Abîme-toi sous terre, ô anonyme stigmate, et ne reparais plus devant mon indignation hagarde. Ma subjectivité et le Créateur, c'est trop pour un cerveau. Quand la nuit obscurcit le cours des heures, quel est celui qui n'a pas combattu contre l'influence du sommeil, dans sa couche mouillée d'une glaciale sueur? Ce lit, attirant contre son sein les facultés mourantes, n'est qu'un tombeau composé de planches de sapin équarri. La volonté se retire insensiblement, comme en présence d'une force invisible. Une poix visqueuse épaissit le cristallin des yeux. Les paupières se recherchent comme deux amis. Le corps n'est plus qu'un cadavre qui respire. Enfin, quatre énormes pieux clouent sur le matelas la totalité des membres. Et remarquez, je vous prie, qu'en somme les draps ne sont que des linceuls. Voici la cassolette où brûle l'encens des religions. L'éternité mugit, ainsi qu'une mer lointaine, et s'approche à grands pas. L'appartement a disparu : prosternez-vous, humains, dans la chapelle ardente! Quelquefois, s'efforçant inutilement de vaincre les imperfections de l'organisme, au milieu du sommeil le plus lourd, le sens magnétisé s'aperçoit avec étonnement qu'il n'est plus qu'un bloc de sépulture, et raisonne admirablement, appuyé sur une subtilité incomparable : « Sortir de cette couche est un problème plus difficile qu'on ne le pense. Assis sur la charrette, l'on m'entraîne vers la binarité des poteaux de la guillotine. Chose curieuse, mon bras inerte s'est assimilé savamment la raideur de la souche. C'est très mauvais de rêver qu'on marche à l'échafaud. » Le sang coule à larges flots à travers la figure. La poitrine effectue des soubresauts répétés, et se gonfle avec des sifflements. Le poids d'un obélisque étouffe l'expansion de la rage. Le réel a détruit les rêves de la somnolence ! Qui ne sait pas que, lorsque la lutte se prolonge entre le moi, plein de fierté, et l'accroissement terrible de la catalepsie, l'esprit halluciné perd le jugement? Rongé par le désespoir, il se complaît dans son mal, jusqu'à ce qu'il ait vaincu la nature, et que le sommeil, voyant sa proie lui échapper, s'enfuie sans retour loin de son cœur, d'une aile irritée et honteuse. Jetez un peu de cendre sur mon orbite en feu. Ne fixez pas mon œil qui ne se ferme jamais. Comprenez-vous les souffrances que j'endure (cependant, l'orgueil est satisfait)? Dès que la nuit exhorte les humains au repos, un homme, que je connais, marche à grands pas dans la campagne. Je crains que ma résolution ne succombe aux atteintes de la vieillesse. Qu'il arrive, ce jour fatal où je m'endormirai ! Au réveil mon rasoir, se frayant un passage à travers le cou, prouvera que rien n'était, en effet, plus réel.

———————

— Mais qui donc!... mais qui donc ose, ici, comme un conspirateur, traîner les anneaux de son corps vers ma poitrine noire? Qui que tu sois, excentrique python, par quel prétexte excuses-tu ta présence ridicule? Est-ce un vaste remords qui te tourmente?

Car, vois-tu, boa, ta sauvage majesté n'a pas, je le suppose, l'exorbitante prétention de se soustraire à la comparaison que j'en fais avec les traits du criminel. Cette bave écumeuse et blanchâtre est, pour moi, le signe de la rage. Écoute-moi : sais-tu que ton œil est loin de boire un rayon céleste? N'oublie pas que si ta présomptueuse cervelle m'a cru capable de t'offrir quelques paroles de consolation, ce ne peut être que par le motif d'une ignorance totalement dépourvue de connaissances physiognomoniques. Pendant un temps, bien entendu, suffisant, dirige la lueur de tes yeux vers ce que j'ai le droit, comme un autre, d'appeler mon visage! Ne vois-tu pas comme il pleure? Tu t'es trompé, basilic. Il est nécessaire que tu cherches ailleurs la triste ration de soulagement, que mon impuissance radicale te retranche, malgré les nombreuses protestations de ma bonne volonté. Oh! quelle force, en phrases exprimable, fatalement t'entraîna vers ta perte? Il est presque impossible que je m'habitue à ce raisonnement que tu ne comprennes pas que, plaquant sur le gazon rougi, d'un coup de mon talon, les courbes fuyantes de ta tête triangulaire, je pourrais pétrir un innommable mastic avec l'herbe de la savane et la chair de l'écrasé.

— Disparaîs le plus tôt possible loin de moi, coupable à la face blême! Le mirage fallacieux de l'épouvantement t'a montré ton propre spectre! Dissipe tes injurieux soupçons, si tu ne veux pas que je t'accuse à mon tour, et que je ne porte contre toi une récrimination qui serait certainement approuvée par le jugement du serpentaire reptilivore. Quelle monstrueuse aberration de l'imagination t'empêche de me reconnaître! Tu ne te rappelles donc pas les services importants que je t'ai rendus, par la gratification d'une existence que je fis émerger du chaos, et, de ton côté, le vœu, à jamais inoubliable, de ne pas déserter mon drapeau, afin de me rester fidèle jusqu'à la mort? Quand tu étais enfant (ton intelligence était alors dans sa plus belle phase), le premier, tu grimpais sur la colline, avec la vitesse de l'izard, pour saluer, par un geste de ta petite main, les multicolores rayons de l'aurore naissante. Les notes de ta voix jaillissaient, de son larynx sonore, comme des perles diamantines, et résolvaient leurs collectives personnalités, dans l'agrégation vibrante d'un long hymne d'adoration. Maintenant, tu rejettes à tes pieds, comme un haillon souillé de boue, la longanimité dont j'ai fait trop longtemps preuve. La reconnaissance a vu ses racines se dessécher, comme le lit d'une mare; mais, à sa place, l'ambition a crû dans des proportions qu'il me serait pénible de qualifier. Quel est-il, celui qui m'écoute, pour avoir une telle confiance dans l'abus de sa propre faiblesse?

— Et qui es-tu, toi-même, substance audacieuse? Non!... non!... je ne me trompe pas; et, malgré les métamorphoses multiples auxquelles tu as recours,

toujours ta tête de serpent reluira devant mes yeux
comme un phare d'éternelle injustice, et de cruelle
domination! Il a voulu prendre les rênes du commandement, mais il ne sait pas régner! Il a voulu devenir
un objet d'horreur pour tous les êtres de la création,
et il a réussi. Il a voulu prouver que lui seul est le
monarque de l'univers, et c'est en cela qu'il s'est
trompé. O misérable! as-tu attendu jusqu'à cette
heure pour entendre les murmures et les complots
qui, s'élevant simultanément de la surface des sphères, viennent raser d'une aile farouche les rebords
papillacés de ton destructible tympan? Il n'est pas
loin, le jour, où mon bras te renversera dans la poussière, empoisonnée par ta respiration, et, arrachant
de tes entrailles une nuisible vie, laissera sur le chemin ton cadavre, criblé de contorsions, pour apprendre au voyageur consterné, que cette chair palpi-
tante, qui frappe sa vue d'étonnement, et cloue dans
son palais sa langue muette, ne doit plus être compa-
rée, si l'on garde son sang-froid, qu'au tronc pourri
d'un chêne, qui tomba de vétusté! Quelle pensée de
pitié me retient devant ta présence? Toi-même, recule plutôt devant moi, te dis-je, et va laver ton incommensurable honte dans le sang d'un enfant qui
vient de naître : voilà quelles sont tes habitudes.
Elles sont dignes de toi. Va... marche toujours devant toi. Je te condamne à devenir errant. Je te condamne à rester seul et sans famille. Chemine constam-

ment, afin que tes jambes te refusent leur soutien.
Traverse les sables des déserts jusqu'à ce que la fin
du monde engloutisse les étoiles dans le néant. Lorsque tu passeras près de la tanière du tigre, il s'em-
pressera de fuir, pour ne pas regarder, comme dans
un miroir, son caractère exhaussé sur le socle de la
perversité idéale. Mais, quand la fatigue impérieuse
t'ordonnera d'arrêter ta marche devant les dalles de
mon palais, recouvertes de ronces et de chardons,
fais attention à tes sandales en lambeaux, et fran-
chis, sur la pointe des pieds, l'élégance des vestibules. Ce n'est pas une recommandation inutile. Tu
pourrais éveiller ma jeune épouse et mon fils en bas
âge, couchés dans les caveaux de plomb qui longent
les fondements de l'antique château. Si tu ne prenais
tes précautions d'avance, ils pourraient te faire pâlir
par leurs hurlements souterrains. Quand ton impénétrable volonté leur ôta l'existence, ils n'ignoraient
pas que ta puissance est redoutable, et n'avaient aucun doute à cet égard; mais, ils ne s'attendaient
point (et leurs adieux suprêmes me confirmèrent leur
croyance) que ta Providence se serait montrée à ce
point impitoyable! Quoi qu'il en soit, traverse rapidement ces salles abandonnées et silencieuses, aux
lambris d'émeraude, mais aux armoiries fanées, où
reposent les glorieuses statues de mes ancêtres. Ces
corps de marbre sont irrités contre toi; évite leurs
regards vitreux. C'est un conseil que te donne la lan-

gue de leur unique et dernier descendant. Regarde comme leur bras est levé dans l'attitude de la défense provocatrice, la tête fièrement renversée en arrière. Sûrement ils ont deviné le mal que tu m'as fait; et, si tu passes à portée des piédestaux glacés qui soutiennent ces blocs sculptés, la vengeance t'y attend. Si ta défense a besoin de m'objecter quelque chose, parle. Il est trop tard pour pleurer maintenant. Il fallait pleurer dans des moments plus convenables, quand l'occasion était propice. Si tes yeux sont enfin dessillés, juge toi-même quelles ont été les conséquences de ta conduite. Adieu! je m'en vais respirer la brise des falaises; car, mes poumons, à moitié étouffés, demandent à grands cris un spectacle plus tranquille et plus vertueux que le tien !

O pédérastes incompréhensibles, ce n'est pas moi qui lancerai des injures à votre grande dégradation ; ce n'est pas moi qui viendrai jeter le mépris sur votre anus infundibuliforme. Il suffit que les maladies honteuses, et presque incurables, qui vous assiégent, portent avec elles leur immanquable châtiment. Législateurs d'institutions stupides, inventeurs d'une morale étroite, éloignez-vous de moi, car je suis une âme impartiale. Et vous, jeunes adolescents ou plutôt jeunes filles, expliquez-moi comment et pourquoi

(mais, tenez-vous à une convenable distance, car,
moi non plus, je ne sais pas résister à mes passions)
la vengeance a germé dans vos cœurs, pour avoir
attaché au flanc de l'humanité une pareille couronne
de blessures. Vous la faites rougir de ses fils par
votre conduite (que, moi, je vénère!); votre prostitution, s'offrant au premier venu, exerce la logique
des penseurs les plus profonds, tandis que votre
sensibilité exagérée comble la mesure de la stupéfaction de la femme elle-même. Êtes-vous d'une nature moins ou plus terrestre que celle de vos semblables? Possédez-vous un sixième sens qui nous
manque? Ne mentez pas, et dites ce que vous pensez.
Ce n'est pas une interrogation que je vous pose; car,
depuis que je fréquente en observateur la sublimité
de vos intelligences grandioses, je sais à quoi m'en
tenir. Soyez bénis par ma main gauche, soyez sanc-
tifiés par ma main droite, anges protégés par mon
amour universel. Je baise votre visage, je baise votre
poitrine, je baise, avec mes lèvres suaves, les diverses
parties de votre corps harmonieux et parfumé. Que
ne m'aviez-vous dit tout de suite ce que vous étiez,
cristallisations d'une beauté morale supérieure? Il a
fallu que je devinasse par moi-même les innombrables
trésors de tendresse et de chasteté que recélaient les
battements de votre cœur oppressé. Poitrine ornée
de guirlandes de roses et de vétyver. Il a fallu que
j'entr'ouvrisse vos jambes pour vous connaître et que

ma bouche se suspendît aux insignes de votre pudeur.
Mais (chose importante à représenter) n'oubliez pas
chaque jour de laver la peau de vos parties, avec de
l'eau chaude, car, sinon, des chancres vénériens
pousseraient infailliblement sur les commissures
fendues de mes lèvres inassouvies. Oh! si au lieu
d'être un enfer, l'univers n'avait été qu'un céleste
anus immense, regardez le geste que je fais du côté
de mon bas-ventre : oui, j'aurais enfoncé ma verge,
à travers son sphyncter sanglant, fracassant, par
mes mouvements impétueux, les propres parois de
son bassin! Le malheur n'aurait pas alors soufflé,
sur mes yeux aveuglés, des dunes entières de sable
mouvant ; j'aurais découvert l'endroit souterrain où
gît la vérité endormie, et les fleuves de mon sperme
visqueux auraient trouvé de la sorte un océan où se
précipiter! Mais, pourquoi me surprends-je à re-
gretter un état de choses imaginaire et qui ne recevra
jamais le cachet de son accomplissement ultérieur?
Ne nous donnons pas la peine de construire de fugitives hypothèses. En attendant, que celui qui brûle
de l'ardeur de partager mon lit vienne me trouver ;
mais, je mets une condition rigoureuse à mon hospitalité : il faut qu'il n'ait pas plus de quinze ans.
Qu'il ne croie pas de son côté que j'en ai trente ;
qu'est-ce que cela y fait? L'âge ne diminue pas l'intensité des sentiments, loin de là ; et, quoique mes
cheveux soient devenus blancs comme la neige, ce

n'est pas à cause de la vieillesse : c'est, au contraire, pour le motif que vous savez. Moi, je n'aime pas les femmes! Ni même les hermaphrodites! Il me faut des êtres qui me ressemblent, sur le front desquels la noblesse humaine soit marquée en caractères plus tranchés et ineffaçables! Êtes-vous certain que celles qui portent de longs cheveux, soient de la même nature que la mienne? Je ne le crois pas, et je ne déserterai pas mon opinion. Une salive saumâtre coule de ma bouche, je ne sais pas pourquoi. Qui veut me la sucer, afin que j'en sois débarrasse? Elle monte... elle monte toujours! Je sais ce que c'est. J'ai remarqué que, lorsque je bois à la gorge le sang de ceux qui se couchent à côté de moi (c'est à tort que l'on me suppose vampire, puisqu'on appelle ainsi des morts qui sortent de leur tombeau; or, moi, je suis un vivant), j'en rejette le lendemain une partie par la bouche : voilà l'explication de la salive infecte. Que voulez-vous que j'y fasse, si les organes, affaiblis par le vice, se refusent à l'accomplissement des fonctions de la nutrition? Mais, ne révélez mes confidences à personne. Ce n'est pas pour moi que je vous dis cela; c'est pour vous-même et les autres, afin que le prestige du secret retienne dans les limites du devoir et de la vertu ceux qui, aimantés par l'électricité de l'inconnu, seraient tentés de m'imiter. Ayez la bonté de regarder ma bouche (pour le moment, je n'ai pas le temps d'employer une formule plus longue de

politesse); elle vous frappe au premier abord par
l'apparence de sa structure, sans mettre le serpent
dans vos comparaisons; c'est que j'en contracte le
tissu jusqu'à la dernière réduction, afin de faire
croire que je possède un caractère froid. Vous
n'ignorez pas qu'il est diamétralement opposé. Que
ne puis-je regarder à travers ces pages séraphiques
le visage de celui qui me lit. S'il n'a pas dépassé la
puberté, qu'il s'approche. Serre-moi contre toi, et
ne crains pas de me faire du mal; rétrécissons pro-
gressivement les liens de nos muscles. Davantage. Je
sens qu'il est inutile d'insister; l'opacité, remarquable à plus d'un titre, de cette feuille de papier,
est un empêchement des plus considérables à l'opération de notre complète jonction. Moi, j'ai toujours
éprouvé un caprice infâme pour la pâle jeunesse des
colléges, et les enfants étiolés des manufactures! Mes
paroles ne sont pas les réminiscences d'un rêve, et
j'aurai trop de souvenirs à débrouiller, si l'obligation
m'était imposée de faire passer devant vos yeux les
événements qui pourraient affermir de leur témoignage la véracité de ma douloureuse affirmation. La
justice humaine ne m'a pas encore surpris en flagrant
délit, malgré l'incontestable habileté de ses agents.
J'ai même assassiné (il n'y a pas longtemps!) un pédéraste qui ne se prêtait pas suffisamment à ma
passion; j'ai jeté son cadavre dans un puits abandonné, et l'on n'a pas de preuves décisives contre

moi. Pourquoi frémissez-vous de peur, adolescent
qui me lisez? Croyez-vous que je veuille en faire autant envers vous? Vous vous montrez souverainement
injuste... Vous avez raison : méfiez-vous de moi,
surtout si vous êtes beau. Mes parties offrent éternellement le spectacle lugubre de la turgescence;
nul ne peut soutenir (et combien ne s'en ont-ils pas
approchés!) qu'il les a vues à l'état de tranquillité
normale, pas même le décrotteur qui m'y porta un
coup de couteau dans un moment de délire. L'ingrat!
Je change de vêtements deux fois par semaine, la
propreté n'étant pas le principal motif de ma déter-
mination. Si je n'agissais pas ainsi, les membres de
l'humanité disparaîtraient au bout de quelques jours,
dans des combats prolongés. En effet, dans quelque
contrée que je me trouve, ils me harcèlent continuellement de leur présence et viennent lécher la surface
de mes pieds. Mais, quelle puissance possèdent-elles
donc, mes gouttes séminales, pour attirer vers elles
tout ce qui respire par des nerfs olfactifs! Ils viennent des bords des Amazones, ils traversent les vallées qu'arrose le Gange, ils abandonnent le lichen
polaire, pour accomplir de longs voyages à ma recherche, et demander aux cités immobiles, si elles
n'ont pas vu passer, un instant, le long de leurs
remparts, celui dont le sperme sacré embaume les
montagnes, les lacs, les bruyères, les forêts, les pro-
montoires et la vastitude des mers! Le désespoir de

ne pas pouvoir me rencontrer (je me cache secrètement dans les endroits les plus inaccessibles, afin
d'alimenter leur ardeur) les porte aux actes les plus
regrettables. Ils se mettent trois cent mille de chaque
côté, et les mugissements des canons servent de pré-
lude à la bataille. Toutes les ailes s'ébranlent à la
fois, comme un seul guerrier. Les carrés se forment
et tombent aussitôt pour ne plus se relever. Les chevaux effarés s'enfuient dans toutes les directions. Les
boulets labourent le sol, comme des météores implacables. Le théâtre du combat n'est plus qu'un vaste
champ de carnage, quand la nuit révèle sa présence
et que la lune silencieuse apparaît entre les déchirures
d'un nuage. Me montrant du doigt un espace de plusieurs lieues recouvert de cadavres, le croissant vaporeux de cet astre m'ordonne de prendre un instant,
comme le sujet de méditatives réflexions, les conséquences funestes qu'entraîne, après lui, l'inexplicable
talisman enchanteur que la Providence m'accorda.
Malheureusement que de siècles ne faudra-t-il pas
encore, avant que la race humaine périsse entièrement par mon piége perfide! C'est ainsi qu'un esprit
habile, et qui ne se vante pas, emploie, pour atteindre
à ses fins, les moyens mêmes qui paraîtraient d'abord
y porter un invincible obstacle. Toujours mon intelligence s'élève vers cette imposante question, et vous
êtes témoin vous-même qu'il ne m'est plus possible
de rester dans le sujet modeste qu'au commencement

j'avais le dessein de traiter. Un dernier mot... c'était une nuit d'hiver. Pendant que la bise sifflait dans les sapins, le Créateur ouvrit sa porte au milieu des ténèbres et fit entrer un pédéraste.

Silence! il passe un cortége funéraire à côté de vous. Inclinez la binarité de vos rotules vers la terre et entonnez un chant d'outre-tombe. (Si vous considérez mes paroles plutôt comme une simple forme impérative, que comme un ordre formel qui n'est pas à sa place, vous montrerez de l'esprit et du meilleur.) Il est possible que vous parveniez de la sorte à réjouir extrêmement l'âme du mort, qui va se reposer de la vie dans une fosse. Même le fait est, pour moi, certain. Remarquez que je ne dis pas que votre opinion ne puisse jusqu'à un certain point être contraire à la mienne; mais, ce qu'il importe avant tout, c'est de posséder des notions justes sur les bases de la morale, de telle manière que chacun doive se pénétrer du principe qui commande de faire à autrui ce que l'on voudrait peut-être qui fût fait à soi-même. Le prêtre des religions ouvre le premier la marche, en tenant à la main un drapeau blanc, signe de la paix, et de l'autre un emblème d'or qui représente les parties de l'homme et de la femme, comme pour indiquer que ces membres charnels sont la plupart du

temps, abstraction faite de toute métaphore, des instruments très dangereux entre les mains de ceux qui
s'en servent, quand ils les manipulent aveuglément
pour des buts divers qui se querellent entre eux, au
lieu d'engendrer une opportune réaction contre la
passion connue qui cause presque tous nos maux. Au
bas de son dos est attachée (artificiellement, bien
entendu) une queue de cheval, aux crins épais, qui
balaie la poussière du sol. Elle signifie de prendre
garde de ne pas nous ravaler par notre conduite au
rang des animaux. Le cercueil connaît sa route et
marche après la tunique flottante du consolateur.
Les parents et les amis du défunt, par la manifestation de leur position, ont résolu de fermer la marche
du cortége. Celui-ci s'avance avec majesté, comme
un vaisseau qui fend la pleine mer, et ne craint pas
le phénomène de l'enfoncement; car, au moment actuel, les tempêtes et les écueils ne se font pas remarquer par quelque chose de moins que leur explicable
absence. Les grillons et les crapauds suivent à quelques pas la fête mortuaire; eux, aussi, n'ignorent
pas que leur modeste présence aux funérailles de
quiconque leur sera un jour comptée. Ils s'entre-
tiennent à voix basse dans leur pittoresque langage
(ne soyez pas assez présomptueux, permettez-moi de
vous donner ce conseil non intéressé, pour croire que
vous seul possédez la précieuse faculté de traduire
les sentiments de votre pensée) de celui qu'ils regar-

dèrent plus d'une fois courir à travers les prairies
verdoyantes, et plonger la sueur de ses membres
dans les bleuâtres vagues des golfes arénacés.
D'abord, la vie parut lui sourire sans arrière-pensée ;
et, magnifiquement, le couronna de fleurs ; mais,
puisque votre intelligence elle-même s'aperçoit ou
plutôt devine qu'il s'est arrêté aux limites de l'enfance, je n'ai pas besoin, jusqu'à l'apparition d'une
rétractation véritablement nécessaire, de continuer
les prolégomènes de ma rigoureuse démonstration.
Dix ans. Nombre exactement calqué, à s'y méprendre,
sur celui des doigts de la main. C'est peu et c'est
beaucoup. Dans le cas qui nous préoccupe, cependant, je m'appuierai sur votre amour envers la vérité, pour que vous prononciez, avec moi, sans tarder
une seconde de plus, que c'est peu. Et, quand je réfléchis sommairement à ces ténébreux mystères, par
lesquels, un être humain disparaît de la terre, aussi
facilement qu'une mouche ou une libellule, sans conserver l'espérance d'y revenir, je me surprends à
couver le vif regret de ne pas probablement pouvoir
vivre assez longtemps, pour vous bien expliquer ce
que je n'ai pas la prétention de comprendre moi-même.
Mais, puisqu'il est prouvé que, par un hasard extraordinaire, je n'ai pas encore perdu la vie depuis ce
temps lointain où je commençai, plein de terreur, la
phrase précédente, je calcule mentalement qu'il ne
sera pas inutile ici, de construire l'aveu complet de

mon impuissance radicale, quand il s'agit surtout,
comme à présent, de cette imposante et inabordable
question. C'est, généralement parlant, une chose
singulière que la tendance attractive qui nous porte
à rechercher (pour ensuite les exprimer) les ressem-
blances et les différences que recèlent, dans leurs
naturelles propriétés, les objets les plus opposés
entre eux, et quelquefois les moins aptes, en apparence, à se prêter à ce genre de combinaisons sym-
pathiquement curieuses, et qui, ma parole d'honneur,
donnent gracieusement au style de l'écrivain, qui se
paie cette personnelle satisfaction, l'impossible et
inoubliable aspect d'un hibou sérieux jusqu'à l'éternité. Suivons en conséquence le courant qui nous
entraîne. Le milan royal a les ailes proportionnellement plus longues que les buses, et le vol bien plus
aisé : aussi passe-t-il sa vie dans l'air. Il ne se repose
presque jamais et parcourt chaque jour des espaces
immenses ; et ce grand mouvement n'est point un
exercice de chasse, ni poursuite de proie, ni même de
découverte ; car, il ne chasse pas ; mais, il semble
que le vol soit son état naturel, sa favorite situation.
L'on ne peut s'empêcher d'admirer la manière dont
il l'exécute. Ses ailes longues et étroites paraissent
immobiles ; c'est la queue qui croit diriger toutes les
évolutions, et la queue ne se trompe pas : elle agit
sans cesse. Il s'élève sans effort ; il s'abaisse comme
s'il glissait sur un plan incliné ; il semble plutôt

nager que voler ; il précipite sa course, il la ralentit,
s'arrête, et reste comme suspendu ou fixé à la même
place, pendant des heures entières. L'on ne peut
s'apercevoir d'aucun mouvement dans ses ailes : vous
ouvririez les yeux comme la porte d'un four, que ce
serait d'autant inutile. Chacun a le bon sens de confesser sans difficulté (quoique avec un peu de mauvaise grâce) qu'il ne s'aperçoit pas, au premier abord,
du rapport, si lointain qu'il soit, que je signale entre
la beauté du vol du milan royal, et celle de la figure
de l'enfant, s'élevant doucement, au-dessus du cercueil découvert, comme un nénuphar qui perce la
surface des eaux ; et voilà précisément en quoi con-
siste l'impardonnable faute qu'entraîne l'inamovible
situation d'un manque de repentir, touchant l'ignorance volontaire dans laquelle on croupit. Ce rapport de calme majesté entre les deux termes de ma
narquoise comparaison n'est déjà que trop commun,
et d'un symbole assez compréhensible, pour que je
m'étonne davantage de ce qui ne peut avoir, comme
seule excuse, que ce même caractère de vulgarité qui
fait appeler, sur tout objet ou spectacle qui en est
atteint, un profond sentiment d'indifférence injuste.
Comme si ce qui se voit quoditiennement n'en devrait
pas moins réveiller l'attention de notre admiration !
Arrivé à l'entrée du cimetière, le cortége s'empresse
de s'arrêter ; son intention n'est pas d'aller plus loin.
Le fossoyeur achève le creusement de la fosse ; l'on y

dépose le cercueil avec toutes les précautions prises
en pareil cas ; quelques pelletées de terre inattendues
viennent recouvrir le corps de l'enfant. Le prêtre
des religions, au milieu de l'assistance émue, prononce quelques paroles pour bien enterrer le mort,
davantage, dans l'imagination des assistants. « Il dit
qu'il s'étonne beaucoup de ce que l'on verse ainsi
tant de pleurs, pour un acte d'une telle insignifiance.
Textuel. Mais il craint de ne pas qualifier suffisamment ce qu'il prétend, lui, être un incontestable
bonheur. S'il avait cru que la mort est aussi peu
sympathique dans sa naïveté, il aurait renoncé à son
mandat, pour ne pas augmenter la légitime douleur
des nombreux parents et amis du défunt ; mais, une
secrète voix l'avertit de leur donner quelques conso-
lations, qui ne seront pas inutiles, ne fût-ce que celle
qui ferait entrevoir l'espoir d'une prochaine rencontre
dans les cieux entre celui qui mourut et ceux qui
survécurent. » Maldoror s'enfuyait au grand galop,
en paraissant diriger sa course vers les murailles du
cimetière. Les sabots de son coursier élevaient autour
de son maître une fausse couronne de poussière
épaisse. Vous autres, vous ne pouvez savoir le nom
de ce cavalier ; mais, moi, je le sais. Il s'approchait
de plus en plus ; sa figure de platine commençait à
devenir perceptible, quoique le bas en fût entièrement enveloppé d'un manteau que le lecteur s'est
gardé d'ôter de sa mémoire et qui ne laissait aperce-

voir que les yeux. Au milieu de son discours. le
prêtre des religions devient subitement pâle, car son
oreille reconnaît le galop irrégulier de ce célèbre
cheval blanc qui n'abandonna jamais son maître.
« Oui, ajouta-t-il de nouveau, ma confiance est grande
dans cette prochaine rencontre ; alors, on comprendra, mieux qu'auparavant, quel sens il fallait attacher à la séparation temporaire de l'âme et du corps.
Tel qui croit vivre sur cette terre se berce d'une illusion dont il importerait d'accélérer l'évaporation. »
Le bruit du galop s'accroissait de plus en plus ; et,
comme le cavalier, étreignant la ligne d'horizon, paraissait en vue, dans le champ d'optique qu'embrassait le portail du cimetière, rapide comme un cyclone
giratoire. le prêtre des religions plus gravement reprit : « Vous ne semblez pas vous douter que celui-ci,
que la maladie força de ne connaître que les premières phases de la vie, et que la fosse vient de recevoir dans son sein, est l'indubitable vivant ; mais,
sachez, au moins, que celui-là, dont vous apercevez
la silhouette équivoque emportée par un cheval nerveux, et sur lequel je vous conseille de fixer le plus
tôt possible les yeux, car il n'est plus qu'un point, et
va bientôt disparaître dans la bruyère, quoiqu'il ait
beaucoup vécu, est le seul véritable mort. »

« Chaque nuit, à l'heure où le sommeil est parvenu à son plus grand degré d'intensité, une vieille
araignée de la grande espèce sort lentement sa tête
d'un trou placé sur le sol, à l'une des intersections
des angles de la chambre. Elle écoute attentivement
si quelque bruissement remue encore ses mandibules
dans l'atmosphère. Vu sa conformation d'insecte,
elle ne peut pas faire moins, si elle prétend augmenter de brillantes personnifications les trésors de la
littérature, que d'attribuer des mandibules au bruissement. Quand elle s'est assurée que le silence règne
aux alentours, elle retire successivement, des profondeurs de son nid, sans le secours de la méditation,
les diverses parties de son corps, et s'avance à pas
comptés vers ma couche. Chose remarquable ! moi
qui fais reculer le sommeil et les cauchemars, je me
sens paralysé dans la totalité de mon corps, quand
elle grimpe le long des pieds d'ébène de mon lit de
satin. Elle m'étreint la gorge avec les pattes, et me
suce le sang avec son ventre. Tout simplement ! Combien de litres d'une liqueur pourprée, dont vous
n'ignorez pas le nom, n'a-t-elle pas bus, depuis
qu'elle accomplit le même manége avec une persistance digne d'une meilleure cause ! Je ne sais pas ce
que je lui ai fait, pour qu'elle se conduise de la sorte
à mon égard. Lui ai-je broyé une patte par inatten-
tion ? Lui ai-je enlevé ses petits ? Ces deux hypothèses, sujettes à caution, ne sont pas capables de sou-

tenir un sérieux examen; elles n'ont même pas de la peine à provoquer un haussement dans mes épaules et un sourire sur mes lèvres, quoique l'on ne doive se moquer de personne. Prends garde à toi, tarentule noire; si ta conduite n'a pas pour excuse un irréfutable syllogisme, une nuit je me réveillerai en sursaut, par un dernier effort de ma volonté agonisante, je romprai le charme avec lequel tu retiens mes membres dans l'immobilité, et je t'écraserai entre les os de mes doïgts, comme un morceau de matière mollasse. Cependant, je me rappelle vaguement que je t'ai donné la permission de laisser tes pattes grimper sur l'éclosion de la poitrine, et de là jusqu'à la peau qui recouvre mon visage; que par conséquent, je n'ai pas le droit de te contraindre. Oh! qui démêlera mes souvenirs confus! Je lui donne pour récompense ce qui reste de mon sang : en comptant la dernière goutte inclusivement, il y en a pour remplir au moins la moitié d'une coupe d'orgie. » Il parle, et il ne cesse de se déshabiller. Il appuie une jambe sur le matelas, et de l'autre, pressant le parquet de saphir afin de s'enlever, il se trouve étendu dans une position horizontale. Il a résolu de ne pas fermer les yeux, afin d'attendre son ennemi de pied ferme. Mais, chaque fois ne prend-il pas la même résolution, et n'est-elle pas toujours détruite par l'inexplicable image de sa promesse fatale? Il ne dit plus rien, et se résigne avec douleur; car, pour lui le

serment est sacré. Il s'enveloppe majestueusement
dans le replis de la soie, dédaigne d'entrelacer les
glands d'or de ses rideaux, et, appuyant les boucles
ondulées de ses longs cheveux noirs sur les franges
du coussin de velours, il tâte, avec la main, la large
blessure de son cou, dans laquelle la tarentule a pris
l'habitude de se loger, comme dans un deuxième
nid, tandis que son visage respire la satisfaction. Il
espère que cette nuit actuelle (espérez avec lui !)
verra la dernière représentation dè la succion immense ; car, son unique vœu serait que le bourreau
en finît avec son existence : la mort, et il sera content. Regardez cette vieille araignée de la grande
espèce, qui sort lentement sa tête d'un trou placé sur
le sol, à l'une des intersections des angles de la
chambre. Nous ne sommes plus dans la narration.
Elle écoute attentivement si quelque bruissement
remue encore ses mandibules dans l'atmosphère.
Hélas ! nous sommes maintenant arrivés dans le réel,
quant à ce qui regarde la tarentule, et, quoique l'on
pourrait mettre un point d'exclamation à la fin de
chaque phrase, ce n'est peut-être pas une raison pour
s'en dispenser ! Elle s'est assurée que le silence règne
aux alentours ; la voilà qui retire successivement
des profondeurs de son nid, sans le secours de la méditation, les diverses parties de son corps, et s'avance
à pas comptés vers la couche de l'homme solitaire.
Un instant elle s'arrête ; mais il est court, ce moment

d'hésitation. Elle se dit qu'il n'est pas temps encore
de cesser de torturer, et qu'il faut auparavant donner au condamné les plausibles raisons qui détermi-
nèrent la perpétualité du supplice. Elle a grimpé à
côté de l'oreille de l'endormi. Si vous voulez ne pas
perdre une seule parole de ce qu'elle va dire, faites
abstraction des occupations étrangères qui obstruent
le portique de votre esprit, et soyez, au moins, reconnaissant de l'intérêt que je vous porte, en faisant
assister votre présence aux scènes théâtrales qui me
paraissent dignes d'exciter une véritable attention de
votre part; car, qui m'empêcherait de garder, pour
moi seul, les événements que je raconte? « Réveille-
toi, flamme amoureuse des anciens jours, squelette
décharné. Le temps est venu d'arrêter la main de la
justice. Nous ne te ferons pas attendre longtemps
l'explication que tu souhaites. Tu nous écoutes,
n'est-ce pas? Mais ne remue pas tes membres; tu es
encore aujourd'hui sous notre magnétique pouvoir,
et l'atonie encéphalique persiste : c'est pour la dernière fois. Quelle impression la figure d'Elsseneur
fait-elle dans ton imagination? Tu l'as oublié! Et ce
Réginald, à la démarche fière, as tu gravé ses traits
dans ton cerveau fidèle? Regarde-le caché dans les
replis des rideaux; sa bouche est penchée vers ton
front; mais il n'ose te parler, car il est plus timide
que moi. Je vais te raconter un épisode de ta jeunesse, et te remettre dans le chemin de la mé-

moire... „ Il y avait longtemps que l'araignée avait
ouvert son ventre, d'où s'étaient élancés deux adolescents, à la robe bleue, chacun un glaive flamboyant
à la main, et qui avaient pris place aux côtés du lit,
comme pour garder désormais le sanctuaire du sommeil. « Celui-ci, qui n'a pas encore cessé de te regarder, car il t'aima beaucoup, fut le premier de nous
deux auquel tu donnas ton amour. Mais tu le fis
souvent souffrir par les brusqueries de ton caractère. Lui, il ne cessait d'employer ses efforts à n'engendrer de ta part aucun sujet de plainte contre lui :
un ange n'aurait pas réussi. Tu lui demandas, un
jour, s'il voulait aller se baigner avec toi, sur le rivage de la mer. Tous les deux, comme deux cygnes,
vous vous élançâtes en même temps d'une roche à
pic. Plongeurs éminents, vous glissâtes dans la
masse aqueuse, les bras étendus entre la tête, et se
réunissant aux mains. Pendant quelques minutes,
vous nageâtes entre deux courants. Vous reparûtes
à une grande distance, vos cheveux entremêlés entre
eux, et ruisselants du liquide salé. Mais quel mystère s'était donc passé sous l'eau, pour qu'une longue
trace de sang s'aperçût à travers les vagues? Reve-
nus à la surface, toi, tu continuais de nager, et tu
faisais semblant de ne pas remarquer la faiblesse
croissante de ton compagnon. Il perdait rapidement
ses forces, et tu n'en poussais pas moins tes larges
brassées vers l'horizon brumeux, qui s'estompait de-

vant toi. Le blessé poussa des cris de détresse, et tu fis le sourd. Réginald frappa trois fois l'écho des syllabes de ton nom, et trois fois tu répondis par un cri de volupté. Il se trouvait trop loin du rivage pour y revenir, et s'efforçait en vain de suivre les sillons de ton passage, afin de t'atteindre, et reposer un instant sa main sur ton épaule. La chasse négative se prolongea pendant une heure, lui, perdant ses forces, et, toi, sentant croître les tiennes. Désespérant d'égaler ta vitesse, il fit une courte prière au Seigneur pour lui recommander son âme, se plaça sur le dos comme quand on fait la planche, de telle manière qu'on apercevait le cœur battre violemment sous sa poitrine, et attendit que la mort arrivât, afin de ne plus attendre. En cet instant, tes membres vigoureux étaient à perte de vue, et s'éloignaient encore, rapides comme une sonde qu'on laisse filer. Une barque, qui revenait de placer ses filets au large, passa dans ces parages. Les pêcheurs prirent Réginald pour un naufragé, et le halèrent, évanoui, dans leur embarcation. On constata la présence d'une blessure au flanc droit; chacun de ces matelots expérimentés émit l'opinion qu'aucune pointe d'écueil ou fragment de rocher n'était susceptible de percer un trou si microscopique et en même temps si profond. Une arme tranchante, comme le serait un stylet des plus aigus, pouvait seule s'arroger des droits à la paternité d'une si fine blessure. Lui, ne voulut

jamais raconter les diverses phases du plongeon, à
travers les entrailles des flots, et ce secret, il l'a
gardé jusqu'à présent. Des larmes coulent maintenant sur ses joues un peu décolorées, et tombent sur
tes draps : le souvenir est quelquefois plus amer que
la chose. Mais moi, je ne ressentirai pas de la pitié :
ce serait te montrer trop d'estime. Ne roule pas dans
leur orbite ces yeux furibonds. Reste calme plutôt.
Tu sais que tu ne peux pas bouger. D'ailleurs, je
n'ai pas terminé mon récit. — Relève ton glaive,
Réginald, et n'oublie pas si facilement la vengeance.
Qui sait? peut-être un jour elle viendrait te faire des
reproches. — Plus tard, tu conçus des remords dont
l'existence devait être éphémère; tu résolus de rache-
ter ta faute par le choix d'un autre ami, afin de le
bénir et de l'honorer. Par ce moyen expiatoire, tu
effaçais les tâches du passé, et tu faisais retomber
sur celui qui devint la deuxième victime, la sympathie que tu n'avais pas su montrer à l'autre. Vain
espoir; le caractère ne se modifie pas d'un jour à
l'autre, et ta volonté resta pareille à elle-même.
Moi, Elsseneur, je te vis pour la première fois, et,
dès ce moment, je ne pus t'oublier. Nous nous regar-
dâmes pendant quelques instants, et tu te mis à sourire. Je baissais les yeux, parce que je vis dans les
tiens une flamme surnaturelle. Je me demandais si,
à l'aide d'une nuit obscure, tu t'étais laissé choir
secrètement jusqu'à nous de la surface de quelque

étoile ; car, je le confesse, aujourd'hui qu'il n'est pas
nécessaire de feindre, tu ne ressemblais pas aux
marcassins de l'humanité ; mais une auréole de
rayons étincelants enveloppait la périphérie de ton
front. J'aurais désiré lier des relations intimes avec
toi ; ma présence n'osait approcher devant la frap-
pante nouveauté de cette étrange noblesse, et une
tenace terreur rôdait autour de moi. Pourquoi n'ai-je
pas écouté ces avertissements de la conscience ?
Pressentiments fondés. Remarquant mon hésitation,
tu rougis à ton tour, et tu avanças le bras. Je mis
courageusement ma main dans la tienne, et, après
cette action, je me sentis plus fort ; désormais un
souffle de ton intelligence était passé dans moi. Les
cheveux au vent et respirant les haleines des brises,
nous marchâmes quelques instants devant nous, à
travers des bosquets touffus de lentisques, de jas-
mins, de grenadiers et d'orangers, dont les senteurs
nous enivraient. Un sanglier frôla nos habits à toute
course, et une larme tomba de son œil, quand il me
vit avec toi : je ne m'expliquais pas sa conduite.
Nous arrivâmes à la tombée de la nuit devant les
portes d'une cité populeuse. Les profils des dômes,
les flèches des minarets et les boules de marbre des
belvédères découpaient vigoureusement leurs dentelures, à travers les ténèbres, sur le bleu intense du
ciel. Mais tu ne voulus pas te reposer en cet endroit,
quoique nous fussions accablés de fatigue. Nous lon-

geâmes le bas des fortifications externes, comme des chacals nocturnes; nous évitâmes la rencontre des sentinelles aux aguets; et nous parvînmes à nous éloigner, par la porte opposée, de cette réunion solennelle d'animaux raisonnables, civilisés comme les castors. Le vol de la fulgore porte-lanterne, le craquement des herbes sèches, les hurlements intermittents de quelque loup lointain accompagnaient l'obscurité de notre marche incertaine, à travers la campagne. Quels étaient donc tes valables motifs pour fuir les ruches humaines? Je me posais cette question avec un certain trouble; mes jambes d'ailleurs commençaient à me refuser un service trop longtemps prolongé. Nous atteignîmes enfin la lisière d'un bois épais, dont les arbres étaient entrelacés entre eux par un fouillis de hautes lianes inextricables, de plantes parasites, et de cactus à épines monstrueuses. Tu t'arrêtas devant un bouleau. Tu me dis de m'agenouiller pour me préparer à mourir; tu m'accordais un quart d'heure pour sortir de cette terre. Quelques regards furtifs, pendant notre longue course, jetés à la dérobée sur moi, quand je ne t'observais pas, certains gestes dont j'avais remarqué l'irrégularité de mesure et de mouvement se présentèrent aussitôt à ma mémoire, comme les pages ouvertes d'un livre. Mes soupçons étaient confirmés. Trop faible pour lutter contre toi, tu me renversas à terre, comme l'ouragan abat la feuille du tremble. Un de tes genoux sur ma poitrine, et l'autre appuyé sur l'herbe humide, tandis qu'une de tes mains arrêtait la binarité de mes bras dans son étau, je vis l'autre sortir un couteau, de la gaîne appendue à ta ceinture. Ma résistance était presque nulle, et je fermai les yeux : les trépignements d'un troupeau de bœufs s'entendirent à quelque distance, apportés par le vent. Il s'avançait comme une locomotive, harcelé par le bâton d'un pâtre et les mâchoires d'un chien. Il n'y avait pas de temps à perdre, et c'est ce que tu compris ; craignant de ne pas parvenir à tes fins, car l'approche d'un secours inespéré avait doublé ma puissance musculaire, et t'apercevant que tu ne pouvais rendre immobile qu'un de mes bras à la fois, tu te contentas, par un rapide mouvement imprimé à la lame d'acier, de me couper le poignet droit. Le morceau, exactement détaché, tomba par terre. Tu pris la fuite, pendant que j'étais étourdi par la douleur. Je ne te raconterai pas comment le pâtre vint à mon secours, ni combien de temps devint nécessaire à ma guérison. Qu'il te suffise de savoir que cette trahison, à laquelle je ne m'attendais pas, me donna l'envie de rechercher la mort. Je portai ma présence dans les combats, afin d'offrir ma poitrine aux coups. J'acquis de la gloire dans les champs de bataille ; mon nom était devenu redoutable même aux plus intrépides, tant mon artificielle main de fer répandait le carnage et la des-

truction dans les rangs ennemis. Cependant, un jour
que les obus tonnaient beaucoup plus fort qu'à l'ordinaire, et que les escadrons, enlevés de leur base,
tourbillonnaient, comme des pailles, sous l'influence
du cyclone de la mort, un cavalier, à la démarche
hardie, s'avança devant moi, pour me disputer la
palme de la victoire. Les deux armées s'arrêtèrent,
immobiles, pour nous contempler en silence. Nous
combattîmes longtemps, criblés de blessures, et les
casques brisés. D'un commun accord, nous cessâmes
la lutte, afin de nous reposer, et la reprendre ensuite
avec plus d'énergie. Plein d'admiration pour son adversaire, chacun lève sa propre visière : « Elsseneur!... », « Réginald!... », telles furent les simples
paroles que nos gorges haletantes prononcèrent en
même temps. Ce dernier, tombé dans le désespoir
d'une tristesse inconsolable, avait pris, comme moi,
la carrière des armes, et les balles l'avaient épargné.
Dans quelles circonstances nous nous retrouvions!
Mais ton nom ne fut pas prononcé! Lui et moi, nous
nous jurâmes une amitié éternelle; mais, certes, dif-
férente des deux premières dans lesquelles tu avais
été le principal acteur! Un archange, descendu du
ciel et messager du Seigneur, nous ordonna de nous
changer en une araignée unique, et de venir chaque
nuit te sucer la gorge, jusqu'à ce qu'un commandement venu d'en haut arrêtât le cours du châtiment.
Pendant près de dix ans, nous avons hanté ta couche.

Dès aujourd'hui, tu es délivré de notre persécution. La promesse vague dont tu parlais, ce n'est pas à nous que tu la fis, mais bien à l'Être qui est plus fort que toi : tu comprenais toi-même qu'il valait mieux se soumettre à ce décret irrévocable. Réveille-toi, Maldoror ! Le charme magnétique qui a pesé sur ton système cérébro-spinal, pendant les nuits de deux lustres, s'évapore. » Il se réveille comme il lui a été ordonné, et voit deux formes célestes disparaître dans les airs, les bras entrelacés. Il n'essaie pas de se rendormir. Il sort lentement, l'un après l'autre, ses membres hors de sa couche. Il va réchauffer sa peau glacée aux tisons rallumés de la cheminée gothique. Sa chemise seule recouvre son corps. Il cherche des yeux la carafe de cristal afin d'humecter son palais desséché. Il ouvre les contrevents de la fenêtre. Il s'appuie sur le rebords. Il contemple la lune qui verse, sur sa poitrine, un cône de rayons extatiques, où palpitent, comme des phalènes, des atomes d'argent d'une douceur ineffable. Il attend que le crépuscule du matin vienne apporter, par le changement de décors, un dérisoire soulagement à son cœur bouleversé.

FIN DU CINQUIÈME CHANT

CHANT SIXIÈME

Vous, dont le calme enviable ne peut pas faire plus que d'embellir le faciès , ne croyez pas qu'il s'agisse encore de pousser, dans des strophes de quatorze ou quinze lignes, ainsi qu'un élève de quatrième, des exclamations qui passeront pour inopportunes, et des gloussements sonores de poule cochinchinoise, aussi grotesques qu'on serait capable de l'imaginer, pour peu qu'on s'en donnât la peine ; mais il est préférable de prouver par des faits les propositions que l'on avance. Prétendriez-vous donc que, parce que j'aurais insulté, comme en me jouant, l'homme, le Créateur et moi-même, dans mes explicables hyperboles, ma mission fût complète? Non : la partie la plus importante de mon travail n'en subsiste pas moins, comme tâche qui reste à faire. Désormais, les ficelles du roman remueront les trois personnages nommés plus haut : il leur sera ainsi communiqué une puissance moins abstraite. La vitalité se répandra magnifiquement dans le torrent de leur appareil circulatoire, et vous verrez comme vous serez étonné vous-même de rencontrer, là où d'abord vous n'aviez cru voir que des entités vagues appartenant au domaine de la spéculation pure, d'une part, l'organisme corporel avec ses ramifications de nerfs et ses membranes muqueuses, de l'autre, le principe spirituel qui préside aux fonctions physiologiques de la chair. Ce sont des êtres doués d'une énergique vie qui, les bras croisés et la poitrine en arrêt, poseront prosaïquement (mais, je suis certain que l'effet sera très-poétique) devant votre visage, placés seulement à quelques pas de vous, de manière que les rayons solaires, frappant d'abord les tuiles des toits et le couvercle des cheminées, viendront ensuite se refléter visiblement sur leurs cheveux terrestres et matériels. Mais, ce ne seront plus des anathèmes, possesseurs de la spécialité de provoquer le rire ; des personnalités fictives qui auraient bien fait de rester dans la cervelle de l'auteur ; ou des cauchemars placés trop au-dessus de l'existence ordinaire. Remarquez que, par cela même, ma poésie n'en sera que plus belle. Vous toucherez avec vos mains des branches ascendantes d'aorte et des capsules surrénales ; et puis des sentiments ! Les cinq premiers récits n'ont pas été inutiles ; ils étaient le frontispice de mon ouvrage, le fondement de la construc-

tion, l'explication préalable de ma poétique future :
et je devais à moi-même, avant de boucler ma valise
et me mettre en marche pour les contrées de l'imagination, d'avertir les sincères amateurs de la littérature, par l'ébauche rapide d'une généralisation
claire et précise, du but que j'avais résolu de poursuivre. En conséquence, mon opinion est que, maintenant, la partie synthétique de mon œuvre est complète et suffisamment paraphrasée. C'est par elle que
vous avez appris que je me suis proposé d'attaquer
l'homme et Celui qui le créa. Pour le moment et pour
plus tard, vous n'avez pas besoin d'en savoir davantage! Des considérations nouvelles me paraissent
superflues, car elles ne feraient que répéter, sous une
autre forme, plus ample, il est vrai, mais identique,
l'énoncé de la thèse dont la fin de ce jour verra le
premier développement. Il résulte, des observations
qui précèdent, que mon intention est d'entreprendre,
désormais, la partie analytique; cela est si vrai
qu'il n'y a que quelques minutes seulement, que
j'exprimai le vœu ardent que vous fussiez empri-
sonné dans les glandes sudoripares de ma peau, pour
vérifier la loyauté de ce que j'affirme, en connaissance de cause. Il faut, je le sais, étayer d'un grand
nombre de preuves l'argumentation qui se trouve
comprise dans mon théorème; eh bien, ces preuves
existent, et vous savez que je n'attaque personne,
sans avoir des motifs sérieux! Je ris à gorge dé-

ployée, quand je songe que vous me reprochez de répandre d'amères accusations contre l'humanité, dont je suis un des membres (cette seule remarque me donnerait raison!) et contre la Providence : je ne rétracterai pas mes paroles; mais, racontant ce que j'aurai vu, il ne me sera pas difficile, sans autre ambition que la vérité, de les justifier. Aujourd'hui, je vais fabriquer un petit roman de trente pages; cette mesure restera dans la suite à peu près stationnaire. Espérant voir promptement, un jour ou l'autre, la consécration de mes théories acceptée par telle ou telle forme littéraire, je crois avoir enfin trouvé, après quelques tâtonnements, ma formule définitive. C'est la meilleure : puisque c'est le roman! Cette préface hybride a été exposée d'une manière qui ne paraîtra peut-être pas assez naturelle, en ce sens qu'elle surprend, pour ainsi dire, le lecteur, qui ne voit pas très-bien où l'on veut d'abord le conduire; mais, ce sentiment de remarquable stupéfaction, auquel on doit généralement chercher à soustraire ceux qui passent leur temps à lire des livres ou des brochures, j'ai fait tous mes efforts pour le produire. En effet, il m'était impossible de faire moins, malgré ma bonne volonté : ce n'est que plus tard, lorsque quelques romans auront paru, que vous comprendrez mieux la préface du renégat, à la figure fuligineuse.

Avant d'entrer en matière, je trouve stupide qu'il soit nécessaire (je pense que chacun ne sera pas de mon avis, si je me trompe) que je place à côté de moi un encrier ouvert, et quelques feuillets de papier non mâché. De cette manière, il me sera possible de commencer, avec amour, par ce sixième chant, la série des poèmes instructifs qu'il me tarde de produire. Dramatiques épisodes d'une implacable utilité! Notre héros s'aperçut qu'en fréquentant les cavernes, et prenant pour refuge les endroits inaccessibles, il transgressait les règles de la logique, et commettait un cercle vicieux. Car, si d'un côté, il favorisait ainsi sa répugnance pour les hommes, par le dédommagement de la solitude et de l'éloignement, et circonscrivait passivement son horizon borné, parmi des arbustes rabougris, des ronces et des lambrusques, de l'autre, son activité ne trouvait plus aucun aliment pour nourrir le minotaure de ses instincts pervers. En conséquence, il résolut de se rapprocher des agglomérations humaines, persuadé que parmi tant de victimes toutes préparées, ses passions diverses trouveraient amplement de quoi se satisfaire. Il savait que la police, ce bouclier de la civilisation, le recherchait avec persévérance, depuis nombre d'années, et qu'une véritable armée d'agents et d'espions était continuellement à ses trousses. Sans, cependant, parvenir à le rencontrer. Tant son habileté renversante déroutait, avec un suprême chic, les ruses les plus indiscutables au point de vue de leur succès, et l'ordonnance de la plus savante méditation. Il avait une faculté spéciale pour prendre des formes méconnaissables aux yeux exercés. Déguisements supérieurs, si je parle en artiste! Accoutrements d'un effet réellement médiocre, quand je songe à la morale. Par ce point, il touchait presqu'au génie. N'avez-vous pas remarqué la gracilité d'un joli grillon, aux mouvements alertes, dans les égouts de Paris? Il n'y a que celui-là : c'était Maldoror! Magnétisant les florissantes capitales, avec un fluide pernicieux, il les amène dans un état léthargique où elles sont incapables de se surveiller comme il le faudrait. État d'autant plus dangereux qu'il n'est pas soupçonné. Aujourd'hui il est à Madrid; demain il sera à Saint-Pétersbourg; hier il se trouvait à Pékin. Mais, affirmer exactement l'endroit actuel que remplissent de terreur les exploits de ce poétique Rocambole, est un travail au dessus des forces possibles de mon épaisse ratiocination. Ce bandit est, peut-être, à sept cents lieues de ce pays ; peut-être, il est à quelques pas de vous. Il n'est pas facile de faire périr entièrement les hommes, et les lois sont là ; mais, on peut, avec de la patience, exterminer, une par une, les fourmis humanitaires. Or, depuis les jours de ma naissance, où je vivais avec les premiers aïeuls de notre race, encore inexpérimenté dans la tension de mes embûches; depuis les

temps reculés, placés, au delà de l'histoire, où, dans
de subtiles métamorphoses, je ravageais, à diverses
époques, les contrées du globe par les conquêtes et
le carnage, et répandais la guerre civile au milieu
des citoyens, n'ai-je pas déjà écrasé sous mes talons,
membre par membre ou collectivement, des générations entières, dont il ne serait pas difficile de concevoir le chiffre innombrable? Le passé radieux a fait
de brillantes promesses à l'avenir : il les tiendra.
Pour le ratissage de mes phrases, j'emploierai forcé-
ment la méthode naturelle, en rétrogradant jusque
chez les sauvages, afin qu'ils me donnent des leçons.
Gentlemen simples et majestueux, leur bouche gracieuse ennoblit tout ce qui découle de leurs lèvres
tatouées. Je viens de prouver que rien n'est risible
dans cette planète. Planète cocasse, mais superbe.
M'emparant d'un style que quelques-uns trouveront
naïf (quand il est si profond), je le ferai servir à
interpréter des idées qui, malheureusement, ne paraîtront peut-être pas grandioses! Par cela même,
me dépouillant des allures légères et sceptiques de
l'ordinaire conversation, et, assez prudent pour ne
pas poser... je ne sais plus ce que j'avais l'intention
de dire, car, je ne me rappelle pas le commencement
de la phrase. Mais, sachez que la poésie se trouve
partout où n'est pas le sourire, stupidement railleur,
de l'homme, à la figure de canard. Je vais d'abord
me moucher, parce que j'en ai besoin; et ensuite,

puissamment aidé par ma main, je reprendrai le porte-plume que mes doigts avaient laissé tomber. Comment le pont du Carrousel put-il garder la constance de sa neutralité, lorsqu'il entendit les cris déchirants que semblait pousser le sac !

I

Les magasins de la rue Vivienne étalent leurs richesses aux yeux émerveillés. Éclairés par de nombreux becs de gaz, les coffrets d'acajou et les montres en or répandent à travers les vitrines des gerbes de lumière éblouissante. Huit heures ont sonné à l'horloge de la Bourse : ce n'est pas tard ! A peine le dernier coup de marteau s'est-il fait entendre, que la rue, dont le nom a été cité, se met à trembler, et secoue ses fondements depuis la place Royale jusqu'au boulevard Montmartre. Les promeneurs hâtent le pas, et se retirent pensifs dans leurs maisons. Une femme s'évanouit et tombe sur l'asphalte. Personne ne la relève : il tarde à chacun de s'éloigner de ce parage. Les volets se referment avec impétuosité, et les habitants s'enfoncent dans leurs couvertures. On dirait que la peste asiatique a révélé sa présence. Ainsi, pendant que la plus grande partie de la ville se prépare à nager dans les réjouissances des fêtes nocturnes, la rue Vivienne se trouve subitement glacée par une sorte de pétrification. Comme un cœur qui cesse d'aimer, elle a vu sa vie éteinte. Mais, bientôt, la nouvelle du phénomène se répand dans les autres couches de la population, et un silence morne plane sur l'auguste capitale. Où sont-ils passés, les becs de gaz? Que sont-elles devenues, les vendeuses d'amour? Rien... la solitude et l'obscurité! Une chouette, volant dans une direction rectiligne, et dont la patte est cassée, passe au-dessus de la Madeleine, et prend son essor vers la barrière du Trône, en s'écriant : « Un malheur se prépare. » Or, dans cet endroit que ma plume (ce véritable ami qui me sert de compère) vient de rendre mystérieux, si vous regardez du côté par où la rue Colbert s'engage dans la rue Vivienne, vous verrez, à l'angle formé par le croisement de ces deux voies, un personnage montrer sa silhouette, et diriger sa marche légère vers les boulevards. Mais, si l'on s'approche davantage, de manière à ne pas amener sur soi-même l'attention de ce passant, on s'aperçoit, avec un agréable étonnement, qu'il est jeune! De loin on l'aurait pris en effet pour un homme mûr. La somme des jours ne compte plus, quand il s'agit d'apprécier la capacité intellectuelle d'une figure sérieuse. Je me connais à lire l'âge dans les lignes physiognomoniques du front : il a seize ans et quatre mois! Il est beau comme la rétractilité des serres des oiseaux rapaces ; ou encore, comme l'incertitude des mouvements musculaires dans les plaies des parties molles de la région cervicale postérieure; ou plutôt, comme ce piége à rats perpétuel, toujours retendu par l'animal pris, qui peut prendre seul des rongeurs indéfiniment, et fonctionner même caché sous la paille ; et surtout, comme la rencontre fortuite sur une table de dissection d'une machine à coudre et d'un parapluie ! Mervyn, ce fils de la blonde Angleterre, vient de prendre chez son professeur une leçon d'escrime, et, enveloppé dans son tartan écossais, il retourne chez ses parents. C'est huit heures et demie, et il espère arriver chez lui à neuf heures : de sa part, c'est une grande présomption que de feindre d'être certain de connaître l'avenir. Quelque obstacle imprévu ne peut-il l'embarrasser dans sa route? Et cette circonstance, serait-elle si peu fréquente, qu'il dût prendre sur lui de la considérer comme une exception ? Que ne considère-t-il plutôt, comme un fait anormal, la possibilité qu'il a eue jusqu'ici de se sentir dépourvu d'inquiétude et pour ainsi dire heureux? De quel droit en effet prétendrait-il gagner indemne sa demeure, lorsque quelqu'un le guette et le suit par derrière comme sa future proie? (Ce serait bien peu connaître sa profession d'écrivain à sensation, que de ne pas, au moins, mettre en avant, les restrictives interrogations après lesquelles arrive immédiatement la phrase que je suis sur le point de terminer.) Vous avez reconnu le héros

imaginaire qui, depuis un long temps, brise par la
pression de son individualité ma malheureuse intelligence! Tantôt Maldoror se rapproche de Mervyn,
pour graver dans sa mémoire les traits de cet adolescent; tantôt, le corps rejeté en arrière, il recule
sur lui-même comme le boomérang d'Australie, dans
la deuxième période de son trajet, ou plutôt, comme
une machine infernale. Indécis sur ce qu'il doit faire.
Mais, sa conscience n'éprouve aucun symptôme d'une
émotion la plus embryogénique, comme à tort vous
le supposeriez. Je le vis s'éloigner un instant dans
une direction opposée; était-il accablé par le remords? Mais, il revint sur ses pas avec un nouvel
acharnement. Mervyn ne sait pas pourquoi ses artères temporales battent avec force, et il presse le pas,
obsédé par une frayeur dont lui et vous cherchent
vainement la cause. Il faut lui tenir compte de son
application à découvrir l'énigme. Pourquoi ne se re-
tourne-t-il pas? Il comprendrait tout. Songe-t-on
jamais aux moyens les plus simples de faire cesser
un état alarmant? Quand un rôdeur de barrières traverse un faubourg de la banlieue, un saladier de vin
blanc dans le gosier et la blouse en lambeaux, si,
dans le coin d'une borne, il aperçoit un vieux chat
musculeux, contemporain des révolutions auxquelles
ont assisté nos pères, contemplant mélancoliquement
les rayons de la lune, qui s'abattent sur la plaine
endormie, il s'avance tortueusement dans une ligne

courbe, et fait un signe à un chien cagneux, qui se précipite. Le noble animal de la race féline attend son adversaire avec courage, et dispute chèrement sa vie. Demain quelque chiffonnier achètera une peau électrisable. Que ne fuyait-il donc? C'était si facile. Mais, dans le cas qui nous préoccupe actuellement, Mervyn complique encore le danger par sa propre ignorance. Il a comme quelques lueurs, excessivement rares, il est vrai, dont je ne m'arrêterai pas à démontrer le vague qui les recouvre; cependant, il lui est impossible de deviner la réalité. Il n'est pas prophète, je ne dis pas le contraire, et il ne se reconnaît pas la faculté de l'être. Arrivé sur la grande artère, il tourne à droite et traverse le boulevard Poissonnière et le boulevard Bonne-Nouvelle. A ce point de son chemin, il s'avance dans la rue du faubourg Saint-Denis, laisse derrière lui l'embarcadère du chemin de fer de Strasbourg, et s'arrête devant un portail élevé, avant d'avoir atteint la superposition perpendiculaire de la rue Lafayette. Puisque vous me conseillez de terminer en cet endroit la première strophe, je veux bien, pour cette fois, obtempérer, à votre désir. Savez-vous que, lorsque je songe à l'anneau de fer caché sous la pierre par la main d'un maniaque, un invincible frisson me passe par les cheveux?

II

Il tire le bouton de cuivre, et le portail de l'hôtel moderne tourne sur ses gonds. Il arpente la cour, parsemée de sable fin, et franchit les huit degrés du perron. Les deux statues, placées à droite et à gauche comme les gardiennes de l'aristocratique villa, ne lui barrent pas le passage. Celui qui a tout renié, père, mère, Providence, amour, idéal, afin de ne plus penser qu'à lui seul, s'est bien gardé de ne pas suivre les pas qui précédaient. Il l'a vu entrer dans un spacieux salon du rez-de-chaussée, aux boiseries de cornaline. Le fils de famille se jette sur un sofa, et l'émotion l'empêche de parler. Sa mère, à la robe longue et traînante, s'empresse autour de lui, et l'entoure de ses bras. Ses frères, moins âgés que lui, se groupent autour du meuble, chargé d'un fardeau ; ils ne connaissent pas la vie d'une manière suffisante, pour se faire une idée nette de la scène qui se passe. Enfin, le père élève sa canne, et abaisse sur les assistants un regard plein d'autorité. Appuyant le poignet sur les bras du fauteuil, il s'éloigne de son siége ordinaire, et s'avance, avec inquiétude, quoique affaibli par les ans, vers le corps immobile de son premier-né. Il parle dans une langue étrangère, et chacun l'écoute dans un recueillement respectueux : « Qui a mis le garçon dans cet état ? La Tamise bru-

meuse charriera encore une quantité notable de
limon avant que mes forces soient complétement
épuisées. Des lois préservatrices n'ont pas l'air
d'exister dans cette contrée inhospitalière. Il éprou-
verait la vigueur de mon bras, si je connaissais le
coupable. Quoique j'aie pris ma retraite, dans l'éloignement des combats maritimes, mon épée de commodore, suspendue à la muraille, n'est pas encore
rouillée. D'ailleurs, il est facile d'en repasser le fil.
Mervyn, tranquillise-toi ; je donnerai des ordres à
mes domestiques, afin de rencontrer la trace de celui
que, désormais, je chercherai, pour le faire périr de
ma propre main. Femme, ôte-toi de là, et va t'accroupir dans un coin ; tes yeux m'attendrissent, et tu
ferais mieux de refermer le conduit de tes glandes
lacrymales. Mon fils, je t'en supplie, réveille tes
sens, et reconnais ta famille ; c'est ton père qui te
parle... » La mère se tient à l'écart, et, pour obéir
aux ordres de son maître, elle a pris un livre entre
ses mains, et s'efforce de demeurer tranquille, en
présence du danger que court celui que sa matrice
enfanta. « ... Enfants, allez vous amuser dans le
parc, et prenez garde, en admirant la natation des
cygnes, de ne pas tomber dans la pièce d'eau... »
Les frères, les mains pendantes, restent muets ; tous,
la toque surmontée d'une plume arrachée à l'aile de
l'engoulevent de la Caroline, avec le pantalon de velours s'arrêtant aux genoux, et les bas de soie rouge,

se prennent par la main, et se retirent du salon,
ayant soin de ne presser le parquet d'ébène que de
la pointe des pieds. Je suis certain qu'ils ne s'amuse-
ront pas, et qu'ils se promèneront avec gravité dans
les allées de platanes. Leur intelligence est précoce.
Tant mieux pour eux. « ... Soins inutiles, je te berce
dans mes bras, et tu es insensible à mes supplications. Voudrais-tu relever la tête? J'embrasserai tes
genoux, s'il le faut. Mais non... elle retombe inerte.»
— « Mon doux maître, si tu le permets à ton esclave,
je vais chercher dans mon appartement un flacon
rempli d'essence de térébenthine, et dont je me sers
habituellement quand la migraine envahit mes tempes, après être revenue du théâtre, ou lorsque la
lecture d'une narration émouvante, consignée dans
les annales britanniques de la chevaleresque histoire
de nos ancêtres, jette ma pensée rêveuse dans les
tourbières de l'assoupissement. » — « Femme, je ne
t'avais pas donné la parole, et tu n'avais pas le droit
de la prendre. Depuis notre légitime union, aucun
nuage n'est venu s'interposer entre nous. Je suis
content de toi, je n'ai jamais eu de reproches à te
faire : et réciproquement. Va chercher dans ton appartement un flacon rempli d'essence de térébenthine. Je sais qu'il s'en trouve un dans les tiroirs de
ta commode, et tu ne viendras pas me l'apprendre.
Dépêche-toi de franchir les degrés de l'escalier en
spirale, et reviens me trouver avec un visage con-

tent. „ Mais la sensible Londonienne est à peine arrivée aux premières marches (elle ne court pas aussi
promptement qu'une personne des classes inférieures) que déjà une de ses demoiselles d'atour redescend
du premier étage, les joues empourprées de sueur,
avec le flacon qui, peut-être, contient la liqueur de
vie dans ses parois de cristal. La demoiselle s'incline
avec grâce en présentant son offre, et la mère, avec
sa démarche royale, s'est avancée vers les franges
qui bordent le sofa, seul objet qui préoccupe sa tendresse. Le commodore, avec un geste fier, mais bien-
veillant, accepte le flacon des mains de son épouse.
Un foulard d'Inde y est trempé, et l'on entoure la
tête de Mervyn avec les méandres orbiculaires de la
soie. Il respire des sels ; il remue un bras. La circulation se ranime, et l'on entend les cris joyeux d'un
kakatoès des Philippines, perché sur l'embrasure de
la fenêtre. « Qui va là ?.. Ne m'arrêtez point... Où
suis-je ? Est-ce une tombe qui supporte mes membres
alourdis ? Les planches m'en paraissent douces... Le
médaillon qui contient le portrait de ma mère, est-il
encore attaché à mon cou ?... Arrière, malfaiteur, à
la tête échevelée. Il n'a pu m'atteindre, et j'ai laissé
entre ses doigts un pan de mon pourpoint. Détachez
les chaînes des bouledogues, car, cette nuit, un voleur reconnaissable peut s'introduire chez nous avec
effraction, tandis que nous serons plongés dans le
sommeil. Mon père et ma mère, je vous reconnais, et

je vous remercie de vos soins. Appelez mes petits
frères. C'est pour eux que j'avais acheté des prali-
nes, et je veux les embrasser. » A ces mots, il tombe
dans un profond état léthargique. Le médecin, qu'on
a mandé en toute hâte, se frotte les mains et s'écrie :
« La crise est passée. Tout va bien. Demain votre
fils se réveillera dispos. Tous, allez-vous-en dans vos
couches respectives, je l'ordonne, afin que je reste
seul à côté du malade, jusqu'à l'apparition de l'aurore et du chant du rossignol. » Maldoror, caché
derrière la porte, n'a perdu aucune parole. Maintenant, il connaît le caractère des habitants de l'hôtel,
et agira en conséquence. Il sait où demeure Mervyn,
et ne désire pas en savoir davantage. Il a inscrit
dans un calepin le nom de la rue et le numéro du
bâtiment. C'est le principal. Il est sûr de ne pas les
oublier. Il s'avance, comme une hyène, sans être vu,
et longe les côtés de la cour. Il escalade la grille
avec agilité, et s'embarrasse un instant dans les
pointes de fer; d'un bond, il est sur la chaussée. Il
s'éloigne à pas de loup. « Il me prenait pour un malfaiteur, s'écrie-t-il : lui, c'est un imbécile. Je voudrais trouver un homme exempt de l'accusation que
le malade a portée contre moi. Je ne lui ai pas enlevé un pan de son pourpoint, comme il l'a dit. Simple hallucination hypnagogique causée par la frayeur.
Mon intention n'était pas aujourd'hui de m'emparer
de lui ; car, j'ai d'autres projets ultérieurs sur cet

adolescent timide. „ Dirigez-vous du côté où se
trouve le lac des cygnes ; et, je vous dirai plus tard
pourquoi il s'en trouve un de complétement noir
parmi la troupe, et dont le corps, supportant une
enclume, surmontée du cadavre en putréfaction d'un
crabe tourteau, inspire à bon droit de la méfiance à
ses autres aquatiques camarades.

III

Mervyn est dans sa chambre; il a reçu une missive. Qui donc lui écrit une lettre? Son trouble l'a
empêché de remercier l'agent postal. L'enveloppe a
les bordures noires, et les mots sont tracés d'une
écriture hâtive. Ira-t-il porter cette lettre à son père?
Et si le signataire le lui défend expressément? Plein
d'angoisse, il ouvre sa fenêtre pour respirer les senteurs de l'atmosphère; les rayons du soleil reflètent
leurs prismatiques irradiations sur les glaces de Ve-
nise et les rideaux de damas. Il jette la missive de
côté, parmi les livres à tranche dorée et les albums à
couverture de nacre, parsemés sur le cuir repoussé
qui recouvre la surface de son pupitre d'écolier. Il
ouvre son piano, et fait courir ses doigts effilés sur
les touches d'ivoire. Les cordes de laiton ne résonnè-
rent point. Cet avertissement indirect l'engage à reprendre le papier vélin ; mais celui-ci recula, comme

s'il avait été offensé de l'hésitation du destinataire.
Prise à ce piége, la curiosité de Mervyn s'accroît et
il ouvre le morceau de chiffon préparé. Il n'avait vu
jusqu'à ce moment que sa propre écriture. « Jeune
homme, je m'intéresse à vous ; je veux faire votre
bonheur. Je vous prendrai pour compagnon, et nous
accomplirons de longues pérégrinations dans les îles
de l'Océanie. Mervyn, tu sais que je t'aime, et je n'ai
pas besoin de te le prouver. Tu m'accorderas ton
amitié, j'en suis persuadé. Quand tu me connaîtras
davantage, tu ne te repentiras pas de la confiance que
tu m'auras témoignée. Je te préserverai des périls
que courra ton inexpérience. Je serai pour toi un
frère, et les bons conseils ne te manqueront pas.
Pour de plus longues explications, trouve-toi, après-
demain matin, à cinq heures, sur le pont du Carrousel. Si je ne suis pas arrivé, attends-moi ; mais, j'espère être rendu à l'heure juste. Toi, fais de même. Un
Anglais n'abandonnera pas facilement l'occasion de
voir clair dans ses affaires. Jeune homme, je te salue, et à bientôt. Ne montre cette lettre à personne. »
— « Trois étoiles au lieu d'une signature, s'écrie
Mervyn ; et une tâche de sang au bas de la page ! »
Des larmes abondantes coulent sur les curieuses
phrases que ses yeux ont dévorées, et qui ouvrent à
son esprit le champ illimité des horizons incertains
et nouveaux. Il lui semble (ce n'est que depuis la lecture qu'il vient de terminer) que son père est un peu

sévère et sa mère trop majestueuse. Il possède des
raisons qui ne sont pas parvenues à ma connaissance
et que, par conséquent, je ne pourrais vous trans-
mettre, pour insinuer que ses frères ne lui conviennent
pas non plus. Il cache cette lettre dans sa poitrine.
Ses professeurs ont observé que ce jour-là il n'a pas
ressemblé à lui-même; ses yeux se sont assombris
démesurément, et le voile de la réflexion excessive
s'est abaissé sur la région péri-orbitaire. Chaque
professeur a rougi, de crainte de ne pas se trouver à
la hauteur intellectuelle de son élève, et, cependant,
celui-ci, pour la première fois, a négligé ses devoirs
et n'a pas travaillé. Le soir, la famille s'est réunie
dans la salle à manger, décorée de portraits antiques.
Mervyn admire les plats chargés de viandes succu-
lentes et les fruits odoriférants, mais, il ne mange
pas; les polychrômes ruissellements des vins du
Rhin et le rubis mousseux du champagne s'enchâs-
sent dans les étroites et hautes coupes de pierre de
Bohême, et laissent même sa vue indifférente. Il appuie son coude sur la table, et reste absorbé dans ses
pensées comme un somnambule. Le commodore, au
visage boucané par l'écume de la mer, se penche à
l'oreille de son épouse : « L'aîné a changé de caractère, depuis le jour de la crise; il n'était déjà que
trop porté aux idées absurdes; aujourd'hui il rêvasse
encore plus de coutume. Mais enfin, je n'étais pas
comme cela, moi, lorsque j'avais son âge. Fais sem-

blant de ne t'apercevoir de rien. C'est ici qu'un re-
mède efficace, matériel ou moral, trouverait aisément
son emploi. Mervyn, toi qui goûtes la lecture des livres de voyages et d'histoire naturelle, je vais te lire
un récit qui ne te déplaira pas. Qu'on m'écoute avec
attention ; chacun y trouvera son profit, moi, le premier. Et vous autres, enfants, apprenez, par l'attention que vous saurez prêter à mes paroles, à perfec-
tionner le dessin de votre style, et à vous rendre
compte des moindres intentions d'un auteur. » Comme
si cette nichée d'adorables moutards aurait pu comprendre ce que c'était que la rhétorique ! Il dit, et,
sur un geste de sa main, un des frères se dirige vers
la bibliothèque paternelle, et en revient avec un vo-
lume sous le bras. Pendant ce temps, le couvert et
l'argenterie sont enlevés, et le père prend le livre. A
ce nom électrisant de voyages, Mervyn a relevé la
tête, et s'est efforcé de mettre un terme à ses méditations hors de propos. Le livre est ouvert vers le milieu, et la voix métallique du commodore prouve qu'il
est resté capable, comme dans les jours de sa glo-
rieuse jeunesse, de commander à la fureur des hommes
et des tempêtes. Bien avant la fin de cette lecture,
Mervyn est retombé sur son coude, dans l'impossibilité de suivre plus longtemps le raisonné développement des phrases passées à la filière et la saponifi-
cation des obligatoires métaphores. Le père s'écrie :
« Ce n'est pas cela qui l'intéresse ; lisons autre chose.

Lis, femme; tu seras plus heureuse que moi, pour chasser le chagrin des jours de notre fils. » La mère ne conserve plus d'espoir; cependant, elle s'est emparée d'un autre livre, et le timbre de sa voix de soprano retentit mélodieusement aux oreilles du produit de sa conception. Mais, après quelques paroles, le découragement l'envahit, et elle cesse d'elle-même l'interprétation de l'œuvre littéraire. Le premier-né s'écrie : « Je vais me coucher. » Il se retire, les yeux baissés avec une fixité froide, et sans rien ajouter. Le chien se met à pousser un lugubre aboiement, car il ne trouve pas cette conduite naturelle, et le vent du dehors, s'engouffrant inégalement dans la fissure longitudinale de la fenêtre, fait vaciller la flamme, rabattue par deux coupoles de cristal rosé, de la lampe de bronze. La mère appuie ses mains sur son front, et le père relève les yeux vers le ciel. Les enfants jettent des regards effarés sur le vieux marin. Mervyn ferme la porte de sa chambre à double tour, et sa main court rapidement sur le papier : « J'ai reçu votre lettre à midi, et vous me pardonnerez si je vous ai fait attendre la réponse. Je n'ai pas l'honneur de vous connaître personnellement, et je ne savais pas si je devais vous écrire. Mais, comme l'impolitesse ne loge pas dans notre maison, j'ai résolu de prendre la plume, et de vous remercier chaleureusement de l'intérêt que vous prenez pour un inconnu. Dieu me garde de ne pas montrer de la reconnaissance pour la sympathie dont vous me comblez. Je connais mes imperfections, et je ne m'en montre pas plus fier. Mais, s'il est convenable d'accepter l'amitié d'une personne âgée, il l'est aussi de lui faire comprendre que nos caractères ne sont pas les mêmes. En effet, vous paraissez être plus âgé que moi puisque vous m'appelez jeune homme, et cependant je conserve des doutes sur votre âge véritable. Car, comment concilier la froideur de vos syllogismes avec la passion qui s'en dégage ? Il est certain que je n'abandonnerai pas le lieu qui m'a vu naître, pour vous accompagner dans les contrées lointaines ; ce qui ne serait possible qu'à la condition de demander auparavant aux auteurs de mes jours, une permission impatiemment attendue. Mais, comme vous m'avez enjoint de garder le secret (dans le sens cubique du mot) sur cette affaire spirituellement ténébreuse, je m'empresserai d'obéir à votre sagesse incontestable. A ce qu'il paraît, elle n'affronterait pas avec plaisir la clarté de la lumière. Puisque vous paraissez souhaiter que j'aie de la confiance en votre propre personne (vœu qui n'est pas déplacé, je me plais à le confesser), ayez la bonté, je vous prie, de témoigner, à mon égard, une confiance analogue, et de ne pas avoir la prétention de croire que je serais tellement éloigné de votre avis, qu'après demain matin, à l'heure indiquée, je ne serais pas exact au rendez-vous. Je franchirai le mur de clôture du parc, car la grille sera fermée, et personne ne sera témoin de mon départ. A parler avec franchise, que ne ferais-je pas pour vous, dont l'inexplicable attachement a su promptement se révéler à mes yeux éblouis, surtout étonnés d'une telle preuve de bonté, à laquelle je me suis assuré que je ne me serais pas attendu. Puisque je ne vous connaissais pas. Maintenant je vous connais. N'oubliez pas la promesse que vous m'avez faite de vous promener sur le pont du Carrousel. Dans le cas que j'y passe, j'ai une certitude, à nulle autre pareille, de vous y rencontrer et de vous toucher la main, pourvu que cette innocente manifestation d'un adolescent qui, hier encore, s'inclinait devant l'autel de la pudeur, ne doive pas vous offenser par sa respectueuse familiarité. Or, la familiarité n'est-elle pas avouable dans le cas d'une forte et ardente intimité, lorsque la perdition est sérieuse et convaincue? Et quel mal y aurait-il après tout, je vous le demande à vous-même, à ce que je vous dise adieu tout en passant, lorsque après-demain, qu'il pleuve ou non, cinq heures auront sonné? Vous apprécierez vous-même, gentleman, le tact avec lequel j'ai conçu ma lettre; car, je ne me permets pas dans une feuille volante, apte à s'égarer, de vous en dire davantage. Votre adresse au bas de la page est un rébus. Il m'a fallu près d'un quart-d'heure pour la déchiffrer. Je crois que vous avez bien fait d'en tracer les mots d'une manière microscopique. Je me dispense de signer et en cela je vous

imite : nous vivons dans un temps trop excentrique,
pour s'étonner un instant de ce qui pourrait arriver.
Je serais curieux de savoir comment vous avez appris
l'endroit où demeure mon immobilité glaciale, entou-
rée d'une longue rangée de salles désertes, immondes
charniers de mes heures d'ennui. Comment dire cela?
Quand je pense à vous, ma poitrine s'agite, retentis-
sante comme l'écroulement d'un empire en déca-
dence; car, l'ombre de votre amour accuse un sourire
qui, peut-être, n'existe pas : elle est si vague, et remue
ses écailles si tortueusement ! Entre vos mains, j'abandonne mes sentiments impétueux, tables de marbre
toutes neuves, et vierges encore d'un contact mortel.
Prenons patience jusqu'aux premières lueurs du crépuscule matinal, et, dans l'attente du moment qui me
jettera dans l'entrelacement hideux de vos bras pes-
tiférés, je m'incline humblement à vos genoux, que
je presse. » Après a.)ir écrit cette lettre coupable,
Mervyn la porta à la poste et revient se mettre au
lit. Ne comptez pas y trouver son ange gardien. La
queue de poisson ne volera que pendant trois jours,
c'est vrai; mais, hélas ! la poutre n'en sera pas moins
brûlée; et une balle cylindro-conique percera la
peau du rhinocéros, malgré la fille de neige et le mendiant! C'est que le fou couronné aura dit la vérité
sur la fidélité des quatorze poignards.

IV

Je me suis aperçu que je n'avais qu'un œil au milieu du front! O miroirs d'argent, incrustés dans les panneaux des vestibules, combien de services ne m'avez-vous pas rendus par votre pouvoir réflecteur! Depuis le jour où un chat angora me rongea, pendant une heure, la bosse pariétale, comme un trépan qui perfore le crâne, en s'élançant brusquement sur mon dos, parce que j'avais fait bouillir ses petits dans une cuve remplie d'alcool, je n'ai pas cessé de lancer contre moi-même la flèche des tourments. Aujourd'hui, sous l'impression des blessures que mon corps a reçues dans diverses circonstances, soit par la fatalité de ma naissance, soit par le fait de ma propre faute; accablé par les conséquences de ma chute morale (quelques-unes ont été accomplies; qui prévoira les autres?); spectateur impassible des monstruosités acquises ou naturelles, qui décorent les aponévroses et l'intellect de celui qui parle, je jette un long regard de satisfaction sur la dualité qui me compose... et je me trouve beau! Beau comme le vice de conformation congénital des organes sexuels de l'homme, consistant dans la brièveté relative du canal de l'urètre et la division ou l'absence de sa paroi inférieure, de telle sorte que ce canal s'ouvre à une distance variable du gland et au-dessous du pénis ; ou encore, comme la caroncule charnue, de forme conique, sillonnée par des rides transversales assez profondes, qui s'élève sur la base du bec supérieur du dindon ; ou plutôt, comme la vérité qui suit : « Le système des gammes, des modes et de leur enchaînement harmonique ne repose pas sur des lois naturelles invariables, mais il est, au contraire, la conséquence de principes esthétiques qui ont varié avec le développement progressif de l'humanité, et qui varieront encore ; » et surtout, comme une corvette cuirassée à tourelles ! Oui, je maintiens l'exactitude de mon assertion. Je n'ai pas d'illusion présomptueuse, je m'en vante, et je ne trouverais aucun profit dans le mensonge ; donc, ce que j'ai dit, vous ne devez mettre aucune hésitation à le croire. Car, pourquoi m'inspirerais-je à moi-même de l'horreur, devant les témoignages élogieux qui partent de ma conscience ? Je n'envie rien au Créateur ; mais, qu'il me laisse descendre le fleuve de ma destinée, à travers une série croissante de crimes glorieux. Sinon, élevant à la hauteur de son front un regard irrité de tout obstacle, je lui ferai comprendre qu'il n'est pas le seul maître de l'univers ; que plusieurs phénomènes qui relèvent directement d'une connaissance plus approfondie de la nature des choses, déposent en faveur de l'opinion contraire, et opposent un formel démenti à la viabilité de l'unité de la puissance. C'est que nous sommes deux à nous contempler les cils des paupières, vois-tu... et tu sais que plus d'une fois a retenti, dans ma bouche sans lèvres, le clairon de la victoire. Adieu, guerrier illustre ; ton courage dans le malheur inspire de l'estime à ton ennemi le plus acharné ; mais Maldoror te retrouvera bientôt pour te disputer la proie qui s'appelle Mervyn. Ainsi, sera réalisée la prophétie du coq, quand il entrevit l'avenir au fond du candélabre. Plût au ciel que le crabe tourteau rejoigne à temps la caravane des pèlerins, et leur apprenne en quelques mots la narration du chiffonnier de Clignancourt !

V

Sur un banc du Palais-Royal, du côté gauche et non loin de la pièce d'eau, un individu, débouchant de la rue de Rivoli, est venu s'asseoir. Il a les cheveux en désordre, et ses habits dévoilent l'action corrosive d'un dénûment prolongé. Il a creusé un trou dans le sol avec un morceau de bois pointu, et a rempli de terre le creux de sa main. Il a porté cette nourriture à la bouche et la rejetée avec précipitation. Il s'est relevé, et, appliquant sa tête contre le banc, il a dirigé ses jambes vers le haut. Mais, comme cette situation funambulesque est en dehors des lois de la pesanteur qui régissent le centre de gravité, il

est retombé lourdement sur la planche, les bras pendants, la casquette lui cachant la moitié de la figure,
et les jambes battant le gravier dans une situation
d'équilibre instable, de moins en moins rassurante.
Il reste longtemps dans cette position. Vers l'entrée
mitoyenne du nord, à côté de la rotonde qui contient
une salle de café, le bras de notre héros est appuyé
contre la grille. Sa vue parcourt la superficie du rec-
tangle, de manière à ne laisser échapper aucune
perspective. Ses yeux reviennent sur eux-mêmes,
après l'achèvement de l'investigation, et il aperçoit,
au milieu du jardin, un homme qui fait de la gymnastique titubante avec un banc sur lequel il s'efforce
de s'affermir, en accomplissant des miracles de
force et d'adresse. Mais, que peut la meilleure intention, apportée au service d'une cause juste, contre
les dérèglements de l'aliénation mentale? Il s'est
avancé vers le fou, l'a aidé avec bienveillance à re-
placer sa dignité dans une position normale, lui a
tendu la main, et s'est assis à côté de lui. Il remarque que la folie n'est qu'intermittente; l'accès a
disparu; son interlocuteur répond logiquement à
toutes les questions. Est-il nécessaire de rapporter le
sens de ses paroles? Pourquoi rouvrir, à une page
quelconque, avec un empressement blasphématoire,
l'in-folio des misères humaines? Rien n'est d'un en-
seignement plus fécond. Quand même je n'aurais
aucun événement de vrai à vous faire entendre, j'in-

venterais des récits imaginaires pour les transvaser dans votre cerveau, Mais, le malade ne l'est pas devenu pour son propre plaisir ; et la sincérité de ses rapports s'allie à merveille avec la crédulité du lecteur. « Mon père était un charpentier de la rue de la Verrerie... Que la mort des trois Marguerite retombe sur sa tête, et que le bec du canari lui ronge éternellement l'axe du bulbe oculaire ! Il avait contracté l'habitude de s'enivrer ; dans ces moments-là, quand il revenait à la maison, après avoir couru les comptoirs des cabarets, sa fureur devenait presque incommensurable , et il frappait indistinctement les objets qui se présentaient à sa vue. Mais, bientôt, devant les reproches de ses amis, il se corrigea complétement, et devint d'une humeur taciturne. Personne ne pouvait l'approcher, pas même notre mère. Il conservait un secret ressentiment contre l'idée du devoir qui l'empêchait de se conduire à sa guise. J'avais acheté un serin pour mes trois sœurs ; c'était pour mes trois sœurs que j'avais acheté un serin. Elles l'avaient enfermé dans une cage, au-dessus de la porte, et les passants s'arrêtaient, chaque fois, pour écouter les chants de l'oiseau, admirer sa grâce fugitive et étudier ses formes savantes. Plus d'une fois mon père avait donné l'ordre de faire disparaître la cage et son contenu, car il se figurait que le serin se moquait de sa personne, en lui jetant le bouquet des cavatines aériennes de son talent de vocaliste. Il

alla détacher la cage du clou, et glissa de la chaise,
aveuglé par la colère. Une légère excoriation au
genou fut le trophée de son entreprise. Après être
resté quelques secondes à presser la partie gonflée
avec un copeau, il rabaissa son pantalon, les sourcils
froncés, prit mieux ses précautions, mit la cage sous
son bras et se dirigea vers le fond de son atelier. Là,
malgré les cris et les supplications de sa famille
(nous tenions beaucoup à cet oiseau, qui était, pour
nous, comme le génie de la maison) il écrasa de ses
talons ferrés la boîte d'osier, pendant qu'une varlope,
tournoyant autour de sa tête, tenait à distance les
assistants. Le hasard fit que le serin ne mourut pas
sur le coup; ce flocon de plumes vivait encore, malgré la maculation sanguine. Le charpentier s'éloigna,
et referma la porte avec bruit. Ma mère et moi,
nous nous efforçâmes de retenir la vie de l'oiseau,
prête à s'échapper; il atteignait à sa fin, et le mouvement de ses ailes ne s'offrait plus à la vue, que
comme le miroir de la suprême convulsion d'agonie.
Pendant ce temps, les trois Marguerite, quand elles
s'aperçurent que tout espoir allait être perdu, se
prirent par la main, d'un commun accord, et la chaîne
vivante alla s'accroupir, après avoir repoussé à
quelques pas un baril de graisse, derrière l'escalier,
à côté du chenil de notre chienne. Ma mère ne dis-
continuait pas sa tâche, et tenait le serin entre ses
doigts, pour le réchauffer de son haleine. Moi, je

courais éperdu par toutes les chambres, me coignant
aux meubles et aux instruments. De temps à autre,
une de mes sœurs montrait sa tête devant le bas de
l'escalier pour se renseigner sur le sort du malheureux oiseau, et la retirait avec tristesse. La chienne
était sortie de son chenil, et, comme si elle avait
compris l'étendue de notre perte, elle léchait avec la
langue de la stérile consolation la robe des trois
Marguerite. Le serin n'avait plus que quelques instants à vivre. Une de mes sœurs, à son tour (c'était la
plus jeune) présenta sa tête dans la pénombre formée
par la raréfaction de lumière. Elle vit ma mère
pâlir, et l'oiseau, après avoir, pendant un éclair,
relevé le cou, par la dernière manifestation de son
système nerveux, retomber entre ses doigts, inerte à
jamais. Elle annonça la nouvelle à ses sœurs. Elles
ne firent entendre le bruissement d'aucune plainte,
d'aucun murmure. Le silence régnait dans l'atelier.
L'on ne distinguait que le craquement saccadé des
fragments de la cage qui, en vertu de l'élasticité du
bois, reprenaient en partie la position primordiale
de leur construction. Les trois Marguerite ne laissaient écouler aucune larme, et leur visage ne perdait point sa fraîcheur pourprée; non... elles restaient seulement immobiles. Elles se traînèrent
jusqu'à l'intérieur du chenil, et s'étendirent sur la
paille, l'une à côté de l'autre; pendant que la chienne,
témoin passif de leur manœuvre, les regardait faire

avec étonnement. A plusieurs reprises, ma mère les appela ; elles ne rendirent le son d'aucune réponse. Fatiguées par les émotions précédentes, elles dormaient, probablement ! Elle fouilla tous les coins de la maison sans les apercevoir. Elle suivit la chienne, qui la tirait par la robe, vers le chenil. Cette femme s'abaissa et plaça sa tête à l'entrée. Le spectacle dont elle eut la possibilité d'être témoin, mises à part les exagérations malsaines de la peur maternelle, ne pouvait être que navrant, d'après les calculs de mon esprit. J'allumai une chandelle et la lui présentai ; de cette manière, aucun détail ne lui échappa. Elle ramena sa tête, couverte de brins de paille, de la tombe prématurée, et me dit : « Les trois Marguerite sont mortes. » Comme nous ne pouvions les sortir de cet endroit, car, retenez bien ceci, elles étaient étroitement entrelacées ensemble, j'allai chercher dans l'atelier un marteau, pour briser la demeure canine. Je me mis, sur-le-champ, à l'œuvre de démolition, et les passants purent croire, pour peu qu'ils eussent de l'imagination, que le travail ne chômait pas chez nous. Ma mère, impatientée de ces retards qui, cependant, étaient indispensables, brisait ses ongles contre les planches. Enfin, l'opération de la délivrance négative se termina ; le chenil fendu s'entr'ouvrit de tous les côtés ; et nous retirâmes, des décombres, l'une après l'autre, après les avoir séparées difficilement, les filles du charpentier. Ma mère quitta le pays. Je n'ai plus revu mon père. Quant à moi, l'on dit que je suis fou, et j'implore la charité publique. Ce que je sais, c'est que le canari ne chante plus. » L'auditeur approuve dans son intérieur ce nouvel exemple apporté à l'appui de ses dégoûtantes théories. Comme si, à cause d'un homme, jadis pris de vin, l'on était en droit d'accuser l'entière humanité. Telle est du moins la réflexion paradoxale qu'il cherche à introduire dans son esprit ; mais elle ne peut en chasser les enseignements importants de la grave expérience. Il console le fou avec une compassion feinte, et essuie ses larmes avec son propre mouchoir. Il l'amène dans un restaurant, et ils mangent à la même table. Ils s'en vont chez un tailleur de la fashion et le protégé est habillé comme un prince. Ils frappent chez le concierge d'une grande maison de la rue Saint-Honoré, et le fou est installé dans un riche appartement du troisième étage. Le bandit le force à accepter sa bourse, et, prenant le vase de nuit au-dessous du lit, il le met sur la tête d'Aghone. « Je te couronne roi des intelligences, s'écrie-t-il avec une emphase préméditée ; à ton moindre appel j'accourrai ; puise à pleines mains dans mes coffres ; de corps et d'âme je t'appartiens. La nuit, tu rapporteras la couronne d'albâtre à sa place ordinaire, avec la permission de t'en servir ; mais, le jour, dès que l'aurore illuminera les cités, remets-la sur ton front, comme le symbole de ta puissance. Les trois Marguerite revivront en moi, sans compter que je serai ta mère. » Alors le fou recula de quelques pas, comme s'il était la proie d'un insultant cauchemar; les lignes du bonheur se peignirent sur son visage, ridé par les chagrins; il s'agenouilla, plein d'humiliation, aux pieds de son protecteur. La reconnaissance était entrée, comme un poison, dans le cœur du fou couronné! Il voulut parler, et sa langue s'arrêta. Il pencha son corps en avant, et il retomba sur le carreau. L'homme aux lèvres de bronze se retire. Quel était son but? Acquérir un ami à toute épreuve, assez naïf pour obéir au moindre de ses commandements. Il ne pouvait mieux rencontrer et le hasard l'avait favorisé. Celui qu'il a trouvé, couché sur le banc, ne sait plus, depuis un événement de sa jeunesse, reconnaître le bien du mal. C'est Aghone même qu'il lui faut.

VI

Le Tout-Puissant avait envoyé sur la terre un de ses archanges, afin de sauver l'adolescent d'une mort certaine. Il sera forcé de descendre lui-même! Mais, nous ne sommes point encore arrivés à cette partie de notre récit, et je me vois dans l'obligation de fermer ma bouche, parce que je ne puis pas tout dire à la fois : chaque truc à effet paraîtra dans son lieu,

lorsque la trame de cette fiction n'y verra point
d'inconvénient. Pour ne pas être reconnu, l'archange
avait pris la forme d'un crabe tourteau, grand
comme une vigogne. Il se tenait sur la pointe d'un
écueil, au milieu de la mer, et attendait le favorable
moment de la marée, pour opérer sa descente sur le
rivage. L'homme aux lèvres de jaspe, caché derrière
une sinuosité de la plage, épiait l'animal, un bâton
à la main. Qui aurait désiré lire dans la pensée de
ces deux êtres? Le premier ne se cachait pas qu'il
avait une mission difficile à accomplir : « Et comment réussir, s'écriait-il, pendant que les vagues
grossissantes battaient son refuge temporaire, là où
mon maître a vu plus d'une fois échouer sa force et
son courage? Moi, je ne suis qu'une substance limitée, tandis que l'autre, personne ne sait d'où il
vient et quel est son but final. A son nom, les armées célestes tremblent; et plus d'un raconte, dans
les régions que j'ai quittées, que Satan lui-même,
Satan, l'incarnation du mal, n'est pas si redoutable. » Le second faisait les réflexions suivantes ;
elles trouvèrent un écho, jusque dans la coupole
azurée qu'elles souillèrent : « Il a l'air plein d'inexpérience ; je lui réglerai son compte avec promptitude.
Il vient sans doute d'en haut, envoyé par celui qui
craint tant de venir lui-même ! Nous verrons, à
œuvre, s'il est aussi impérieux qu'il en a l'air ; ce
n'est pas un habitant de l'abricot terrestre ; il trahit

son origine séraphique par ses yeux errants et indécis. » Le crabe tourteau, qui, depuis quelque
temps, promenait sa vue sur un espace délimité de la
côte, aperçut notre héros (celui-ci, alors, se releva de
toute la hauteur de sa taille herculéenne), et l'apos-
tropha dans les termes qui vont suivre : « N'essaie
pas la lutte et rends-toi. Je suis envoyé par quelqu'un qui est supérieur à nous deux, afin de te char-
ger de chaînes, et mettre les deux membres com-
plices de ta pensée dans l'impossibilité de remuer.
Serrer des couteaux et des poignards entre tes doigts,
il faut que désormais cela te soit défendu, crois-
m'en ; aussi bien dans ton intérêt que dans celui des
autres. Mort ou vif, je t'aurai ; j'ai l'ordre de t'amener vivant. Ne me mets pas dans l'obligation de re-
courir au pouvoir qui m'a été prêté. Je me conduirai
avec délicatesse ; de ton côté, ne m'oppose aucune
résistance. C'est ainsi que je reconnaîtrai, avec empressement et allégresse, que tu auras fait un premier pas vers le repentir. » Quand notre héros
entendit cette harangue, empreinte d'un sel si profondément comique, il eut de la peine à conserver le
sérieux sur la rudesse de ses traits hâlés. Mais,
enfin, chacun ne sera pas étonné si j'ajoute qu'il finit
par éclater de rire. C'était plus fort que lui ! Il n'y
mettait pas de la mauvaise intention ! Il ne voulait
certes pas s'attirer les reproches du crabe tourteau !
Que d'efforts ne fit-il pas pour chasser l'hilarité ! Que

de fois ne serra-t-il point ses lèvres l'une contre l'autre, afin de ne pas avoir l'air d'offenser son interlocuteur épaté ! Malheureusement son caractère participait de la nature de l'humanité, et il riait ainsi que font les brebis ! Enfin il s'arrêta ! Il était temps ! Il avait failli s'étouffer ! Le vent porta cette réponse à l'archange de l'écueil : « Lorsque ton maître ne m'enverra plus des escargots et des écrevisses pour régler ses affaires, et qu'il daignera parlementer personnellement avec moi, l'on trouvera, j'en suis sûr, le moyen de s'arranger, puisque je suis inférieur à celui qui t'envoya, comme tu l'as dit avec tant de justesse. Jusque-là, les idées de réconciliation m'apparaissent prématurées, et aptes à produire seulement un chimérique résultat. Je suis très-loin de méconnaître ce qu'il y a de censé dans chacune de tes syllabes ; et, comme nous pourrions fatiguer inutilement notre voix, afin de lui faire parcourir trois kilomètres de distance, il me semble que tu agirais avec sagesse, si tu descendais de ta forteresse inexpugnable, et gagnais la terre ferme à la nage : nous discuterons plus commodément les conditions d'une reddition qui, pour si légitime qu'elle soit, n'en est pas moins finalement, pour moi, d'une perspective désagréable. » L'archange, qui ne s'attendait pas à cette bonne volonté, sortit des profondeurs de la crevasse sa tête d'un cran, et répondit : « O Maldoror, est-il enfin arrivé le jour où

tes abominables instincts verront s'éteindre le flambeau d'injustifiable orgueil qui les conduit à l'éternelle damnation! Ce sera donc moi, qui, le premier,
raconterai ce louable changement aux phalanges des
chérubins, heureux de retrouver un des leurs. Tu
sais toi-même et tu n'a pas oublié qu'une époque
existait où tu avais ta première place parmi nous.
Ton nom volait de bouche en bouche; tu es actuellement le sujet de nos solitaires conversations. Viens
donc... viens faire une paix durable avec ton ancien
maître; il te recevra comme un fils égaré, et ne
s'apercevra point de l'énorme quantité de culpabi-
lité que tu as, comme une montagne de cornes
d'élan élevée par les Indiens, amoncelée sur ton
cœur. » Il dit, et il retire toutes les parties de son
corps du fond de l'ouverture obscure. Il se montre,
radieux, sur la surface de l'écueil; ainsi un prêtre
des religions quand il a la certitude de ramener une
brebis égarée. Il va faire un bond sur l'eau, pour se
diriger à la nage vers le pardonné. Mais, l'homme
aux lèvres de saphir a calculé longtemps à l'avance
un perfide coup. Son bâton est lancé avec force;
après maints ricochets sur les vagues, il va frapper
à la tête l'archange bienfaiteur. Le crabe, mortellement atteint, tombe dans l'eau. La marée porte sur
le rivage l'épave flottante. Il attendait la marée pour
opérer plus facilement sa descente. Eh bien, la marée
est venue; elle l'a bercé de ses chants, et l'a molle-

ment déposé sur la plage : le crabe n'est-il pas content? Que lui faut-il de plus? Et Maldoror, penché sur le sable des grèves, reçoit dans ses bras deux amis, inséparablement réunis par les hasards de la lame : le cadavre du crabe tourteau et le bâton homicide! « Je n'ai pas encore perdu mon adresse, s'écrie-t-il; elle ne demande qu'à s'exercer; mon bras conserve sa force et mon œil sa justesse. » Il regarde l'animal inanimé. Il craint qu'on ne lui demande compte du sang versé. Où cachera-t-il l'archange? Et, en même temps, il se demande si la mort n'a pas été instantanée. Il a mis sur son dos une enclume et un cadavre; il s'achemine vers une vaste pièce d'eau, dont toutes les rives sont couvertes et comme murées par un inextricable fouillis de grands joncs. Il voulait d'abord prendre un marteau, mais c'est un instrument trop léger, tandis qu'avec un objet plus lourd, si le cadavre donne signe de vie, il le posera sur le sol et le mettra en poussière à coups d'enclume. Ce n'est pas la vigueur qui manque à son bras, allez; c'est le moindre de ses embarras. Arrivé en vue du lac, il le voit peuplé de cygnes. Il se dit que c'est une retraite sûre pour lui; à l'aide d'une métamorphose, sans abandonner sa charge, il se mêle à la bande des autres oiseaux. Remarquez la main de la Providence là où l'on était tenté de la trouver absente, et faites votre profit du miracle dont je vais vous parler. Noir comme l'aile d'un corbeau, trois fois il nagea parmi le groupe de palmipèdes, à la blancheur éclatante ; trois fois, il conserva cette couleur distinctive qui l'assimilait à un bloc de charbon. C'est que Dieu, dans sa justice, ne permit point que son astuce pût tromper même une bande de cygnes. De telle manière qu'il resta ostensiblement dans l'intérieur du lac ; mais, chacun se tint à l'écart, et aucun oiseau ne s'approcha de son plumage honteux, pour lui tenir compagnie. Et, alors, il circonscrivit ses plongeons dans une baie écartée, à l'extrémité de la pièce d'eau, seul parmi les habitants de l'air, comme il l'était parmi les hommes ! C'est ainsi qu'il préludait à l'incroyable événement de la place Vendôme !

VII

Le corsaire aux cheveux d'or, a reçu la réponse de Mervyn. Il suit dans cette page singulière la trace des troubles intellectuels de celui qui l'écrivit, abandonné aux faibles forces de sa propre suggestion. Celui-ci aurait beaucoup mieux fait de consulter ses parents, avant de répondre à l'amitié de l'inconnu. Aucun bénéfice ne résultera pour lui de se mêler, comme principal acteur, à cette équivoque intrigue. Mais, enfin, il l'a voulu. A l'heure indiquée, Mervyn, de la porte de sa maison, est allé droit devant lui, en suivant le boulevard Sébastopol, jusqu'à la fontaine Saint-Michel. Il prend le quai des Grands-Augustins et traverse le quai Conti; au moment où il passe sur le quai Malaquais, il voit marcher sur le quai du Louvre, parallèlement à sa propre direction, un individu, porteur d'un sac sous le bras, et qui paraît l'examiner avec attention. Les vapeurs du matin se sont dissipées. Les deux passants débouchent en même temps de chaque côté du pont du Carrousel. Quoiqu'ils ne se fussent jamais vus, ils se reconnurent! Vrai, c'était touchant de voir ces deux êtres, séparés par l'âge, rapprocher leurs âmes par la grandeur des sentiments. Du moins, c'eût été l'opinion de ceux qui se seraient arrêtés devant ce spectacle, que plus d'un, même avec un esprit mathématique, aurait trouvé émouvant. Mervyn, le visage en pleurs, réfléchissait qu'il rencontrait, pour ainsi dire à l'entrée de la vie, un soutien précieux dans les futures adversités. Soyez persuadé que l'autre ne disait rien. Voici ce qu'il fit : il déplia le sac qu'il portait, dégagea l'ouverture, et, saisissant l'adolescent par la tête, il fit passer le corps entier dans l'enveloppe de toile. Il noua, avec son mouchoir, l'extrémité qui servait d'introduction. Comme Mervyn poussait des cris aigus, il enleva le sac, ainsi qu'un paquet de linges, et en frappe, à plusieurs reprises, le parapet du pont. Alors, le patient, s'étant aperçu du craquement de ses os, se tut. Scène unique, qu'aucun ro-

mancier ne retrouvera! Un boucher passait, assis
sur la viande de sa charrette. Un individu court à
lui, l'engage à s'arrêter, et lui dit : « Voici un chien,
enfermé dans ce sac; il a la gale : abattez-le au plus
vite. » L'interpellé se montre complaisant. L'inter-
rupteur, en s'éloignant, aperçoit une jeune fille en
haillons qui lui tend la main. Jusqu'où va donc le
comble de l'audace et de l'impiété? Il lui donne l'aumône! Dites-moi si vous voulez que je vous intro-
duise, quelques heures plus tard, à la porte d'un
abattoir reculé. Le boucher est revenu, et a dit à ses
camarades, en jetant à terre un fardeau : « Dépê-
chons-nous de tuer ce chien galeux. » Ils sont quatre,
et chacun saisit le marteau accoutumé. Et, cependant, ils hésitaient, parce que le sac remuait avec
force. « Quelle émotion s'empare de moi? » cria l'un
d'eux en abaissant lentement son bras. « Ce chien
pousse, comme un enfant, des gémissements de douleur, dit un autre; on dirait qu'il comprend le sort
qui l'attend. » « C'est leur habitude, répondit un
troisième; même quand ils ne sont pas malades,
comme c'est le cas ici, il suffit que leur maître reste
quelques jours absents du logis, pour qu'ils se mettent à faire entendre des hurlements qui, véritablement, sont pénibles à supporter. » « Arrêtez!... arrêtez!... cria le quatrième, avant que tous les bras
se fussent levés en cadence pour frapper résolûment, cette fois, sur le sac. Arrêtez, vous dis-je; il

y a ici un fait qui nous échappe. Qui vous dit que
cette toile renferme un chien? Je veux m'en assurer. »
Alors, malgré les railleries de ses compagnons, il
dénoua le paquet, et en retira l'un après l'autre les
membres de Mervyn! Il était presque étouffé par la
gêne de cette position. Il s'évanouit en revoyant la
lumière. Quelques moments après, il donna des
signes indubitables d'existence. Le sauveur dit :
« Apprenez, une autre fois, à mettre de la prudence
jusque dans votre métier. Vous avez failli remarquer,
par vous-mêmes, qu'il ne sert de rien de pratiquer
l'inobservance de cette loi. » Les bouchers s'enfui-
rent. Mervyn, le cœur serré et plein de pressentiments funestes, rentre chez soi et s'enferme dans sa
chambre. Ai-je besoin d'insister sur cette strophe?
Eh! qui n'en déplorera les événements consommés!
Attendons la fin pour porter un jugement encore plus
sévère. Le dénoûment va se précipiter; et, dans ces
sortes de récits, où une passion, de quelque genre
qu'elle soit, étant donnée, celle-ci ne craint aucun
obstacle pour se frayer un passage, il n'y a pas lieu
de délayer dans un godet la gomme laque de quatre
cents pages banales. Ce qui peut être dit dans une
demi-douzaine de strophes, il faut le dire, et puis se
taire.

VIII

Pour construire mécaniquement la cervelle d'un conte somnifère, il ne suffit pas de disséquer des bêtises et abrutir puissamment à doses renouvelées l'intelligence du lecteur, de manière à rendre ses facultés paralytiques pour le reste de sa vie, par la loi infaillible de la fatigue ; il faut, en outre, avec du bon fluide magnétique, le mettre ingénieusement dans l'impossibilité somnambulique de se mouvoir, en le forçant à obscurcir ses yeux contre son naturel par la fixité des vôtres. Je veux dire, afin de ne pas me faire mieux comprendre, mais seulement pour développer ma pensée qui intéresse et agace en même temps par une harmonie des plus pénétrantes, que je ne crois pas qu'il soit nécessaire, pour arriver au but que l'on se propose, d'inventer une poésie tout à fait en dehors de la marche ordinaire de la nature, et dont le souffle pernicieux semble bouleverser même les vérités absolues ; mais, amener un pareil résultat (conforme, du reste, aux règles de l'esthétique, si l'on y réfléchit bien), cela n'est pas aussi facile qu'on le pense : voilà ce que je voulais dire. C'est pourquoi je ferai tous mes efforts pour y parvenir ! Si la mort arrête la maigreur fantastique des deux bras longs de mes épaules, employés à l'écrasement lugubre de mon

gypse littéraire, je veux au moins que le lecteur en
deuil puisse se dire : " Il faut lui rendre justice. Il
m'a beaucoup crétinisé. Que n'aurait-il pas fait, s'il
eût pu vivre davantage ! c'est le meilleur professeur
d'hypnotisme que je connaisse ! „ On gravera ces
quelques mots touchants sur le marbre de ma tombe,
et mes mânes seront satisfaits ! — Je continue ! Il y
avait une queue de poisson qui remuait au fond d'un
trou, à côté d'une botte éculée. Il n'était pas naturel
de se demander : " Où est le poisson ? Je ne vois que
la queue qui remue. „ Car, puisque, précisément,
l'on avouait implicitement ne pas apercevoir le poisson, c'est qu'en réalité il n'y était pas. La pluie avait
laissé quelques gouttes d'eau au fond de cet entonnoir, creusé dans le sable. Quant à la botte éculée,
quelques-uns ont pensé depuis qu'elle provenait de
quelque abandon volontaire. Le crabe tourteau, par
la puissance divine, devait renaître de ses atomes résolus. Il retira du puits la queue de poisson et lui
promit de la rattacher à son corps perdu, si elle an-
nonçait au Créateur l'impuissance de son mandataire
à dominer les vagues en fureur de la mer maldoro-
rienne. Il lui prêta deux ailes d'albatros, et la queue
de poisson prit son essor. Mais elle s'envola vers la
demeure du renégat, pour lui raconter ce qui se passait et trahir le crabe tourteau. Celui-ci devina le
projet de l'espion, et, avant que le troisième jour fût
parvenu à sa fin, il perça la queue du poisson d'une

flèche envenimée. Le gosier de l'espion poussa une faible exclamation, qui rendit le dernier soupir avant de toucher la terre. Alors, une poutre séculaire, placée sur le comble d'un château, se releva de toute sa hauteur, en bondissant sur elle-même, et demanda vengeance à grands cris. Mais le Tout-Puissant, changé en rhinocéros, lui apprit que cette mort était méritée. La poutre s'apaisa, alla se placer au fond du manoir, reprit sa position horizontale, et rappela les araignées effarouchées, afin qu'elles continuassent, comme par le passé, à tisser leur toile à ses coins. L'homme aux lèvres de soufre apprit la faiblesse de son alliée; c'est pourquoi, il commanda au fou couronné de brûler la poutre et de la réduire en cendres. Aghone exécuta cet ordre sévère. « Puisque, d'après vous, le moment est venu, s'écria-t-il, j'ai été reprendre l'anneau que j'avais enterré sous la pierre, et je l'ai attaché à un des bouts du câble. Voici le paquet. » Et il présenta une corde épaisse, enroulée sur elle-même, de soixante mètres de longueur. Son maître lui demanda ce que faisaient les quatorze poignards. Il répondit qu'ils restaient fidèles et se tenaient prêts à tout événement, si c'était nécessaire. Le forçat inclina sa tête en signe de satisfaction. Il montra de la surprise, et même de l'inquiétude, quand Aghone ajouta qu'il avait vu un coq fendre avec son bec un candélabre en deux, plonger tour à tour le regard dans chacune des parties, et s'écrier,

en battant ses ailes d'un mouvement frénétique : « Il
n'y a pas si loin qu'on le pense depuis la rue de la
Paix jusqu'à la place du Panthéon. Bientôt, on en
verra la preuve lamentable ! » Le crabe tourteau,
monté sur un cheval fougueux, courait à toute bride
vers la direction de l'écueil, le témoin du lancement
du bâton par un bras tatoué, l'asile du premier jour
de sa descente sur la terre. Une caravane de pèlerins
était en marche pour visiter cet endroit, désormais
consacré par une mort auguste. Il espérait l'atteindre, pour lui demander des secours pressants contre
la trame qui se préparait, et dont il avait eu connaissance. Vous verrez quelque lignes plus loin, à l'aide
de mon silence glacial, qu'il n'arriva pas à temps,
pour leur raconter ce que lui avait rapporté un
chiffonnier, caché derrière l'échafaudage voisin
d'une maison en construction, le jour où le pont du
Carrousel, encore empreint de l'humide rosée de la
nuit, aperçut avec horreur l'horizon de sa pensée
s'élargir confusément en cercles concentriques, à
l'apparition matinale du rhythmique pétrissage d'un
sac icosaèdre, contre son parapet calcaire ! Avant
qu'il stimule leur compassion, par le souvenir de cet
épisode, ils feront bien de détruire en eux la se-
mence de l'espoir... Pour rompre votre paresse,
mettez en usage les ressources d'une bonne volonté,
marchez à côté de moi et ne perdez pas de vue ce
fou, la tête surmontée d'un vase de nuit, qui pousse,

devant lui, la main armée d'un bâton, celui que vous auriez de la peine à reconnaître, si je ne prenais soin de vous avertir, et de rappeler à votre oreille le mot qui se prononce Mervyn. Comme il est changé ! Les mains liées derrière le dos, il marche devant lui, comme s'il allait à l'échafaud, et, cependant, il n'est coupable d'aucun forfait. Ils sont arrivés dans l'enceinte circulaire de la place Vendôme. Sur l'entablement de la colonne massive, appuyé contre la balustrade carrée, à plus de cinquante mètres de hauteur du sol, un homme a lancé et déroulé un câble, qui tombe jusqu'à terre, à quelques pas d'Aghone. Avec de l'habitude, on fait vite une chose ; mais, je puis dire que celui-ci n'employa pas beaucoup de temps pour attacher les pieds de Mervyn à l'extrémité de la corde. Le rhinocéros avait appris ce qui allait arriver. Couvert de sueur, il apparut haletant, au coin de la rue Castiglione. Il n'eut même pas la satisfaction d'entreprendre le combat. L'individu, qui examinait les alentours du haut de la colonne, arma son révolver, visa avec soin et pressa la détente. Le commodore qui mendiait par les rues depuis le jour où avait commencé ce qu'il croyait être la folie de son fils et la mère, qu'on avait appelée *la fille de neige*, à cause de son extrême pâleur, portèrent en avant leur poitrine pour protéger le rhinocéros. Inutile soin. La balle troua sa peau, comme un vrille ; l'on aurait pu croire, avec une apparence de logique, que la mort devait infailliblement apparaître. Mais nous savions que, dans ce pachyderme, s'était introduite la substance du Seigneur. Il se retira avec chagrin. S'il n'était pas bien prouvé qu'il ne fût trop bon pour une de ses créatures, je plaindrais l'homme de la colonne! celui-ci, d'un coup sec de poignet, ramène à soi la corde ainsi lestée. Placée hors de la normale, ses oscillations balancent Mervyn, dont la tête regarde le bas. Il saisit vivement, avec ses mains, une longue guirlande d'immortelles, qui réunit deux angles consécutifs de la base, contre laquelle il coigne son front. Il emporte avec lui, dans les airs, ce qui n'était pas un point fixe. Après avoir amoncelé à ses pieds, sous forme d'ellipses superposées, une grande partie du câble, de manière que Mervyn reste suspendu à moitié hauteur de l'obélisque de bronze, le forçat évadé fait prendre, de la main droite, à l'adolescent, un mouvement accéléré de rotation uniforme, dans un plan parallèle à l'axe de la colonne, et ramasse, de la main gauche, les enroulements serpentins du cordage, qui gisent à ses pieds. La fronde siffle dans l'espace; le corps de Mervyn la suit partout, toujours éloigné du centre par la force centrifuge, toujours gardant sa position mobile et équidistante, dans une circonférence aérienne, indépendante de la matière. Le sauvage civilisé lâche peu à peu, jusqu'à l'autre bout, qu'il retient avec un métacarpe ferme, ce qui ressemble à tort à une barre d'acier. Il se met à courir autour de la balustrade, en se tenant à la rampe par une main. Cette manœuvre a pour effet de changer le plan primitif de la révolution du câble, et d'augmenter sa force de tension, déjà si considérable. Dorénavant, il tourne majestueusement dans un plan horizontal, après avoir successivement passé, par une marche insensible, à travers plusieurs plans obliques. L'angle droit formé par la colonne et le fil végétal a ses côtés égaux ! Le bras du renégat et l'instrument meurtrier sont confondus dans l'unité linéaire, comme les éléments atomistiques d'un rayon de lumière pénétrant dans la chambre noire. Les théorèmes de la mécanique me permettent de parler ainsi ; hélas ! on sait qu'une force, ajoutée à une autre force, engendrent une résultante composée des deux forces primitives ! Qui oserait prétendre que le cordage linéaire ne se serait déjà rompu, sans la vigueur de l'athlète, sans la bonne qualité du chanvre ? Le corsaire aux cheveux d'or, brusquement et en même temps, arrête sa vitesse acquise, ouvre la main et lâche le câble. Le contre-coup de cette opération, si contraire aux précédentes, fait craquer la balustrade dans ses joints. Mervyn, suivi de la corde, ressemble à une comète traînant après elle sa queue flamboyante. L'anneau de fer du nœud coulant, miroitant aux rayons du soleil, engage à compléter soi-même l'illusion. Dans le parcours de sa parabole, le condamné à mort fend l'atmosphère, jusqu'à la rive gauche, la dépasse en vertu de la force d'impulsion que je suppose infinie, et son corps va frapper le dôme du Panthéon, tandis que la corde étreint, en partie, de ses replis, la paroi supérieure de l'immense coupole. C'est sur sa superficie sphérique et convexe, qui ne ressemble à une orange que pour la forme, qu'on voit, à toute heure du jour, un squelette desséché, resté suspendu. Quand le vent le balance, l'on raconte que les étudiants du quartier Latin, dans la crainte d'un pareil sort, font une courte prière : ce sont des bruits insignifiants auxquels on n'est point tenu de croire, et propres seulement à faire peur aux petits enfants. Il tient entre ses mains crispées, comme un grand ruban de vieilles fleurs jaunes. Il faut tenir compte de la distance, et nul ne peut affirmer, malgré l'attestation de sa bonne vue, que ce soient là, réellement, ces immortelles dont je vous ai parlé, et qu'une lutte inégale, engagée près du nouvel Opéra, vit détacher d'un piédestal grandiose. Il n'en est pas moins vrai que les draperies en forme de croissant de lune n'y reçoivent plus l'expression de leur symétrie définitive dans le nombre quaternaire : allez-y voir vous-même, si vous ne voulez pas me croire.

FIN DU SIXIÈME CHANT

TABLE DES MATIÈRES